Lesley Glaister

Du sollst Deinen Vater ehren

Roman
Aus dem Englischen
von Renate Orth-Guttmann

Diogenes

Die deutsche Erstausgabe erschien 1992
im Diogenes Verlag
Titel der 1990 bei Secker & Warburg, London,
erschienenen Originalausgabe:
›Honour Thy Father‹
Copyright © 1990 by Lesley Glaister
Umschlagillustration:
Balthus, ›Jeune fille en vert et rouge‹,
1944 (Ausschnitt)
Copyright © 1992 Pro Litteris,
Zürich

Veröffentlicht als Diogenes Taschenbuch, 1994
Alle deutschen Rechte vorbehalten
Copyright © 1992
Diogenes Verlag AG Zürich
120/94/8/1
ISBN 3 257 22683 7

*Für meine Mutter,
meine Schwester und
meine Brüder*

Aggie hat wieder mal ihren Rappel. Die ganze Nacht lang ein Rucken und Rumpeln und Schurren. Wo sie die Kraft hernimmt, ist mir ein Rätsel, immerhin ist sie schon über achtzig. Und auf dieses Zimmer ist sie aus, auf mein Zimmer. Dabei hat sie eins. Wir haben alle ein Zimmer, jede hat ihr eigenes. Und das hier ist meins. Sie ist die Älteste, und sie denkt, das hier steht ihr zu, weil es das größte ist; weil es das Zimmer der Eltern war und weil man einen so schönen Blick aus dem Fenster hat. Ich ertrage ihn schon längst nicht mehr, topfeben, wie alles ist. Dieses öde Stück Land, straffgespannt wie ein Laken. Und dieser wogende Himmel. Dieser lastende Himmel, nirgendwo ein Lichtblick. Aber trotzdem, es ist mein Zimmer, da gibt es nichts.

Sechzig Jahre geht das schon, ein Rucken und Rumpeln und Schurren, nur aus Rechthaberei. Ja über sechzig Jahre. Ausgesprochen kindisch, so was. Der Teppich ist schon völlig durchgewetzt. Unters Dachfenster mit dem Bett, wo das Licht einfällt? Nein, da zieht es zu sehr. Unter die Schräge, neben der Frisierkommode mit den vielen Töpfchen voller alter Fettcreme? Nein, zu dunkel, zu eng. Probleme hat sie!

Es ist die Bodenkammer, in der die Zwillinge früher geschlafen haben, mit schräger Decke und wenig Tageslicht – das Fenster ist schmutzig und verschmiert, ungeputzt, wie es ist. Sie hat keine Lust, sich um des bißchen

Himmels wegen den Hals zu verrenken, sagt sie; und deshalb ist die Scheibe grün von wuchernden Dingern, von winzigen Dingern, die in der Nässe leben. Und trotzdem rappelt und rumpelt sie. Das alte Luder. Da kannst du schreien, was du willst. So laut du willst. Sie hört es doch nicht bei ihrem ständigen Getöse. *Du kommst noch mal durch die Decke durch, Agatha!*

Sogar am Sonntag. Kein Lichtblick weit und breit. Nur wenn man die Augen zusammenkneift und der Himmel ganz klar ist, gibt es doch so was wie einen Lichtblick, das ferne Schimmern des steinernen Kirchturms von Witchsea, dort hinter den dunklen Baumgruppen und den paar Dächern. Nur ein mattes Blinken, ein winziges Pünktchen am Horizont – vielleicht kann man auch gar nichts erkennen. Vielleicht ist es eine dieser Luftspiegelungen, ein Trugbild in dieser flachen Einöde.

Und dann ist da noch George. Armer kleiner George. Ganz unten, unter uns allen. Zufrieden dämmert er dort ohne Verstand vor sich hin. Er gehört Agatha. Sie hat eben nie was Vernünftiges zustande gebracht. Doch sie kümmert sich nicht um ihn, weiß mit ihm nichts anzufangen. Früher hat sie ihm manchmal vorgesungen, die alten Lieder, die sie von Mutter her kennt. Jetzt tut sie überhaupt nichts mehr für ihn. Nur noch Verzierung und zu nichts mehr nütze, meine große Schwester Agatha, seit sie alt geworden ist. Was die Zwillinge denken, weiß ich nicht. Die beiden – Ellen und Esther – sind nicht so sehr zwei Schwestern als eine und ihr Spiegelbild. Und welche ist welche? Spiegelbildlich neigen sie sich beim Gehen zueinander, daß die Köpfe sich fast berühren, eine Links-, die andere Rechtshänderin. Sie gehen im Gleichschritt; sprechen oft im Gleichklang; Ellenunesther. Sie sind noch jung, nicht mal siebzig.

Vor Jahren, als sie die Wand zwischen ihren Zimmern einzureißen versuchten, wäre fast das Haus eingestürzt. Sie haben die kleinsten Zimmer, weil es gleich große Räume sind, lang, schmal und düster, mit hohen Fenstern, die auf den Obstgarten hinter dem Haus hinausgehen. Hand in Hand arbeiteten sie, wortlos, jede an einer Seite der Wand, sie hämmerten und klopften, bis das ganze Haus knarzte und bebte. Schlangengleich zuckte ein Riß über meine Decke – und der ist immer noch da. Wird noch immer ein Stück länger, wenn Sturm ist oder wenn Aggie es besonders arg treibt. Dafür haben die beiden jetzt einen Durchguck. Ein Loch, so groß wie zwei Backsteine. Dort haben sie die Betten hingeschoben, fünfzehn Zentimeter voneinander entfernt, und wenn sie sich hinlegen, sehen sie einander ins Gesicht. Betrachten einander, bis sie in derselben Sekunde einschlafen und – so denke ich es mir – denselben Traum träumen.

»Daß ihr mir vom Deich wegbleibt! Habt ihr mich verstanden?« Regelmäßig hörten wir diese Mahnung von Vater, ehe er wegfuhr. Und sowie er weg war, standen wir brav auf und machten die Hausarbeit. Ich besorgte die Wäsche, die schlimmste Arbeit – fragt mich nicht, wie es zu dieser Entscheidung kam –, und das Backen; Agatha machte alles, was draußen zu tun war, und fütterte und melkte die Kuh; die Zwillinge putzten und gingen uns zur Hand, wenn wir sie darum baten. Weil wir uns alle tüchtig ins Zeug legten, vier Paar kräftige Hände – selbst die Zwillinge waren gut zu brauchen, wenn man sie nur zusammen arbeiten ließ –, war die Arbeit bis zum Mittagessen getan. Die Hühner und die Kuh versorgt, der Garten in Schuß, die Betten gelüftet, die Zimmer gekehrt. Und dann lag – wenn nicht gerade Waschtag war – der lange Nachmittag vor uns.

Am schlimmsten war es bei Regen und Sturm. Dann war der Himmel voll von Regenböen und körnigem Sand, der prasselnd gegen die Wände schlug, die uns umschlossen hielten. Trotzdem war ich an diesen Tagen ganz zufrieden, denn ich saß gern still. Manchmal las ich eine alte Zeitung von Vater, und manchmal, wenn es nicht zu kalt war, saß ich, allein, in seinem Zimmer und schaute aus dem Fenster. Damals liebte ich dieses Zimmer, liebte den Ausblick in die endlos weite Ferne und wußte, daß ich Vater hier als erste sehen würde, wenn er zurückkam: als ein Pünktchen, aus dem nach und nach etwas Längliches wurde, ein Pony mit einem Einspänner – und schließlich er selbst. Und dann, wenn das Pünktchen sich wieder in Vater verwandelt hatte, war er zurück. Und ich wußte nicht recht, ob ich mich freuen oder Angst haben sollte. Als ich klein war, glaubte ich, daß alle, die von hier weggingen, nach und nach aufhörten, sie selbst zu sein, und zu winzigen Pünktchen wurden. Und dann zu einem Nichts. Es sei denn, sie kämen zurück. Wie Vater.

Ellenunesther saßen am Kamin und spielten mit ihren Puppen aus Holzpflöcken, flüsterten in ihrer Geheimsprache mit ihnen. Ihre Stimmen waren leise, kaum hörbar, wie raschelnde Blätter. Hin und wieder aber blieb ein Wort in der Luft hängen: omutteromutteromuttero; dasblutunddieglutunddieheiligegeiß; wirläutenihnendentod. Der Kamin mit seinem Backsteinbogen, der in den verrußten schwarzen Rauchfang hineinragte, war die Kirche, und das Leben der Holzpuppen vollzog sich davor – Paarung und Fortpflanzung und Tod –, und wenn die stumpfen Beine brachen, wurden sie über die Flammen gen Himmel geschickt. Denn der Weg zum Himmel führte durch den Rauchfang.

Nur Agatha arbeitete auch nachmittags gern; sie arbeitete in der Scheune und gabelte Heu; sie scheuerte laut platschend den Backsteinboden oder hackte draußen im Garten zwischen den Salat- und Bohnenreihen, daß das Unkraut in schlammigen Bögen durch die Luft flog. Und wenn sie sich müde gearbeitet hatte, ging sie zu Barley, der braunen Kuh, und redete sich bei ihr allen Kummer über ihr Schicksal von der Seele – denn Aggie war immer am Jammern, immer am Seufzen –, redete über ihre Träume. Die Kuh sah mit ihren feuchten braunen Augen gelassen Aggie an und über Aggie hinweg, mit sanftem Blick, hörte zu und bewegte weise die langen Wimpern auf und nieder. Manchmal döste Aggie, das Ohr an den warmen Tunnel von Barleys Flanke gelehnt, und horchte auf das tröstliche Gurgeln und Blubbern, aber das war selten, denn Aggie mußte eigentlich immer was machen und hatte mit Müßiggang oder Müßiggängern nicht viel im Sinn.

Manchmal, an heißen Tagen, wenn kaum ein Windhauch über das flache Land ging, liefen wir über die staubigen Pfade, pflückten Brombeeren oder Schlehen oder Pilze, oder auch nur einen Strauß bunter Wildblumen. Wir gingen immer in einer kleinen Prozession, Aggie als die Älteste vornweg. Sie war fast eins achtzig groß, hochaufgeschossen in ihrem Trägerkleid, mit ihren endlos langen schwarzbestrumpften Beinen; dahinter ich, Milly, kleiner und rundlicher und nie so schön, das wergfarbene Haar hing mir in einem langen Zopf über den Rücken hinab; und zum Schluß Ellenunesther, einander zugeneigt, mit den Köpfen fast zusammenstoßend, wie Spiegelbilder. So schritten wir dahin, und manchmal lenkten wir feierlich und still – bis auf das Rascheln von Ellenunesther – unsere Schritte zum Deich. Wir gingen auf der Straße, die am Fuß des Deichs entlangführte. Hinter ihm, noch über unseren Köpfen, türmte sich eine Wasserwand.

»Wenn der Deich mal bricht«, sagte Aggie immer und warf uns über die Schulter einen dramatischen Blick zu, »schwappt eine vier Meter hohe Flutwelle über das Land und zerstört alles. *Uns zuerst!*« Und wir schüttelten uns alle in genüßlichem Grauen, wenn wir uns so eine unwiderstehliche Zerstörungskraft vorstellten.

Dann kletterten wir von der Straße her die steile Böschung hinauf, stellten uns nebeneinander auf die Deichkrone und sahen ins Wasser hinab. Oben war die steile Deichwand trocken und bröckelig, knapp über der Wasserlinie ein glänzender schokoladefarbener Schlamm. An diesem Ort wuchs nicht viel, weil die Strömung so stark war, allenfalls ein paar kräftige Binsen. Hier wimmelte es nicht von Leben wie in den gemächlicheren Gräben und Kanälen, nicht wie an einem freundlich-schilfigen, weidenbestandenen Flußufer. Mit diesem Wasser war nicht zu spaßen. Es war braun und undurchsichtig, die Oberfläche in angestrengte Runzeln gelegt, weil es so in Eile war. Es flutete dahin, unaufhörlich, immer weiter und weiter weg.

Es hatte uns Mutter weggenommen.

Vater hatte mir, als ich noch ganz klein war, erzählt, wie das mit den Kanälen war. Früher habe das Land hier ganz unter Wasser gestanden. Die Römer hätten Gräben gezogen, um es trockenzulegen, für den Ackerbau. Später aber, als man wieder damit hatte anfangen wollen, habe es Aufstände gegeben, weil die Bewohner so an dem Wasser hingen. Sie fischten und fingen Wasservögel. Auf Stelzen sind sie gegangen! Und dann ist doch alles trockengelegt worden. Ganz komisch muß das gewesen sein: Zu erleben, daß deine ganze Welt verwandelt, das Nasse vom Trockenen geschieden wird. Im Lauf der Jahre ist die Erde weggeweht worden und hat sich der Boden gesenkt, geblieben sind diese aufgetürmten Wassermassen hinter dem mühevoll aufgeschichteten Lehm. Die Kanäle führen um die uralten Felder herum, manche sind riesig groß und breit, manche nur harmlose Gräben. Diesen hier nannten wir Mutters Kanal, weil er unsere Mutter mitgenommen hatte.

Wenn man Vater so reden hörte, konnte man fast denken, er habe Angst vor dem Wasser. Nein, nicht richtig Angst, eher, als sei er mit dem Wasser nicht einverstanden. Er bewunderte die Leute, die das Land trockengelegt, die Wasserfluten gebändigt hatten. Manchmal reiste er geschäftlich nach Holland, dort ist das Land ganz genauso, sagte er, flach und zahm, dem Menschen untertan. Es war ein holländischer Ingenieur, sagte er, der das Land hier wie in seiner Heimat trockengelegt hat, im 17. Jahrhundert. Ja, Vater mochte die geraden Linien, die rechten Winkel, die klare Scheidung zwischen dem Nassen und dem Trockenen.

Manchmal waren wir ungehorsam und gingen zu Mutters Kanal. Da hielten wir dann die Totenwache, kletterten auf den Deich und sahen ins Wasser. Manchmal meinte eine von uns, unter der Oberfläche dränge durch die Kräuselwellen etwas nach oben. Aggie und ich wußten, daß sie inzwischen nur noch ein Gerippe war, es mußte also ein Schädel sein, der auftauchte, durch dessen leere Augenhöhlen das Wasser spülte, vielleicht ringelte sich ein Aal hindurch, vielleicht auch war er von grünem Tang umflutet wie von Haaren. Ellenunesther dagegen, die noch ganz klein gewesen waren, als Mutter starb, sahen etwas wie eine Sepiaphotographie, ein stilles, würdevolles Gesicht mit traurigen Augen und sanftem Lächeln, einen weißen Hut; sie mühten sich, es zwischen den kleinen braunen Wellen genauer zu erkennen, aber das Bild wurde nie ganz scharf. Wie gut, daß sie einander hatten, diese beiden, sie ersetzten einander die Mutter, denn unsere Mutter – das Photo auf dem Kaminsims, das unscharf dahingleitende Gesicht im Kanal – war nur eine Vorstellung für sie.

Je mehr Zeit seit ihrem Verschwinden verstrich, desto geheimnisvoller wurde Mutter für uns. Sie war eine Dame gewesen, so viel stand fest. Sie hatte gesprochen wie eine Dame, und sie hatte Lebensart gehabt. Lebensart, wie sie hier in der Gegend nicht üblich war – jedenfalls nicht bei unseren nächsten Nachbarn, den Howgegos. Vater bestand auf Lebensart, und so hatte Mutter daran festgehalten. Aber das war noch nicht alles, was sich über Mutter sagen ließ. Es gab da etwas Schlimmes, aber auch Reizvolles, etwas, was nicht zu der damenhaften Stimme paßte. Etwas, woran Vater nicht erinnert werden mochte, nämlich die Musik und die Lieder. Sie hatte ein Klavier, fürchterlich verstimmt und selten gespielt, immerhin aber ein Klavier, das dem Zimmer einen Anstrich von Vornehmheit verlieh. Und sie kannte Lieder, wirklich komische Lieder, zu denen wir lachten und tanzten, an dunklen Winternachmittagen, wenn Vater nicht da war. Die weniger ehrbare Seite von Mutter war, daß sie einen Varietékünstler zum Vater hatte, einen richtigen Artisten, während ihre Mutter eine Dame war. »Sie hat ihn aus Liebe geheiratet«, erklärte Mutter uns einmal seufzend, »aber es ist nicht gutgegangen. Etwas in ihr konnte dann doch nicht ja sagen.« Mutter selbst war hin und her gerissen. Die Welt ihres Vaters war aufregend, aber sündig, die ihrer Mutter langweilig, aber tugendhaft. Das also wußten wir von der Frau, die unsere Mutter gewesen war. Und daß wir sie geliebt hatten. Und daß sie nicht mehr da war.

Agatha, große Schwester. Klapperdürre Aggie. Agatha, das Biest. Die Hexe. Schmerz. Da steht sie in der Küche, so stolz, als ob sie alles weiß. Sich an alles erinnert.

»Weißt du noch«, sagt sie, »wie unser Vetter zweiten Grades und sein Freund uns besucht haben? Sie hatten Heimaturlaub. Helden. Sie haben eine zweiwöchige Radtour gemacht, und da haben sie uns besucht. Weißt du noch?«

Ich zucke die Schultern. Doch sie ist nicht zu bremsen. Und wenn sie redet, steht sie wenigstens still, blickt verträumt vor sich hin, macht sich ihre Erinnerungen zurecht wie ich uns das Abendessen.

»Und ich trug mein rosa Kleid mit dem blauen Blümchenmuster, mein schönstes Kleid – und einen breitkrempigen Hut mit einer rosa Rose am Rand, genau hier...« Sie betrachtet ihr verwüstetes Bild im Spiegel. »Bildschön sah ich aus. Rosenrote Wangen, Rosen auf dem Hut, ein blasses Rosa. Ich war groß und gerade gewachsen. Gertenschlank. Und sie kamen mich besuchen. Uns besuchen...«

»O nein«, sage ich, denn es muß schließlich alles seine Ordnung haben. »Daran kann ich mich nämlich auch erinnern. Ich erinnere mich an einen Abendspaziergang mit dem Freund. Es war Abend, es wurde langsam dunkel, Fledermäuse flogen durch die Luft, eine hätte sich fast in meinem Haar verfangen, und ich fuhr zusammen, und er hielt mich mit seinem Arm fest. Seinem starken Arm, einem Soldatenarm. Ich glaube, er hieß Roger.«

»Nein, meine Liebe, da irrst du dich. Er hieß Roderick, und er ist mit *mir* spazierengegangen. Tadellose Manieren, und *mich* hat er am Arm festgehalten. Knapp über dem Ellbogen hat er meinen Arm festgehalten, so...« Sie zeigt es mir, mit einem stolzen kleinen Lächeln. »Und er sagte, wie leicht mein Gang sei, wie – graziös... Damals war ich groß und gerade gewachsen, mußt du bedenken. Gertenschlank.«

»Und du hast dir dein Kleid schmutzig gemacht...«

»Hab ich nicht. Wir sind zusammen spazierengegangen, und die Sonne sank, und der Himmel stand in Flammen, und er hat gesagt, er würde wiederkommen...«

»Aber er hat's nicht getan. Stimmt doch, oder nicht? Stimmt doch...« sage ich und schlage Eier in eine Schüssel. »Und mit mir ist er auch spazierengegangen.« Das ist die reine Wahrheit, ich erinnere mich genau. Ständig stiehlt sie mir meine Erinnerungen. Ich habe das Zimmer, auf das sie aus ist. Sie hat mir nie verziehen, daß ich mir dieses Zimmer genommen habe, das größte und hellste und beste Zimmer, und jetzt versucht sie, mir statt dessen meine Erinnerungen zu nehmen. Aber es sind *meine* Erinnerungen, es war *mein* Arm, den er festgehalten hat... im Grunde ist es mir nicht wichtig, mir war immer nur Isaac wichtig, und als er nach mir griff, streifte sein Handrücken seitlich meine Brust. Ich spüre es noch immer. Der Rücken seiner Soldatenhand an meiner Brust, ganz an der Seite. Eine Soldatenhand, eine Hand, die eine Waffe gehalten, vielleicht den Feind getötet hatte, streifte *meine* Brust.

»Du willst sicher auch was davon«, sage ich und dresche auf die Eier ein, schlage das Eigelb kurz und klein, das Weiße zu Schaum.

»Wenn du's sowieso machst«, sagt sie gespielt gleichgültig. »Wie hieß er denn mit Nachnamen? Na? Los, sag schon, wenn du dich so gut auskennst.«

»Hol mir mal Schnittlauch«, sage ich. »Nimm die Schere, und schneid mir Schnittlauch ab. Du weißt ebenso gut wie ich, daß wir den nie gewußt haben.« Damit habe ich sie festgenagelt, denn wir haben ihn wirklich nie gewußt. Sie trollt sich in den Garten, krumme graue Hexe, die spitzige Schere in der knöchernen Hand.

Und es war mein Knie, das er angefaßt hat, als wir auf dem Polster aus Klee saßen. Unter meinem Rock. Es war mein Knie und nicht das von Agatha.

Sie kommt mit einer Handvoll grüner Röhrchen zurück, vermischt mit Grashalmen. »Kannst sie gleich hakken«, sage ich böse, denn sie ist zu nichts nütze in der Küche, meine Schwester Agatha.

Es war ein heißer, trockener Tag, und die schlammige Deichwand war hell und rissig, weil der Wasserstand so tief war. Aggie hatte sich hingehockt, die Hände um die Knie geschlungen. Andauernd seufzte sie. Sie war blaß.

»Was ist denn heute los mit dir?« fragte ich.

Ellenunesther setzten sich neben uns, sie ließen die Beine baumeln und schlugen mit den schwarzen Stiefelchen gegen die Deichwand, daß trockene Erdbrocken sich lösten und ins Wasser fielen.

»Irgendwas ist nicht in Ordnung. Ich muß was Verkehrtes gemacht haben.«

»Wieso?«

»Schau mal.« Agatha schob die Hand unter ihren Rock, zwischen die Beine. Als sie wieder hervorkam, waren die

Finger rot und glitschig von Blut. »Und hier tut es weh«, sagte sie und drückte die Hand auf den Bauch.

»Hast du dich geschnitten?« fragte ich und starrte fasziniert auf Agathas scharlachrote Finger. Ellenunesther fingen an zu weinen.

Agatha wischte sich die Finger im Gras ab. »Glaub ich nicht. Es ist aus meinem... Gestern ein bißchen, aber heute ist es mehr.«

»Hast du es Vater gesagt?«

Agatha sah mich an, als sei das eine sehr dumme Frage, schnaubte verächtlich und stand auf. Einen Augenblick sah sie ins Wasser hinunter.

»Mutter ist nicht da«, sagte sie barsch zu Ellenunesther. »Wischt euch die Augen ab.«

George muß sein Abendessen haben. Heute bin ich mit Füttern dran. Heute bin ich dran... das ist ein Witz. Am Montag bin ich dran; am Dienstag – ich; am Mittwoch – ich. Jeden Tag, den Gott werden läßt, bin ich dran. Bis auf Sonntag. Eigentlich soll Aggie ihn am Sonntag füttern. Aber ich weiß nicht. Vielleicht kriegt er an dem Tag überhaupt nichts. Ich weiß es wirklich nicht. Er sagt nichts dazu. Tiere sind ihr lieber als Menschen – sagt Agatha. Hat sie früher immer gesagt. In dem Fall, sollte man meinen, müßte sie eigentlich mehr für George übrig haben.

Wir essen unser Omelett mit dem letzten Brot und trinken eine Tasse Tee dazu. Es ist kein Gin da, das macht mich grantig. Aggie kaut geräuschvoll wie immer und ist mit ihren Gedanken weit weg. »Brown!« sagt sie plötzlich triumphierend. »Wir haben *doch* gewußt, wie er mit Nachnamen heißt. Brown.«

»Nicht Brown«, sage ich verächtlich. »Nie im Leben hat er Brown geheißen, das war...« Aber es will mir nicht einfallen. Ich muß überlegen, muß etwas sagen, sonst denkt sie, daß sie die Runde gewonnen hat. Und dann weiß ich es wieder: »Brown war Vaters Partner. Pharoah & Brown, oder Brown & Pharoah. So war das.«

Agatha knallt ihre Gabel auf den Tisch. »Nicht genug gesalzen«, sagt sie. »Immer dasselbe. Fade.«

»Dann kannst du ja zur Abwechslung mal das Abendessen machen«, sage ich. »Kümmerst du dich nachher um George?«

»George?« sagt sie. »Ach so, George... Jetzt muß ich mich aber beeilen, hab heut abend noch eine Menge zu tun; die Kuh, die Hühner... das Spielzimmer.«

Ihr ist nicht mehr zu helfen. Die Kuh ist nur noch ein Gerippe in der Scheune, Aggie hat sie verenden lassen. Was aus den Hühnern geworden ist, weiß ich nicht mehr. Und nie kann sie »mein Zimmer« sagen, immer redet sie vom Spielzimmer, als ob es uns allen gehört, als ob sie nicht ihr eigenes Zimmer hätte, als ob sie benachteiligt wäre.

»Irgendwie komme ich da oben nicht zurecht«, sagt sie. »Ich werde das Bett umstellen... wenn ich draußen fertig bin«, und sie verschwindet mit Leidensmiene in der Scheune.

Eine mußte ja Vaters Zimmer nehmen. Wir hatten nach Vater das Haus für uns, und wir mußten es irgendwie aufteilen. Es ist ein kastenförmiges Haus und mittlerweile ein altes Haus. Unten sind zwei große Räume, das Wohnzimmer und die Küche mit einer Pumpe. Von der Küche aus führt die Treppe nach oben. Die beiden schmalen Kammern im ersten Stock, in denen Aggie und ich als Kinder schliefen und die jetzt Ellenunesther haben, gehen nach hinten hinaus. Nach vorne hinaus ist mein Zimmer, das größte und hellste, das beste Zimmer. Und unter dem Dach ist das Zimmer von Agatha.

Jetzt läßt es sich nicht mehr aufschieben. Ich hole tief Luft, und dann gehe ich zu George hinunter.

Noch lange nach Mutters Tod gingen wir regelmäßig zur Kirche. Nach Witchsea waren es fast fünf Meilen, zu weit, um jede Woche zu Fuß hinzugehen, Vater aber bestand darauf, daß wir zu Fuß gingen. Aggie fand es beschämend, zu Fuß dort anzukommen, als wären wir armes Volk, aber Vater meinte, Pepper brauchte auch mal seine Ruhe, und außerdem täte die Bewegung uns gut. So gingen wir denn etwa einmal im Monat, und am Vorabend wurden große Vorbereitungen getroffen. Wir badeten vor dem Feuer, Aggie und Ellenunesther und ich, Vater ließ sich dabei nicht sehen, und dann drehten wir uns gegenseitig das nasse Haar auf Läppchen. Die ganze Nacht warfen wir uns unruhig herum, bemüht, eine bequemere Stellung für unsere knotengequälten Köpfe zu finden, beteten um einen schönen Tag, beteten, daß etwas Aufregendes passieren möge.

Am Sonntag waren wir früh auf, Aggie und ich machten uns gegenseitig den Platz vor dem Spiegel streitig, weil wir sehen wollten, wie unsere Locken geworden waren. Ellenunesther war es gleich, außerdem brauchten sie sich ja nur gegenseitig anzuschauen. Dann mußte der Haushalt gemacht, das Essen vorbereitet und zum langsamen Garen in den Herd gestellt werden. So streng und moralisch sich Vater auch gab, mit dem abergläubischen Unfug vom wöchentlichen Ruhetag hatte er nichts im Sinn. Er zog seinen besten Anzug an, und wir trugen saubere weiße Musselinkleider und weite Unterröcke, weiße Hauben und Handschuhe. Es war eine besondere Sache, wenn die ganze Familie zusammen ausging. Eine besondere, aber auch eine traurige Sache, denn neben Vater war eine merkliche Lücke, über die ich nie hinwegsehen konnte. Ich ging immer direkt dahinter, konzentrierte mich auf diese Stelle, beschwor Mutters Bild herauf, sah ihren weiten Rock vor mir, ihren schönen Hinterkopf, bis ich fast meinte, ihren Rock auf der Straße schleifen zu hören.

Auf dem Hinweg gingen wir, um unsere frischgeputzten Schuhe nicht schmutzig zu machen, die fünf Meilen auf der Straße, die in einem Bogen zum Dorf führte, folgten den in das lehmige Erdreich eingegrabenen Wagenspuren. Auf dem Heimweg liefen wir manchmal, wenn es trocken genug war, querfeldein. Wenn wir so nah an das Dorf herangekommen waren, daß wir den Kirchturm sehen konnten, steigerte sich unsere Aufregung, und wir beschleunigten den Schritt. Jedweder Glaube an Gott war mit Mutter weggespült worden, aber Aggie und ich freuten uns unbändig auf die Gemeinde, auf neue Gesichter, andere Stimmen. Auch junge Männer gab es genug, die man ansehen konnte. Kirchgänger, etwas Besseres als die Howgegos, diese rabenschwarzen Heiden.

Auch auf Vater waren wir stolz, wenn andere uns sehen konnten, auf Vater, der so fein aussah in seinem Sonntagsanzug, fein und traurig und würdevoll. Er war Geschäftsmann, eine wichtige Persönlichkeit, er handelte mit Porzellanwaren. Er hatte Arbeit zu vergeben und war in einer Gegend, in der es wenig Arbeit gab, ein angesehener Mann. Wir wußten, daß wir eine stattliche Gruppe waren, der Vater und seine vier Töchter, wir weideten uns an den Blicken der Gemeinde, und obgleich natürlich auch wir uns furchtbar gern ein bißchen umgesehen hätten, taten wir reserviert. Aggie jedenfalls. Groß und elegant, wie sie war, hatte sie eine Art, das Kinn hochzurecken, die sie noch größer erscheinen ließ. Sie wußte, daß es in der Gemeinde sehr viele junge Männer gab, die hinter ihr hersein würden, wenn die Zeit gekommen war. Vielleicht war ihr künftiger Ehemann sogar schon da und betrachtete sie sehnsüchtig.

Pamps ißt er, weißen Pamps. Ich glaube, es spielt keine Rolle, ich glaube, er schmeckt es gar nicht. Ich glaube, er hat gar keine Zähne mehr im Mund. Die Wutanfälle jedenfalls haben fast aufgehört. Weißes Gewabbel, blasser Körper, blasse Augen, die in das Licht zwinkern, das ich brauche, um etwas erkennen zu können. Ihm selbst, glaube ich, ist die Dunkelheit lieber. Kaum eine Regung in seinem Gesicht. Ganz teilnahmslos jetzt. Die blassen dicken Lippen stehen offen. Schieb es rein, das weiße Zeug. Halt die Luft an, er stinkt. Manchmal schluckt er sofort. Manchmal kommen Batzen wieder raus, kleben weiß an seinem Kinn, ich kratze sie ab und schiebe sie ihm wieder rein. Denk an was anderes.

Denk an Vater, oder nein, lieber nicht. Na gut, denk an die Zeit davor. Wie er vorher war. Flott. Ein flotter Mann, etwas korpulent, sehr pingelig, was seine äußere Erscheinung betraf. »Distinguiert«, ja, das scheint mir das richtige Wort zu sein. Schmales braunes Schnurrbärtchen, braunes Haar. Er war ein ehrenwerter Mann. Er legte Wert darauf, in den Augen der Welt das Richtige zu tun, legte Wert darauf, daß wir das Richtige taten. Habe ich ihn geliebt? Ich weiß es nicht mehr. Aus der Zeit vor Mutters Tod habe ich so gut wie keine Erinnerung an ihn. Große Hände hatte er, lange Finger. Manchmal hob er uns hoch, eine von uns, Aggie oder mich, und wirbelte uns herum, in beängstigend wilden Kreisen, daß unsere Füße nur so flogen, und wenn er uns dann absetzte, taumelten wir und stießen uns an den Möbeln, und er lächelte.

Er war ein guter Ernährer, so hat Mutter ihn immer genannt. Geld hatten wir jedenfalls immer, und nach seinem Tod hat uns eine komplizierte Treuhandregelung mit dem Nötigsten versorgt, uns über Wasser gehalten. Aber Liebe? Ich weiß nicht. Man wußte nie, woran man bei ihm war. Meistens war er kühl und milde, doch manchmal wechselte seine Stimmung plötzlich, dann wuchsen ihm scharfe Fänge, und er schlug zu. Mutter nahm sich dann vor ihm in acht. Ihre Bewegungen verloren ihre Lebhaftigkeit, wurden gehemmt, lauernd. Dann hörte sie auf zu singen. Sie kannte so viele Lieder, lustige Lieder, und sie sang gut und tanzte und brachte uns zum Lachen. Da war dieses Lied über den Flotten Fred, das war ihr Spitzname für Vater, wenn er nicht da war. Es ging etwa so:

> Ich bin der Flotte Fred,
> ist das nicht furchtbar nett...
> da bin ich dann das größte As
> und mache allen Mädchen Spaß...
> und wo ich mich auch zeigen mag...
> mit meinem eleganten Schlag
> die Welt mir stets zu Füßen lag...

An die Melodie erinnere ich mich nicht mehr, aber Aggie weiß sie noch. So Sachen wie Melodien, die weiß sie noch genau, in dieser Hinsicht ist sie ganz wie Mutter, die Aggie. Musikalisch. Mutter hätte Schauspielerin werden können. Aber ich habe nie erlebt, daß sie gesungen und gescherzt hätte und in der Küche herumgetanzt wäre, wenn Vater da war. Dann war sie still und brav. Vielleicht war sie ja wirklich eine Schauspielerin.

Sie war... süß und lecker wie vom Zuckerbäcker, wie es in dem Kinderreim heißt, so, wie kleine Mädchen sein sollten und nie sind. Warm war sie. Und weich. Nie habe ich seither so etwas erlebt wie dieses Gefühl, wenn sie mich auf den Arm nahm und liebkoste und streichelte, bis das Wehweh weg war. Mag sein, daß sie manchmal wütend war. Und traurig. Ich versuche, nicht daran zu denken, und außerdem ist auf unser Gedächtnis ja sowieso nicht immer Verlaß.

Ellenunesther erinnern sich überhaupt nicht. Sie waren ja noch ganz klein, als sie starb, erst ein Jahr alt, fingen gerade erst an zu laufen. Ohne Aggie und mich wären sie auch gestorben. Wir waren damals nur kleine Mädchen, aber wir hatten schon so halb und halb Mutters Rolle übernommen, ehe sie von uns ging. Wir taten es ihr nach und machten Essen klein für Ellenunesther und hielten sie sauber. Zum Spielen mit ihnen hatten wir allerdings keine rechte Lust, und sehr bald kapselten sie sich ab, brabbelten in einer Sprache, die nur sie verstanden. Sie waren hübsch, hübscher als Aggie, die immer eine eher ernste Schönheit war, und ganz gewiß hübscher als ich.

Wir kamen offenbar ganz gut zurecht, und als Vater befand, daß wir es schaffen würden, zog er sich zurück, Mal hatte es geheißen, er wolle eine Frau aus dem Dorf kommen lassen, die sich ein bißchen um uns kümmern sollte, aber daraus wurde dann nie etwas. Er wollte nicht, daß wir mit anderen Leuten zusammen waren. Allmählich wurde er darin immer strenger. Wir sollten so wenig wie möglich mit der Außenwelt in Berührung kommen. Er fragte immer danach. Seine erste Frage war stets: »Mit wem wart ihr zusammen? War jemand hier?«, und unsere Antwort lautete immer: »Nein.« Und meist stimmte das auch.

Abgesehen von dieser fixen Idee, uns von der Welt fernzuhalten, kümmerte er sich kaum um uns. Er lebte seiner Arbeit und dem, womit er sich sonst noch beschäftigen mochte, wenn er nicht daheim war. Im Winter blieb er tagelang weg. Wir wußten nie genau, wann er zurückkommen würde. Vor seinem Aufbruch aß er stumm sein Frühstück, im Gehen ermahnte er uns, brav zu sein, strich uns über den Kopf, eins, zweidrei, vier, daß ihr mir vom Kanal wegbleibt, und dann fuhr er los. Wir hörten Peppers Hufe klappern und die Räder knarren, und dann war er weg. Manchmal blieb er eine Woche oder zwei in der Stadt, manchmal reiste er auch weiter, bis ins Ausland, in Geschäften, und ließ uns wochenlang allein. Zuerst war ich traurig, er fehlte mir, obgleich wir eigentlich ohne ihn ebensogut zurechtkamen. Später waren wir froh, wenn er wegblieb.

Stundenlang saß ich da und hielt Ausschau nach ihm, hätte nie geglaubt, daß er zurückkommen würde, bis ich ihn mit eigenen Augen sah – denn schließlich war Mutter nie wiedergekehrt.

Wenn er dann kam, war das eine Abwechslung. Aggie ging nach draußen, um Pepper zu füttern und zu striegeln, und ich gab mir mit dem Abendessen mehr Mühe als sonst. Er brachte Lebensmittel mit, die wir gespannt auspackten: pralle braune Tüten mit Mehl und Zucker, und Tee zum Umfüllen in unsere Teebüchse; Speck und Rosinen und Käse; und manchmal als Überraschung saure Drops, Sahnebonbons oder – und das war das Schönste – Nüsse zum Knabbern. Zweimal im Jahr gab es auch neue Sachen, Kleider, die in der Stadt genäht worden waren. Wir suchten den Stoff aus kleinen quadratischen Musterbüchern aus, die er sich auslieh und uns zur Ansicht mitbrachte. Wie gern wäre ich in die Stadt oder auch nur ins Dorf gegangen, an einem Wochentag, wenn der eine oder andere Laden offen war, um selbst etwas zu kaufen. Aber das hatte Vater verboten.

Lange versuchte ich, mit ihm ins Gespräch zu kommen, ihn nach seinem Geschäft zu fragen, nach seinen Bekannten in der Stadt. Aber er nahm mich nicht ernst, machte eine flapsige Bemerkung, tätschelte mir allenfalls den Kopf. Ich wollte etwas über seine Arbeit wissen. Ich habe nie ganz begriffen, was er machte, aber manchmal brachte er das Geschirr und die Kacheln mit, die er vertrieb. Unsere Küchenwände sind mit holländischen Kacheln gefliest, die sind sehr alt, das hat Vater schon damals gesagt. Sie sind blau und weiß mit Bildern von Schäfern und Schafen und spielenden Kindern. Mutter hatte sie gern. Hell und sauber, sagte sie, hübsch für eine Küche, ich glaube, es war das einzige, was ihr an dem Haus gefiel. Jetzt sind die, die noch an der Wand kleben, schmutzig und voller Sprünge, und das Zeug dazwischen hat sich zu einer schwarzen Schmiere zersetzt. Das Geschirr, das Vater mitbrachte, war auch meist blauweiß. Mutter stellte die Teller aufs Küchenbüffet: eine große ovale Platte für Fleisch mit einem Schiff, das darüber hinsegelte, umgeben von kräuseligen Wellen und Wolken, und kleinere Teller mit unterschiedlichen Bildern darauf. An gewöhnlichen Tagen benützten wir das blauweiße Geschirr, doch Mutter hatte auch noch ein Teeservice. Es hatte ihrer Großmutter gehört und war deshalb sehr alt und kostbar. Es war sehr zart, cremeweiß mit gelben Röschen, und die Teller und Untertassen, die Tassen und der Milchkrug hatten einen Goldrand. Es war so alt, daß sich ein feines Netz von

Rissen wie ein Haargespinst über die Oberfläche zog. Vater fand es unpraktisch, aber Mutter hielt es hoch in Ehren. Ganz selten befreite sie es aus den Seidenpapierhüllen, und wir tranken Tee aus den zerbrechlichen Tassen. Dann schmeckte mir der Tee besonders gut, als sei etwas von dem Goldrand an meinen Lippen hängengeblieben. Mutter spreizte den kleinen Finger ab wie eine Dame, wenn sie aus einer Tasse ihrer Großmutter trank. Nachdem sie uns verlassen hatte, holten Aggie und ich manchmal noch das Teeservice heraus, nur um die Tassen abzuwaschen und abzutrocknen, nur weil sie sich so vornehm anfühlten. Manchmal deckte ich den Tisch damit, wenn Vater heimkam, um ihn an Mutter zu erinnern, aber falls er es bemerkte, so sagte er nie etwas dazu. Ich wollte, daß er mit mir sprach, über Mutter sprach, aber er erwähnte sie so gut wie nie. Nur hin und wieder sah ich, wie er ihr Photo ansah und ein ganz sonderbares Gesicht dazu machte.

Es gab nur dieses eine Photo. Es steht jetzt auf dem Kaminsims, fast bis zur Unkenntlichkeit verblaßt, ein verschwommenes Gesicht, das durch einen leichten Sepiaschleier an die Oberfläche steigt.

An einem warmen, windigen Tag einen Monat später war Agatha wieder blaß und in sich gekehrt. Nach dem Mittagessen saß sie still in einem Sessel am Kamin und sah mit leerem Blick Ellenunesther beim Spielen zu. Ich hatte gerade mit einer Handvoll Rosinen und einem Buch nach oben gehen wollen, blieb aber unter der Tür stehen und sah sie an.

»Was ist los?« fragte ich.

»Dasselbe wie damals... du weißt schon«, sagte Agatha. »Ich hab irgendwie... keine Lust zum Arbeiten.«

Ein Gefühl kalter Angst durchzuckte mich. Das Stillsitzen sah Aggie nicht ähnlich. »Wir müssen was tun«, sagte ich, und plötzlich fiel mir ein, was wir tun konnten. »Ich weiß. Wir gehen einfach zu Mrs. Howgego. Könntest du mit ihr reden?«

Agatha überlegte einen Augenblick. »Ja, doch. Mit ihr könnte ich reden, glaube ich.« Und so wurde dies ein außergewöhnlicher Tag. Aufgeregt machten wir uns fertig und gingen los, und unser Gang war zielstrebiger als sonst. Wir gingen wegen Aggie, aber meine Gedanken waren bei Isaac. Bei Isaac, meinem Freund. Bittebittebitte, murmelte ich im Takt meiner Schritte, bitte laß ihn zu Hause sein.

Obwohl es so warm war, pustete und schleuderte ein starker Wind die Erde durch die Luft und peitschte uns lose Haarsträhnen ins Gesicht, während wir die zwei Meilen zu dem roten Backsteinhaus der Howgegos gingen. Sehr klein wirkte es von weitem, ein Schiff, in der flachen Weite vertäut.

»Mrs. Howgego war Mutter eine gute Freundin, nicht?« fragte ich und legte ein paar Schritte zu, um Agatha einzuholen.

»Ja.«

»Sie ist eine Heilige, das hat Mutter von ihr gesagt. Daß sie eine Heilige ist.«

»Vater hat es nicht so gesagt.«

»Der hat doch keine Ahnung. Woran fehlt es ihm? Wie hieß es doch gleich in dem Vers, Vornehmheit?«

»Sei nicht blöd, Milly«, sagte Agatha und sah mich sehr von oben herab an.

»Das hat Mutter gesagt, und Mutter war nicht blöd.«

»So hat sie es nicht gesagt. Aber Vater wird böse sein, wenn er merkt, daß wir bei Mrs. Howgego waren. Wir werden schwindeln müssen. Manchmal darf man das, hat Mutter gesagt. Daß ihr mir Vater nichts sagt, habt ihr verstanden?« rief Aggie den Zwillingen zu. Die Gefahr war gering, denn die Zwillinge sagten überhaupt kaum mal etwas zu Vater, aber ihre blauen Augen weiteten sich, weil sie sich wichtig vorkamen.

»Ja, Agatha«, sagten sie.

»Ich glaube, Vater ist verrückt«, sagte ich. »Glaubst du nicht auch, Aggie? Irgendwann müssen wir uns doch daran gewöhnen, mit anderen Leuten zusammenzusein. Irgendwann gehen wir weg. Wir können doch nicht ständig in dem Haus da eingesperrt bleiben.«

»Wir sind nicht eingesperrt«, wandte Agatha ein.

»Aber so kommt es einem vor. Ich will ja nur normal sein. Ich will nur... ich will...« ich suchte nach Worten für das, was ich wollte. »Ich will nur dazugehören.«

»Jetzt sind wir ja erst mal draußen«, sagte Aggie.

»Früher waren wir oft mit Mrs. Howgego und den Jungen zusammen, weißt du noch? Mutter hat ihnen Tee gemacht und für uns Limonade. Schön war das...«

»Das Picknick damals...«

»Am Deich. Und Isaac und ich sind auf einen Baum

geklettert und... Warum hat sie uns nur verlassen?« Plötzlich packte mich der Zorn. »Es ist nicht fair!«

»Da kann man nichts machen«, sagte Agatha. »Was geschehen ist, ist geschehen.«

Schon von weitem hörten wir das Geschrei der kleineren Howgego-Jungen, die mit einem Seil spielten, das sie an einen Baum gebunden hatten. Dann sahen sie uns und riefen: »Mama! Besuch!«

Mrs. Howgego kam aus dem Haus gelaufen. »Meiner Seel, tatsächlich!« Im Gehen strich sie sich das dünne Haar glatt. »Daß ich euch hier noch mal seh, das hätt ich nie gedacht. Und schau mal einer die Zwillinge an. Gleichen sich wie ein Ei dem anderen. Und wie groß du geworden bist, Agatha. Meiner Seel, deiner armen Mutter wie aus dem Gesicht geschnitten.«

Ich warf Aggie einen neidischen Blick zu. Es stimmte tatsächlich und wurde immer ausgeprägter, je älter sie wurde. Aggie war groß und dunkel und hatte eine Haut wie Elfenbein. Sie war fast eine Schönheit. Fast – wäre da nicht ihre große, spitze Nase gewesen. Aber sie sah wirklich aus wie Mutter, wie das Photo von Mutter. Die Zwillinge und ich waren rundlicher und unscheinbarer, trotz der blitzeblauen Augen unseres Vaters. Aggies Augen waren dunkel, erstaunlich dunkel und lang bewimpert, genau wie die von Mutter gewesen waren.

»Ja, dann kommt erst mal ins Haus«, sagte Mrs. Howgego, »raus aus diesem fürchterlichen Wind, und schüttelt den Staub ein bißchen ab.«

Die Küche war unordentlich und vollgerümpelt. Mrs. Howgego machte eine Ecke am Tisch frei und kippte

Katzen von den Stühlen, um Platz für uns zu schaffen. »Ich brüh uns Tee«, sagte sie, »zur Feier des Tages.« Sie lachte über unsere ernsthaften Gesichter, und mir gab es einen Stich, weil ich an meine Mutter denken mußte. So hatte auch sie uns manchmal geneckt, hatte vor uns geknickst und uns wie gekrönte Häupter behandelt, Aggie und mich, und uns »Königliche Hoheiten« genannt mit ihrem gespielten Cockney-Akzent, wenn wir zu Hause am Tisch saßen, und dann hatte sie uns weiche Eier gebracht und zierliche Butterbrotstreifen.

»Also irgendwas stimmt nicht bei euch«, sagte Mrs. Howgego. »Ihr macht allesamt Gesichter wie drei Tage Regenwetter. Was ist, wollt ihr es mir nicht sagen?«

Aggie wurde dunkelrot und ließ den Kopf hängen. Ich merkte, daß sie nicht mit der Sprache heraus wollte.

»Es ist wegen Agatha«, sagte ich. »Sie fühlt sich nicht gut. Sie hat... es tut ihr weh, und... und es blutet...«

»Wenn's weiter nichts ist!« Mrs. Howgego atmete auf. Sie ging zu Aggie und strich ihr übers Haar. Aggie fuhr zusammen, wir waren es nicht gewohnt, daß man uns anfaßte. Mrs. Howgego lachte. »Ganz normal in deinem Alter, Kind. Du hast wohl nicht darüber gesprochen?«

»Mit Vater konnten wir nicht darüber reden«, sagte ich. »Doch nicht über Sachen, die unter unserem Rock sind.«

»Aber Milly!« mahnte Aggie. »Wie kannst du so etwas sagen.«

»Stimmt doch.«

»Recht hat sie«, sagte Mrs. Howgego freundlich. »Aber ihr braucht jemand, mit dem ihr darüber reden könnt. Ich glaub, bei dem stimmt's nicht ganz, bei eurem Vater, daß er vier große Mädels einfach sich selbst überläßt. Dabei weiß er doch, wie's zugeht in der Welt.« Sie schüttelte den Kopf und lächelte Aggie zu. »So was aber auch. Arme Kleine! Daß du keine Ahnung hast, wie das mit den Tagen ist.« Sie klopfte Aggie auf die Schulter. »Ihr braucht eine Mutter, alle miteinander.« Sie sah die Zwillinge an. »Habt ihr denn eurer Tante gar nichts zu sagen? Ich weiß noch, wie ihr auf die Welt gekommen seid. Zwei hätten wir nicht erwartet. Nie im Leben. So dick war sie nämlich gar nicht, eure arme Mama. Also ich war einfach platt. Eins hatte eure Mama schon im Arm, und plötzlich fängt sie wieder an zu drücken und macht ein ganz ängstliches Gesicht. ›Candida‹, sagt sie. ›Ja, mein Liebes‹, sag ich. ›Ich glaub, es kommt noch eins‹, sagt sie, und da war auch schon das andere. Hab nicht gewußt, ob ich lachen oder weinen soll. Ganz winzig seid ihr gewesen, ist mir noch nie vorgekommen, daß so was Winziges überlebt hat. Und ähnlich wie ein Ei dem anderen...«

Ellenunesther lächelten mit ihrem identischen Lächeln erst Mrs. Howgego und dann sich gegenseitig an.

»Sie sprechen nicht viel«, erläuterte Aggie. »Nur miteinander. Miteinander reden sie schon.«

»Aber mit euch nicht?« Mrs. Howgego sah sich die beiden genauer an, und sie ließen die Köpfe hängen. »Sind sie vielleicht nicht ganz richtig im Kopf?«

»Doch, natürlich«, sagte ich.

»Andere Leute brauchen sie anscheinend nicht«, meinte Aggie. »Aber eine braucht die andere. Ich darf gar nicht dran denken, was sie täten, wenn man sie trennen würde.«

»Sogar austreten gehen sie zusammen«, fügte ich an.

»Nee, so was aber auch.« Mrs. Howgego schüttelte den Kopf. »Die sollten mal draußen mit meinen Jungs spielen, das würd sie schon auf die Reihe bringen. Mögt ihr spielen gehen?«

Ellenunesther standen mit gesenktem Kopf da und wurden rot. »Ich glaube nicht, vielen Dank«, antwortete ich für sie.

Mrs. Howgego zuckte die Schultern, dann sagte sie zu Aggie: »Du kommst jetzt mal mit nach oben, ich such dir ein paar alte Tücher raus. Mach dir man keine Sorgen. Das sind bloß die Tage, deine Regel, daran sieht man, daß du jetzt eine Frau bist. Sorgen mußt du dir erst machen, wenn's mal einen Monat ausbleibt, dann ist nämlich was Kleines unterwegs. Aber damit ist natürlich nicht zu rechnen, bis du verheiratet bist«, fügte sie eiligst hinzu. »Solange du schön brav bist und dich anständig hältst.«

Sie nahm Aggie mit nach oben. Ich stellte mich ans Fenster und sah zu, wie zwei ihrer Jungen ein wild gakkerndes Huhn im Kreis herumjagten, daß die Federn nur so flogen.

»Was gibt's denn da zu starren?« fragte plötzlich eine Stimme hinter mir. Ich fuhr zusammen und drehte mich um. Vor mir stand ein großer sommersprossiger Junge mit dichtem Haar, das ihm immer wieder über die Augen fiel. Isaac.

»Gar nichts«, gab ich zurück.

Er grinste und pfiff durch die Zähne. »Die Tage...« sagte er. »Deine Schwester...«

»Du hast gelauscht«, sagte ich und wurde rot, ich genierte mich für Aggie.

»Viel gibt's nicht, was ich nicht mitbekomme«, prahlte er. Dann sah er die Zwillinge an. »Die haben also 'ne Schraube locker, ja?«

»Haben sie nicht.«

»Schon gut.« Er grinste. »Mir soll's gleich sein.« Er sah mich mit seinen vertrauten blauen Augen an, bis mir ganz heiß wurde vor Verlegenheit. »Milly«, sagte er endlich.

»Isaac«, sagte ich.

»Ja.«

»Du bist gewachsen«, sagte ich, denn mein Spielkamerad Isaac war kleiner und rundlicher gewesen, allerdings auch nicht weniger schmutzig als dieser hoch aufgeschossene Junge. »Wir haben früher zusammen gespielt.«

»Eh deine Mama sich umgebracht hat.«

Das tat weh. Und jetzt fiel mir alles wieder ein. Wie er mich immer geneckt, mich herausgefordert hatte. Aber ich konnte mit seinen Neckereien noch nicht wieder umgehen, wir hatten zu lange ein so stilles Leben geführt. Ich hatte es verlernt. »Ehe Mutter gestorben ist«, verbesserte ich steif.

»Mutter! Warum sagst du nicht Mama wie jeder normale Mensch?«

»Geht dich nichts an. Hat deine Mutt... – deine Mama – dich nicht rausgeschickt? Ich sag ihr, daß du gelauscht hast.«

Isaac wurde rot. »Du! Alte Petze...«

»Ich sag's nur, wenn du was sagst.« Ich kämpfte gegen einen Kloß im Hals. Ich hatte mich so nach Isaac gesehnt. Wie sehr, das merkte ich erst jetzt. Und nun zankten wir uns.

»Ist mir gleich, wenn du's meiner Mama sagst«, meinte er. »Die kann mir gar nichts tun.« Aber er ging zur Tür.

»Sie könnte es Mr. Howgego sagen«, wandte ich ein.

»Der ist nicht da, und Abe und Ben sind auch nicht da, die sind Aale fangen droben in March, deshalb bin ich jetzt der Mann im Haus.«

»Mann«, wiederholte ich höhnisch.

Isaac warf mir einen blaublitzenden Zornesblick zu, dann drehte er sich um und ging türenschlagend aus dem Zimmer. Ich stand wutbebend da und sah ihm vom Fenster aus nach. Dann drehte ich mich um und schaute Ellenunesther an, die, unbeeindruckt von dem Streit und von Isaac, Hand über Hand spielten und miteinander flüsterten und kicherten.

»Hört auf damit«, fuhr ich sie an. »Warum könnt ihr euch nicht benehmen wie normale Menschen?«

Sie unterbrachen ihr Spiel und sahen mich mit ihrem leeren, nach innen gekehrten Blick an.

»Entschuldige Milly«, sagten sie wie aus einem Munde, und dann saßen sie still da und sagten gar nichts mehr.

»Ach, schon gut«, sagte ich halblaut. Man konnte Ellenunesther nicht böse sein. Das, was sie machten, alles was sie machten, geschah ja in aller Unschuld.

Mrs. Howgego gab uns einen warmen Laib Brot mit bei jenem ersten Besuch, und ich schlug ihn in ein Tuch ein, zum Schutz vor dem heißen Staub, der stetig über das Land wehte. Wir beeilten uns. Wenn nun Vater heimgekommen wäre, während wir nicht im Haus waren? Wir waren noch nicht weit gekommen, da tauchte Isaac vor uns auf und begrüßte uns, als habe er uns an diesem Tag noch nicht gesehen, geschweige denn, sich vor einer knappen halben Stunde mit mir verzankt. Immer wieder staunte ich über seinen jäh hochschießenden Zorn, der, kaum aufgeflammt, wieder in sich zusammenfiel. Der meine schwelte weiter und starb nie.

Isaac begleitete uns ein Stück, er schlug mit einem Stock auf die Gräser am Straßenrand ein und scheuchte Scharen von Grashüpfern und anderen summenden Insekten auf. Mit mir sprach er kaum, mit Agatha gar nicht, er ging neben den Zwillingen her und blieb hin und wieder stehen, um ihnen etwas zu zeigen: »Das ist eine Grille da drüben, seht ihr? Jetzt ist sie weg...« Oder: »Der Schmetterling da, das ist ein Roter Admiral.« Und: »Bärenraupen, schaut. Auf die müßt ihr Obacht geben, die jucken.«

Die ganze Zeit ging Agatha voran, in stolzer, königlicher Haltung, den Kopf hoch erhoben wie einen neuen Kelch der Weisheit, aus dem kein Tropfen verlorengehen durfte.

Nein, ich konnte mich nie lange über Isaac ärgern, so wie ich mich über andere ärgerte, wie ich mich über Agatha ärgerte. Gewiß, er hatte mich aufgebracht, aber es war schön, ihn dabeizuhaben. Er hob die Stimmung, denn wir vier waren immer so ernst, so gehetzt, immer in Sorge. In Mrs. Howgegos Küche, als die Jungen draußen herumalberten und sie gemütlich mit uns schwätzte, war mir zu Bewußtsein gekommen, wie still wir geworden waren. Und mit Wehmut dachte ich daran, wie es gewesen war, als wir Mutter noch hatten, wie wir am Feuer spielten, Aggie und ich, oder draußen vor der Hintertür, wie wir zu Mutter liefen, um uns übereinander zu beklagen und uns umarmen und küssen zu lassen. Wie bei Mutter alles immer wieder gut geworden war.

Wir spielten nicht mehr viel, nachdem Mutter weg war. Und wir lachten kaum noch. Wir hatten ja auch unsere Arbeit und die Kleinen, um die wir uns kümmern mußten. Sie wuchsen auf mit unserer Ratlosigkeit, unserem Kummer. Mutters Weggang hatte uns gleichsam zersplittert, und Vater konnnte uns nicht wieder zusammenfügen. Gewiß, wir blieben beieinander, und die Wände des Hauses umschlossen uns, aber geborgen fühlten wir uns in ihnen nicht. Wir waren innerlich hohl, waren in unseren eigenen Köpfen eingesperrt – bis auf die Zwillinge, die wie eins waren.

Wir sind jetzt mehr zusammen als damals. An den Abenden, wie heute abend, sitzen wir beisammen. Im Kamin brennt kein Feuer, seit die Abende warm und hell sind. Es ist Juni. So um den längsten Tag herum, denke ich, und obgleich es heute ununterbrochen stark geregnet hat, ist es nicht kalt. Der frische, erdige Geruch des Sommerregens zieht durch das zerbrochene Fenster, und silbriges Licht fällt über den roten Backsteinbogen und auf die Spinnweben in der Ecke.

Ich mag Spinnweben; neu sind sie wie straffgespannte Seide, schimmernde Kunstwerke; und wenn sie alt sind, fallen sie leise und verstaubt und verschrumpelt zu Boden, so sacht, daß du kaum spürst, wenn sie dich streifen.

Abends stricken wir, Aggie und ich, manchmal spielen

wir sogar Karten. Zum erstenmal seit unserer Kindheit. Rommé. Es dauerte lange, es gab viel Streit, bis wir uns an die Spielregeln erinnert hatten. Man braucht Konzentration dazu und Geduld – und Aggie möchte immer so gern gewinnen. Ich würde mich nicht aufregen, wenn sie sich nicht so furchtbar aufregen würde. Mir wär's egal, wenn es ihr egal wäre. Und weil es nun mal immer einen Gewinner und einen Verlierer geben muß, gibt es immer Kämpfe. Keine Schlägereien, nein, das nicht, aber Worte wie Schläge, die uns in die Vergangenheit zurückstoßen, die Haut über unseren Erinnerungen aufreißen, bis sie in wildem Durcheinander herausquellen. Wir machen aus ihnen, was wir können, was wir wollen.

Heute aber stricken wir, jede auf einer Seite des leeren Kamins, horchen auf den strömenden Regen; auf die Tropfen, die sich hier und da in den Rauchfang verirren; auf das Klicken unserer Nadeln und Agathas Seufzer. Warum sie ständig seufzen muß, weiß ich nicht. Ellenunesther sind in der Küche und machen sich ihr Abendessen. Sie essen immer nach uns und immer kalt, wie Puppenportionen sieht das aus, was auf ihren Tellern liegt. Mit Vorliebe schneiden sie alles klein: ein Würfel Käse für jeden, eine halbe Tomate, eine Scheibe Gurke. In winzige Quadrate geschnittenes Butterbrot. Und sie essen dasselbe zu derselben Zeit, kauen immer gleichzeitig. Wir lassen sie gewähren, wir nehmen – das heißt meist ich – unsere Sachen weg und lassen sie gewähren. Nur die Messer räume ich auf, wenn sie fertig sind. Ich räume sie auf und zähle sie nach, es sind gefährliche Gegenstände, die man mit gebührender Sorgfalt behandeln muß. Ich zähle sie und reibe die Klingen blank, und dann lege ich sie in die Schublade des Küchenbüffets.

Aggies Katzen, die meisten jedenfalls, liegen über- und nebeneinander vor dem Kamin oder hängen über Sessellehnen und haben es sich auf den Fensterbrettern bequem gemacht. Ein graugetigerter Haufen wie schmutzige Wäsche, ein schnurrender, atmender Haufen. Sie kennt alle beim Namen – oder behauptet es wenigstens. Ich weiß nicht mal, wie viele es jetzt sind. Wenn Mark, der junge Mann mit dem Lieferwagen, uns die Lebensmittel bringt, jeden zweiten Freitagnachmittag kommt er, glaube ich, ist mehr Katzenfutter dabei als sonstwas. Natürlich bringt er auch Kekse. Jede Menge Kekse. Pfeffernüsse und Whiskytaler und rosa Waffeln und Feigenröllchen und Schokoladenplätzchen und gefüllte Butterkekse. Und Tee und Kondensmilch (der Milchmann liefert nicht hierher, und außerdem mögen wir den süßen Geschmack), und Brot und Käse und Eier und Oliven – ich schwärme für Oliven! – und sonst noch dies und das. Am Sonntag esse ich gern eine schöne Scheibe Schinken mit ein paar Klecksen Senf drauf. Auch immer eine Flasche Gin.

»Was strickst du da eigentlich?« fragt Agatha unvermittelt, in boshaftem Ton.

»Ist doch egal«, sage ich. Heute mag ich mich nicht herausfordern lassen.

»Lange genug bist du da schon dran. Seit Jahren, stimmt's? Ob es Weihnachten fertig ist?«

Sie gackert über das, was sie für einen Witz hält, aber ich lache nicht, ja, ich lächele nicht einmal. Darauf, daß ich stricke, kommt es an. Auf den Rhythmus, das Klick-Klack der Nadeln, die immer und immer wieder mit den Köpfchen zusammenstoßen.

»Socken für unsere Landser, wie? Oder was Schönes für die Anstreicher? Ein Morgenjäckchen für George? Ein behagliches Leichentuch?«

Wieder gackert sie. Hexe. Immer wieder lasse ich mich auf ihre Sticheleien ein. Ich stricke schneller, ziehe die alte Wolle stramm, immer strammer, bis der Faden reißt. Wieder muß ich knoten.

Agatha fängt zu singen an. Ihre Stimme ist nicht mehr das, was sie einmal war. Ich kann kaum glauben, was sie da singt:

> Schaut die Weiber an, stöhnend und weinend,
> käseweiß ihr Gesicht;
> sie drohen mit den Fäusten, so scheint es, wie ich.
> Mitleidig blickt jeder Kohlkopf,
> und eine kaputte Leiter hängt dort an dem Ast.

»So geht der Text aber nicht, Agatha«, sage ich.

»Nein? Wie dann? Sing du's doch, wenn du alles so genau weißt.«

Sie lächelt böse, und ich antworte nicht, es ist mir einfach zu dumm. Ich kann zum Knoten der dunklen Wolle kaum noch etwas sehen, sie wird eins mit dem Dämmerlicht.

Agatha strickt mit grellrosa Nylongarn, das sie sich aus einem Katalog bestellt. Sie mag Kataloge. Besonders, wenn sie nichts kosten. Stundenlang strengt sie ihre Augen an und seufzt. Wenn wir uns nur neue Sachen leisten könnten, aber dafür ist kein Geld da. Seit Jahren haben wir nichts Neues mehr gehabt. Aggie hat alle Sachen von Mutter aufgetragen, und danach haben wir uns Sachen bestellt, Kleider und Strickjacken und Schuhe, aber jetzt reicht das Geld schon lange nicht mehr. Ich trage immer noch das letzte Kleid, das ich gekauft habe. Es ist scheußlich, ein scheußlicher, glänzender, unverwüstlicher Stoff. Nein, nicht unverwüstlich, er schmilzt. Einmal habe ich morgens mit dem Ärmel eine Kerzenflamme gestreift, sie hat ein schwarzes Loch hineingeschmolzen, es ist noch da und ärgert mich, schwarz und verhärtet wie eine Narbe.

Der Briefträger kommt nicht zu uns hinaus. Nicht wegen der Entfernung, hat die Post uns erklärt, sondern weil hier keine Fahrstraße ist, nur ein schmaler Weg, der in der Nähe von unserem Haus vorbeiführt. Mark aber schafft es mit seinem Lieferwagen. Unser Held! Er bringt uns auch die Post und nimmt Agathas Briefe mit. Sie ist die einzige, die Briefe schreibt und welche bekommt. Es ist immer eine große Sache, wenn sie die Umschläge aufmacht, furchtbar wichtig macht sie sich damit. Sie strickt Deckchen für die Anrichte. Jede Menge liegen schon drauf. Sie strickt Sesselschoner für die Sesselschoner; Eierwärmer und Teewärmer und gerüschte Marmeladenglashäubchen, die bald voller Marmelade und Schimmel sind; sie strickt Decken für die Katzen, die dann in den Ecken herumliegen und voller Katzenhaare sind. All diese Dinge strickt sie, in buntem billigem unverwüstlichem Nylon. Unverwüstlich und zu nichts nutze.

Mrs. Howgego besuchte uns nun öfter. Sie kam den Weg heraufgekeucht, meist bemerkte ich sie als erste, von meinem Posten auf Vaters Fensterbrett aus, eine breite, wogende Gestalt, vor der zwei, drei kleine Staubwolken hertrieben – ihre Söhne. Sie schleppte immer einen großen Weidekorb, und in dem Korb brachte sie uns immer etwas mit: einen Apfelauflauf oder Himbeeren oder ein Glas Pflaumenmus.

Sie kam gleich in die Küche, ohne zu klopfen, ohne Umstände zu machen, denn für sie waren wir Kinder. Kinder, die Hausfrau spielten, und das erbitterte sie. Vier große Mädchen und keine Mutter, murmelte sie, wenn sie hereingerauscht kam und sich in die Arbeit stürzte, die Arme in der Spüle, den Kopf im Geschirrschrank, kaum daß sie guten Tag gesagt hatte. Damals war es bei uns ordentlicher als bei ihr, aber das hat sie nie gemerkt. Sie merkte nur, daß die Äpfel am Boden lagen und schon über die beste Zeit zum Lagern hinaus waren oder daß Agatha den Salat hatte schießen lassen.

Trotzdem freuten wir uns immer, wenn sie kam, hörten uns klaglos an, was sie auszusetzen hatte, brühten ihr viele Kannen Tee auf. Die Zwillinge standen dann da und betrachteten sie aus großen runden Augen, während sie nicht aufhörte, über die beiden zu staunen. Wie-ein-Ei-dem-anderen und Nein-so-was-aber-auch. Ellenunesther lächelten, freuten sich über diese Bestätigung ihrer identischen Ichs.

Agatha tat ihr natürlich schön. Schließlich und endlich war sie die Älteste und eine Frau, das hatte Mrs. Howgego selber gesagt. Das war es nämlich, was hinter dem Blut und hinter den Schmerzen stand: eine neue Bedeutsamkeit. Ständig musterte sie sich in dem alten Spiegel. Ich sah, wie sie den Kopf so herum und so herum drehte. Von vorn war sie schön, sie sah Schönheit, wenn sie in den Spiegel blickte, sie lächelte das Lächeln unserer Mutter und war zufrieden, aber wenn sie den Kopf zur Seite drehte, merkte sie, daß die Nase nicht dazu paßte. Zu lang, zu spitz. Häßlich? Schön? Wer sagt es mir? Und dann wandte sie sich ungehalten ab.

Aggie war eine gute Gastgeberin, wenn Mrs. Howgego kam. Sie deckte den Teetisch nett, bat sie, Platz zu nehmen, machte Konversation: »Wie geht's, Mrs. Howgego? Und den Jungen? Warm genug für Sie, Mrs. Howgego? Sieht aus, als ob wir Regen bekommen...« – und vergaß auch nicht den Kuchen und das Glas Milch für die Jungen. Agatha und Mrs. Howgego sprachen von gleich zu gleich miteinander, und ich war ausgeschlossen, Agatha machte das ganz deutlich, denn sie waren erwachsene Frauen, und ich war noch ein kleines Mädchen. Hin und wieder beugte sich unser Besuch vertraulich vor, faßte manchmal sogar Agathas Hand. »Alles bestens?« fragte Mrs. Howgego dann und sah auf Agathas Bauch herunter.

Und Agatha wurde rot und nickte. »Alles in Ordnung, danke«, sagte sie geschmeichelt und geniert.

Auch Klatsch gab es. Als Vater nicht mehr regelmäßig nach Hause kam, traf er eine Abmachung mit Sara Gotobed, die den Dorfladen betrieb. Sie sollte uns die Lebensmittel ins Haus liefern, die wurden dann direkt von der Bank bezahlt. Mrs. Gotobed war eine dicke Frau mit Haaren im Gesicht, und Mrs. Howgego konnte sie nicht ausstehen. »Eine üble Bande, die Gotobeds«, sagte sie. »Daß ihr euch von der nur ja keinen Unsinn erzählen laßt.«

Natürlich ließen wir uns von ihr Unsinn erzählen, aber wir glaubten ihr kein Wort, denn sie sagte schlimme Dinge über Mrs. Howgego. Eine sagte schlimme Dinge über die andere, aber wir glaubten Mrs. Howgego. Mrs. Gotobed war bei allen Geburten im Dorf dabei und ärgerte sich, weil Mutter für ihre Entbindungen nicht sie geholt hatte. Deshalb hatte sie wohl auch für uns nie viel übrig und redete kaum mit uns, nur hin und wieder nahm sie sich die Zeit, häßliche Sachen über unsere Freundin zu sagen.

»Bei der Candida Howgego müßt ihr aufpassen«, sagte sie dann wohl und nickte zu dem Howgego-Haus hinüber. »Kein Monat vergeht, in dem sie nicht versucht, mich um einen Farthing hier oder einen Halfpenny dort zu prellen. Und was ihr Alter treibt... ich will ja nichts gesagt haben... aber die Hälfte aller Kinder, die im Dorf zur Welt kommen, schätze ich, sehen dem niederträchtigen alten Howgego gleich.«

Wir lächelten vielsagend, weil wir nicht recht wußten, was sie meinte, und glaubten ihr kein Wort. Wir mochten Sara Gotobed nicht sehr, und Aggie und Ellenunesther ließen sich nie blicken, wenn sie kam. Zuerst unterhielt ich mich noch ein bißchen mit ihr, aber als ich merkte, daß sie mich nicht leiden konnte, ließ auch ich es bleiben.

Mrs. Howgego freute sich, als ich ihr sagte, daß wir Sara nicht mochten. »Ich an eurer Stelle würde jede Kleinigkeit nachwiegen, die sie bringt«, riet sie uns. »Mich hat sie vorigen Monat bei der Seife beschummelt und im Monat davor beim Mehl, und dann waren Motten drin. Und ihr solltet bloß mal sehen, wie es bei ihr zu Hause zugeht. Ein Wunder, daß sie ihren Mann noch halten kann. Der bleibt auch nur, weil er Angst vor ihrer scharfen Zunge hat. Wenn die loslegt, wird er ganz klein.«

Wenn ich sah, daß Isaac mitgekommen war, lief ich ihm entgegen, erhitzt und atemlos vor Aufregung und befangen, weil ich mich so freute – denn nur mit Isaac konnte ich richtig Kind sein.

Wir begrüßten uns verlegen, und Mrs. Howgego schüttelte bedenklich den Kopf, wenn wir uns hinters Haus verzogen, um mit Äpfeln und Steinen nach einer Zielscheibe zu werfen, die Isaac an die Scheunenwand gemalt hatte, oder um in den unteren Zweigen der Obstbäume herumzuklettern und uns zu unterhalten.

»Sobald ich kann, geh ich weg von hier«, sagte er einmal und verzog das Gesicht, weil der Frühapfel, den er gerade aß, so sauer war.

»Du wirst Bauchweh kriegen«, mahnte ich aus eigener Erfahrung. »Wohin?«

»Vielleicht zur Armee«, sagte er und polkte an einem Schorf auf seinem Knie.

»Zur Armee!« Ich sah ihn voller Bewunderung an und stellte mir einen Bilderbuchsoldaten vor, mit rotem Schnürrock, blanken Stiefeln und einem Apfelschimmel.

»Jedenfalls weg von hier«, sagte er.

»Könnt sein, daß ... du mir fehlst«, sagte ich. Es machte mich verlegen, von einem Gefühl zu sprechen.

Isaac sah mich aus verengten Augen an und schaute

schnell wieder weg. Er war rot geworden. »Mama sagt, es ist schön und gut, daß wir befreundet sind, solange du noch ein Mädchen bist. Aber bald, sagt sie, bist du eine Frau, und dann wär es nicht... nicht anständig, wenn wir allein zusammen sind.« Er sah mich wieder an und krauste die Nase. »Wie 'ne Frau siehst du aber noch nicht aus«, stellte er fest.

Ich sah an meinem flachen, glatten Kinderkörper herunter. »Nein«, räumte ich ein. »Aber Aggie ist eine, und ihr sieht man's auch nicht an.«

»Komisch«, meinte er.

»Aber es wär nicht schön, wenn du dann aufhören würdest, mit mir befreundet zu sein, Isaac. Ich kann schließlich nichts dafür.«

»Wenn du 'ne Frau bist, hast du vielleicht keine Lust mehr auf manche Sachen«, sagte er. »Dann willst du vielleicht statt dessen was anderes machen.«

»Wieso? Was denn?«

»Weiß nicht. Was Frauen eben machen. Auf Bäume wirst du dann bestimmt nicht mehr klettern wollen. Weil... dann mußt du immer schön brav sein.«

»Deine Mama sagt, daß was Kleines kommt, wenn man nicht schön brav ist.« Ich überlegte. Vom Bäumeklettern konnte man doch wohl nichts Kleines kriegen? Ich spürte seinen Blick, und als ich aufsah, musterte er mich mit einem eigenartigen Ausdruck.

»Weißt du denn gar nichts?« fragte er. »Woher die Kinder kommen?«

Heiß schoß mir das Blut in die Wangen, und ich sprang vom Baum, weil er es nicht merken sollte. »Wenn du in die

Armee willst, bist du ja sowieso weg, wenn ich eine Frau geworden bin.«

»Du weißt es nicht, stimmt's? Hast du nie zugesehen, wie eure Barley gedeckt worden ist? Oder wie's der alte Hahn mit euren Hennen macht?«

Ich sah ein wild gackerndes, flatterndes Federbündel vor mir, hörte das sieghafte Gebrüll des Bullen. Ich griff nach einem harten grünen Apfel und warf ihn an die Scheunenwand, wo er mit dumpfem Laut ins Schwarze traf. »Ich glaub dir nicht«, sagte ich gegen meine Überzeugung.

Schön war das damals. Eine merkwürdig normale Zeit, in der ich keine Merkwürdigkeit war, sondern ein ganz normaler Mensch. Ein kleines Mädchen mit langem Zopf. Ein kleines Mädchen mit einem Freund. Einmal rannten wir um die Wette zu Mutters Kanal, als Mutprobe, wir wollten sehen, ob sie merkten, daß wir weg waren. Wir sahen in das braune Wasser, und ich sprach von Mutter, daß sie vielleicht immer noch da unten lag.

»Schätze, daß sie inzwischen draußen auf See ist«, sagte er. »Vielleicht in Afrika. Es ist ja nicht dasselbe Wasser, es ist immer wieder anderes.«

Darüber dachten wir eine Weile nach. Ich hatte mir noch nie überlegt, daß das unablässig vorbeiflutende Wasser immer anderes Wasser war, neues Wasser, das auf Nimmerwiedersehen davonfloß.

»Wo geht denn das alles hin?« fragte ich.
»Ins Meer.«
»Ich hab noch nie das Meer gesehen.«

»Ich auch nicht. Aber das kommt noch«, sagte er stolz. »Wenn ich von hier weggeh.«

»Man sollte meinen, daß das Meer irgendwann mal voll ist und überläuft«, sagte ich.

»Tut's vielleicht auch.«

»Aber wo kommt das viele neue Wasser her?«

Stirnrunzelnd sah er der Strömung nach. Er gab ungern zu, daß er etwas nicht wußte. »Du bist blöd«, sagte er.

»Bin ich nicht.«

Er musterte mich nachdenklich. »Bist 'ne ulkige Nudel. Irgendwie anders. Muß komisch sein, wenn man keine Mama hat.«

»Zuerst schon«, sagte ich. »Jetzt nicht mehr. Ich kann mir jetzt nicht vorstellen, eine zu haben. *Das* wär komisch. Aber schön.«

»Sie ist verrückt geworden, sagt meine Mama.«

»Ist nicht wahr.«

Er zuckte die Achseln. Manchmal war er ein kluger Junge, mein Isaac, manchmal ließ er die Dinge auf sich beruhen. Ein Haubentaucherpaar dümpelte vorbei. »Komm schwimmen«, sagte er.

»Nein.« Ich wich zurück. Dieses Wasser hatte Mutter mitgenommen.

»Komm, sei nicht so feig.« Er zog Hemd und Hose aus. Weiß war er und lang. Ich kicherte und staunte über sein Ding, eine kleine blasse Wurst. Doch dann sprang er, und ich bekam es mit der Angst zu tun. Ich sah kurz seine Hinterbacken, bläulichweiß, dann konnte ich nicht mehr hinsehen.

Mutter war da drin. Und jetzt zappelte er mit seinem

aalglatten Körper, den langen Zehen im tiefen Wasser herum. Wenn er nun auf ihr Gesicht trat... Ich wandte mich zitternd ab und biß mir auf die Lippen. Ich mochte mir meine Angst nicht anmerken lassen.

»Komm schon«, rief er. »Es ist nicht kalt. Ich paß auf, daß du nicht ertrinkst.«

»Nein«, sagte ich.

Ich sah über den Kanal hinweg zu dem silbriggrünen Beben der Weiden an einem fernen Flußufer. Weit weg arbeiteten Leute auf einem Feld. Kleine gebückte Gestalten. Da drüben fuhr der Zug, irgendwo da drüben, der Zug nach Ely, vielleicht der Zug nach London. Wo Mutter hingehörte.

Man hat den Kanal mit einem Schleppnetz abgesucht, hat sie aber nicht gefunden. Es hat sie nur jemand durch die böse Nacht stolpern sehen, hat nach ihr gerufen, aber sie hat nicht gehört. Es hat sich nur die Blume von ihrem Hut gefunden, von ihrem schönen Hut, ganz naß und schmutzig, nah am Rand.

»Komm, wir müssen zurück«, sagte ich. »Sie merken sonst, daß wir weg sind.«

Nach einer Weile kletterte er heraus, fröstelnd, schmutzig vom Uferschlamm. Er schlüpfte mit feuchter Haut in die Kleider, ich sah, wie dunkel seine Füße waren im Vergleich zu seinen weißen Beinen. Seine Fußsohlen waren hart wie Leder, denn Stiefel trug er nur im Winter. Stumm gingen wir zurück. Er lief vor mir her, versuchte zu pfeifen, obgleich seine Zähne aufeinanderschlugen. Ich war von widersprüchlichen Gefühlen hin und her gerissen. Ich war böse, fast eifersüchtig, weil Isaac in Mutters

Kanal gewesen war, ich mochte heute nicht mehr mit ihm reden. Aber ich fand auch, daß es mutig gewesen war, denn ich hatte ja wirklich Angst vor diesem Wasser. Und schon jetzt fühlte ich mich einsam, weil ich wußte, daß er bald fort sein würde, und dann gäbe es nur noch Aggie und Ellenunesther und mich. Und alles würde leer und öde sein.

Aggie ist eingenickt, der Griff um das Strickzeug lockert sich, es fällt ihr in den Schoß, das Gesicht erschlafft. Sie schnarcht leise. Ich höre die Zwillinge in der Küche; höre ein Stöhnen aus dem Keller. Was ist los? Er ist für heute versorgt. Das Stöhnen weckt Aggie. Sie fährt zusammen, dann greift sie nach dem Strickzeug, denkt, ich hätte den dünnen Speichelfaden auf ihrem Kinn, den dunklen Fleck auf ihrer Brust nicht bemerkt.

»Du hast gesabbert«, sage ich, und sie sieht mich böse an.

»Letzte Nacht hab ich geträumt«, sagt sie. »Ich hab von Vater geträumt. Mutter war nicht da, nur Vater. Er hat einfach durch mich hindurchgesehen. Ich war überhaupt nicht da.«

Sie fängt wieder an zu stricken. Ein kompliziertes Durchbruchmuster, wie Muscheln, Herzmuscheln. Als Kinder haben wir manchmal im Hof Muscheln ausgegraben und sie Mutter gebracht.

»Ich träume nie von Vater«, sage ich. »Aber Mutter ist da. Oft. Sie macht nichts weiter. Sie ist nur da.«

Lange sehe ich Aggie an. Eine ganz gewöhnliche alte Frau, eine ziemlich dreckige alte Frau sogar. Das fette graue Haar liegt dicht am Kopf an, die rosa Kopfhaut schimmert durch. Die tiefen Furchen im Gesicht sind voller Schmutz, die Fingerspitzen bräunlich, die Nägel darüber krümmen sich wie gelbe Klauen.

»Was starrst du so?« fragt sie. Ich sehe weg.

Der Katzenberg wogt und seufzt, als ein Tier sich daraus löst und zur Tür geht. Es streckt sich und seufzt, gähnt, dann sieht es mich erwartungsvoll an. *Mich*, obgleich es Agathas Katzen sind, die mich überhaupt nichts angehen. Das Vieh wirft mir einen unverschämten Blick zu. Fast schwarz ist es in diesem Dämmerschatten, die Augen sind helle Schlitze. Ich mag mich nicht bewegen, nicht für eine Katze, nicht, um Agatha die Arbeit abzunehmen. Das Vieh zieht sich hinter Agathas Sessel zurück, und ich höre das dunkle Zischen von Urin. Das Tier kommt wieder angestakst, wetzt die Pfoten am Boden, läßt sich locker in den pelzigen Haufen zurückfallen, ist gleich darauf unter den getigerten Leibern nicht mehr auszumachen.

»Widerlich«, sage ich zu Agatha. Ich halte nichts von Tieren im Haus. »Warum pflegst du sie nicht wenigstens ordentlich, Agatha? Warum ertränkst du sie nicht?«

Agatha tut, als habe sie nichts gehört. »Abscheulich, dieser Gestank«, füge ich hinzu, obwohl es eigentlich auch nichts mehr ausmacht. Agatha zieht aus der seitlichen Sesselritze eine Kekspackung, eine Packung rosa Waffeln. Es sind keine Waffeln mehr drin, aber sie schüttet die Krümel in die Handfläche und leckt sie ab. Ekelhaft.

»Mal angenommen, wir würden in die Stadt fahren«, sagt sie plötzlich und läßt ihr Strickzeug fallen. »Würdest du mitkommen? Wir könnten uns was Neues kaufen. Ein neues Kleid für mich.« Sie steht auf. Sie läßt die Hände über ihren klapperdürren Körper gleiten, als sei unter dem alten Fummel, den sie da anhat, noch irgend etwas, womit sich Staat machen ließe, unter diesem Fummel, dessen Farbe durch die Spritzer und Flecken vom Essen und die Katzenhaare hindurch schon längst nicht mehr zu erkennen ist. Sie legt die Hände an die Hüften.

»Blau stand mir schon immer am besten«, sagt sie. »Bei manchen wirkt es fad. Für Blau braucht man den richtigen Teint.« Sie sieht mich mitleidsvoll an. »Und ich lasse mir Locken legen«, ihre Hände deuten eine Lockenfülle auf ihrem Kopf an, »und die Nägel lackieren. Und Schuhe. Spitze Schuhe mit hohen Absätzen.« Sie geht auf Zehenspitzen durchs Zimmer, mit ächzenden Gliedern, Kekskrümel in der Gegend verstreuend, das Gesicht zu einer albern-koketten Fratze verzogen.

»Und dann könnten wir essen gehen. In ein Restaurant.« Sie setzt sich wieder. »Ein Restaurant, Milly, stell dir das vor. Mit Kellnern, gut aussehenden Kellnern, die sich schier umbringen vor Beflissenheit. Was würden wir essen, Milly?«

»Austern und Roastbeef«, sage ich und grabe in meinem Gedächtnis nach den Luxusdingen, von denen wir durch Mutter wissen. »Und Rotwein und Karamelcreme.«

»Und Kaffee *mit* Kognak«, fällt ihr ein. »Und Pralinen.«

»Und einen aus Eis geformten Schwan. Mutter hat mir

von dem Schwan ganz aus Eis erzählt, auf einem Meer von Veilchenblüten.«

»Nur zum Anschauen, nicht zum Essen«, fügt Aggie hinzu. »Mir hat sie es auch erzählt.«

»Sie war in einem Restaurant zum Abendessen, mit einem Mann. Nicht mit Vater.«

»Ehe sie Vater gekannt hat.«

»Schwäne aus Eis, so was war nichts für Vater.«

»Nein«, sagt Aggie. Sie hat aufgehört, mit der Zunge zwischen den Fingern nach Krümeln zu suchen, und greift nach ihrem Strickzeug, aber es ist zu dunkel geworden zum Stricken. In der Küche brabbeln Ellenunesther. Ich müßte wohl nach dem Rechten sehen, müßte nachschauen, ob sie nicht mit spitzen Gegenständen spielen. Nein, da passiert schon nichts, sie sind schon brav. Man darf sich nicht einmischen, und ich mag mich nicht rühren, jetzt noch nicht. Es ist so behaglich. Es wird allmählich kalt, aber ich habe diesen Sessel warmgesessen, und ich mag die Wärme nicht lassen, jetzt noch nicht. Man kommt sich hier fast normal vor. Zwei Schwestern, die am Abend beisammensitzen, einfach nur reden, sich einfach nur ihren Erinnerungen hingeben, nach Schwesternart. Nein, aber dieses Durcheinander! Was hätte nur Mutter dazu gesagt?

»Ob wir wohl morgen mal aufräumen?« schlage ich vor, denn allein schaffe ich es nicht. Sie sieht sich um, und ich folge ihrem Blick. Die Ecken sind jetzt im Schatten verschwunden, aber auch so wird deutlich, daß es ein hoffnungsloses Unterfangen ist. Praktisch überall liegen Katzen herum, ihre Haare haben den Teppich überzogen, so daß er weich und getigert ist wie sie selbst. Es scheint, als ob die Haare über den Teppich hinschweben, sie wogen unter unserem Schritt, verfangen sich in den Spinnweben, man geht warm in ihnen wie in warmem Wasser. Abfall, wohin man sieht. Mutters altes Klavier steht offen, die Tasten sind vom Essen und vom Staub verklebt. Sie bleiben unten, wenn man sie anschlägt. Manchmal, wenn Feuer im Herd ist, verbrennen wir was, aber meist bleibt alles stehen und liegen, wo es ist: Kekspackungen und Tüten und Ginflaschen und Untertassen mit eingetrocknetem Katzenfutter und Tassen, in denen Schimmel klebt. Wir halten vier Tassen sauber, vier Teller, das Besteck und die Schüssel von George. Das reicht. Zerknüllte Taschentücher liegen herum und Zeug, das die Katzen hereinbringen, und Briefumschläge; und in diesem Zimmer sind die Sachen, die um meinen Koffer herum liegen. Sie liegen da seit... seit ich mich entschlossen hatte hierzubleiben. Damals habe ich aufgehört, Ordnung zu halten, wir alle hörten auf damit, faßten nichts mehr an, bis auf das, was wir gerade brauchten. Es war eine Entscheidung. Eindrucksvoll. Zuerst gar nicht so einfach durchzuhalten, aber sehr bald zur Gewohnheit geworden. Ich könnte nicht einmal mehr sagen, was es für Sachen sind, was mir einmal so wichtig war, daß ich es hatte mitnehmen wollen. Jetzt ist es nur noch weicher, grau verstaubter, verklumpter Stoff. Blank sind in diesem Haus nur die Spiegel. Ich putze sie manchmal, nur in der Mitte, um mein Gesicht zu sehen, um zu sehen, ob ich noch da bin. Aggie schaut öfter hinein. Sie spreizt sich, wie sie es immer gemacht hat, immer eitel. Viel gehabt hat sie nicht davon. Was mag sie sehen? Die Wahrheit wohl kaum...

Die Vorhänge stinken nach Schimmel. Man darf sie nicht anfassen, bei dem kleinsten Ruck zerfallen sie und stäuben Schimmelsporen in die Luft. Im Sommer macht das nichts. Wir haben es gern hell und brauchen uns nicht vor neugierigen Blicken zu schützen. Aber im Winter wird es kalt werden. Ich mag nicht noch einen Winter erleben.

»Erinnerst du dich an Mrs. Howgego«, frage ich, denn heute kommt mir die Vergangenheit ständig in den Sinn.

»Du meinst wohl Isaac, Schätzchen.«

»Isaac auch.«

»Ach Isaac«, sagt sie und seufzt. Ich sehe sie scharf an. »Er hatte sich in mich verguckt, weißt du«, sagt sie. Gemeines altes Biest, aber das lasse ich ihr nicht durchgehen, das nicht, Isaac wird sie mir nicht stehlen.

»Isaac gehörte mir«, sage ich fest, »und das weißt du auch genau. Oder bist du ganz und gar daneben?«

»Nur weil er mich nicht haben konnte. Ich stand unendlich viel höher als er, das hat er natürlich gemerkt, aber ich hätte nur mit den Fingern zu schnippen brauchen, so...« Sie läßt die morschen alten Fingerspitzen knacken, »und er wäre gesprungen.«

»Das ist gelogen«, sage ich. »Isaac hätte dich nie angerührt, nicht mit der Feuerzange hätte er dich angefaßt. In tausend Jahren nicht. Nie hätte er dich angefaßt... Er wußte nämlich Bescheid.«

Ein kaltes Schweigen rauscht durch den Raum wie eine zurückflutende Welle. In all den langen Jahren ist dies nie ausgesprochen worden. Ich sehe, wie Aggies altes Gesicht arbeitet, denkt, schrumpft. Trotz der Dunkelheit tut sie so, als beschäftige sie sich mit den festgestrickten Nylonmuscheln. »Jawohl, er hat es gewußt«, rede ich weiter. Der Drang, ihr wehzutun, ist unerträglich, unwiderstehlich, wie eine juckende Stelle, die man kratzen muß. »Das hat er mir selbst gesagt. Er hat mich gefragt, ob es stimmt.«

»Was redest du da, jetzt bist du aber daneben«, sagt sie. Sie hat eine Entscheidung getroffen. Sie wird nichts sagen. Aber alles geht eben doch nicht nach ihrem Kopf.

»Es ist gegen das Gesetz, hat er gesagt. Sie würden dich abholen und ins Gefängnis stecken, wenn sie es wüßten, hat er gesagt. Ihm wird ganz schlecht, wenn er dran denkt, hat er gesagt. Wenn er an dich denkt.« Aggie zittert so sehr, daß sie nicht mal mehr vorgibt zu stricken. »Ich hasse dich, Agatha«, sage ich. »Wenn du nicht gewesen wärst, hätte er mich geheiratet. Wir hätten weggehen können...«

Ich kann nicht verhindern, daß meine Stimme kippt. »Ich wäre weg gewesen, weit weg. Vielleicht in London. Ich wäre Mrs. Howgego gewesen... inzwischen vielleicht Großmutter. Du warst schuld, Agatha. Du hast alles kaputtgemacht.«

Mein Herz pocht heftig, es tobt wie eine Ratte in einer Kiste, stark und wild, und nimmt mir den Atem. Ich hole tief Luft und mache die Augen zu, und erst als ich ruhiger bin, bringe ich es fertig, Agatha wieder anzuschauen. Weil es dunkel ist, kann ich ihr Gesicht nicht erkennen, aber sie sieht mich an, und sie ist ganz ruhig. Ihre Stimme klingt erleichtert.

»Du lügst«, sagt sie. »Du bist eine Lügnerin. Isaac war vor all dem schon tot.«

Sie meint, daß sie mich damit in die Enge getrieben hat. Aber ich trickse sie aus.

»Vor was denn?« frage ich. »Vor was?«

Jetzt summt sie mit brüchiger Stimme vor sich hin. Mir ist noch nie ein Mensch begegnet, der sich so gut belügen kann wie Agatha. Aber wie viele Menschen sind mir schon begegnet...

»Hör zu«, sagt sie mit ihrer Wichtigtuerstimme. »Beim nächstenmal bringt Mark was Neues mit. Was Neues zum Ausprobieren.«

Sie wartet, daß ich frage – und ich kann nicht anders: »Was Neues? Was denn?«

»Ein besonderes Essen. Was Modernes. In einem Plastikbecher. Du gießt Wasser zu, und du kriegst... alle möglichen Sachen. Sogar chinesisches Essen. Reis und... und alles mögliche. Vielleicht sogar Klöße.«

»Er hat dich zum Narren gehalten, Agatha.«

»Nein. Er hat es mir genau erklärt. Du brauchst keine Pfanne und keinen Teller und nichts. Du ißt aus dem Becher.«

»Kann nicht viel taugen.«

»Köstlich, sagt er. Er selbst ernährt sich praktisch nur davon, sagt er.«

»Morgen kommt er, dann werden wir ja sehen.« Ich bin bereit, alles auszuprobieren. *Mir* kann niemand vorwerfen, daß ich engstirnig bin.

Ellenunesther kommen zum Gutenachtsagen herein. Es sind alte Frauen, für andere Leute wären sie alte Frauen, aber für uns sind sie noch jung, sind sie noch die Kleinen. Ihr Haar ist jetzt grau, es hängt lang auf den Rücken herunter, über den Brauen ist es gerade geschnitten wie eine Eisenstange, aber die Gesichter sind wie Kindergеsichter, alte, verrunzelte Puppengesichter. Flache, freundliche Gesichter mit großen runden Augen.

»Nachtnacht«, sagen sie.

»Träumt süß«, sagt Agatha.

»Und hütet euch vorm Wanzenbiß«, sage ich. Mein Spruch, solange ich denken kann. Obwohl ich ihn mir sparen könnte, denn das Haus wimmelt von Wanzen und Flöhen, im Teppich hüpft es unaufhörlich. Aber vielleicht haben sie ebensoviel Recht, hier zu sein, wie wir? Sie werden hier sein, wenn wir schon lange nicht mehr sind. In einem Buch, das mir Mutter mal geschenkt hat, zu Weihnachten, in einem naturgeschichtlichen Buch, habe ich gelesen, daß es Insekten gibt, bestimmte Sorten von Insekten, Hirschkäfer etwa oder Ohrwürmer, die Feuer und Eis überleben können. Die werden hier sein, wenn wir schon lange nicht mehr sind, soviel steht fest.

Als Ellenunesther glücklich oben sind, wuchte ich mich aus dem Sessel, um nach den Messern zu sehen. Die beiden haben sie selber geputzt. Das ist meine Aufgabe. Sie hätten das nicht machen dürfen. Sie sollten nicht mit den Messern spielen. Aber sie sind alle da, jedes an seinem Platz. In bester Ordnung. Das Messerfach ist der einzige Fleck im Haus, an dem Ordnung herrscht, nur die Messer und die Spiegel glänzen.

Mutters Küche ist ein Chaos, ein schmutziges Chaos. Irgendwann putze ich hier, bestimmt. Ich werde Mark bitten, uns Scheuerpulver mitzubringen, und wenn ich lange genug suche, finde ich bestimmt eine Bürste, und dann schrubbe ich den Schmutz weg. Oder vielleicht auch nicht. Eine saubere Küche... Mark würde staunen. Ich merke doch, wie er absichtlich all diese Scheußlichkeit nicht sieht, so ein höflicher Junge. Mark Gotobed heißt er, ein Urenkel von Sara Gotobed, die uns früher die Lebensmittel gebracht hat. Sie mochte ich nie, aber Mark ist ein prächtiger Junge. Mutter wäre mit ihm einverstanden gewesen, denn er hat Lebensart.

Als Mr. Whitton wieder mal mit seinem Bullen kam, um Barley decken zu lassen, lungerte ich in der Nähe herum. Ich wollte nicht zusehen – und wollte es doch. Ich wollte wissen, was Isaac wußte. Ich versuchte ein Gespräch mit Mr. Whitton anzufangen, aber der war kein gesprächiger Mann, und schon gar nicht, wenn er mit einem kleinen Mädchen sprechen sollte. So ganz wohl schien ihm nicht in seiner Haut zu sein. Ich solle mich trollen, sagte er. Ich ging auf die andere Seite von Barleys Verschlag und tat, als wäre ich nicht da.

»Wenn hier kleine Mädchen wären, würde ich ihnen sagen, sie sollen abhauen«, sagte Mr. Whitton, als spräche er mit dem Bullen. »Schätze, sie hätten keinen Spaß am Zusehen. Nicht, wenn's brave kleine Mädchen wären.« Ich kauerte mich stumm ins Stroh, in meiner Nase kitzelte es, hoffentlich muß ich nicht niesen, dachte ich. Mr. Whitton brummelte noch etwas, dann seufzte er. »Na, dann wolln wir mal«, sagte er. An dem Strick, der durch den Ring in den ledrigen Nüstern führte, zerrte er das schwere Tier in den Verschlag. Er trieb es noch ein bißchen mit einem Stock voran und machte dann das Gatter zu. Zwischen den Fingern hindurch sah ich mit tränenden Augen, weil ich um jeden Preis das Niesen unterdrücken wollte, den Bullen auf den Rücken der armen alten Barley steigen. Mir verschlug es den Atem. Das Gewicht des Untiers mußte ihr doch das Rückgrat brechen. Ich sah Barleys wilden Blick, sah, wie sie die Augen verdrehte, bis man nur noch das Weiße sah, und wie ihre Zunge zur Seite zuckte. Das Gesicht des Bullen war stupide und ausdruckslos. Heißer Fleischgeruch ging von ihm aus. Entsetzt sah ich die dicke rote Stange, die sein Ding war.

Die Tränen liefen mir übers Gesicht, und dann brach es aus mir heraus, ein schauerliches Geräusch, halb Niesen, halb Würgen. Ich rappelte mich aus dem Stroh auf und flüchtete. Ich dachte an Vater und Mutter. Stellte mir Vater auf Mutters Rücken vor, grunzend und schnaubend, stellte mir Mutters verängstigtes Gesicht vor und wie das gräßliche Ding in sie hineinfuhr. Halbtot vor Scham und zutiefst angewidert, rannte ich aus der Scheune.

»Was ist los mit dir«, schrie Mr. Whitton mir nach. »Hat's dir etwa nicht gefallen?«

Ich wußte, daß er sich über mein Entsetzen lustig machte, und ich rannte und rannte, rannte ums Haus herum in den Obstgarten und erbrach ins Gras. Arme Mutter. Arme, arme Mutter. Und sie hatte es viermal machen müssen, um ihre Kinder zu kriegen. Oder dreimal. Mußte man es für Zwillinge zweimal machen? Es war abscheulich und abstoßend und ekelhaft.

Ich kletterte auf den Apfelbaum, meinen Lieblingsbaum, und dachte an Isaac. Ich haßte Isaac, weil er die ganze Zeit so etwas Gräßliches, Ekelhaftes gewußt hatte und darüber lachte wie über einen Witz! Wie Mr. Whitton hatte er gelacht, wie eben ein Mann lacht über eine scheußliche Männersache. Wenn Bravbleiben bedeutete, es nicht zu machen, so bestand keine Gefahr. Eher würde ich sterben, dachte ich.

Ich blieb lange auf dem Apfelbaum. Ich hörte, wie Mr. Whitton mit seinem Untier abzog. Ich hörte, wie Aggie ein-, zweimal nach mir rief, dann gab sie es auf. Ich saß ganz still im Baum. Ich beobachtete eine Katze, die durchs Gras pirschte. Vögel ließen sich neben mir in den Zweigen nieder, so still saß ich da. Ich sah einen Frosch durch das Gras zum Teich hüpfen. Natürlich haßte ich Isaac nicht. Aber Mrs. Howgego hatte recht, wenn sie sagte, so was sei nicht anständig. Wenn es aber nicht anständig war, wieso wurde es anständiger, wenn man verheiratet war?

Ellenunesther kamen vom Haus her in den Garten. Sie trugen etwas in einem Korb. Von meinem Hochsitz aus wirkten sie winzig und ganz bezaubernd, wie eine Abbildung zu einem Kinderreim, die Sonne setzte ihrem braunen Haar Glanzlichter auf, die Gesichter waren rosig, die Wimpern seidig. Ganz in der Nähe von meinem Baum ließen sie sich nieder. Sie murmelten den Text, den sie erfunden hatten, den Beerdigungstext: unddersohnunddergeiß omuttero unwasserunerde omutteromuttero. Sie riefen nach der jungen Katze, die im Gras spielte, schnippten lockend mit den Fingern, und da kam sie gelaufen, neugierig schnuppernde rosa Nase, zuckende Barthaare. Rasch griff die eine nach dem Tier und steckte es in den Korb, die andere klappte den Deckel zu. Sie verschwanden ums Haus herum, den Korb zwischen sich, in ihr Spiel vertieft.

Ich sprang vom Baum und ging zurück in die Scheune. Da stand Barley zufrieden wiederkäuend, ganz zufrieden, ganz normal. Vielleicht war es doch nicht so schlimm.

Jetzt bin ich dran. Aggie würde es nie einfallen, vor mir nach oben zu gehen, denn sie ist die Älteste. Ellenunesther gehen zuerst, dann gehe ich, ganz zuletzt Aggie. So machen wir es immer.

In der Küche spüle ich mir das Gesicht mit Wasser ab, dann mache ich einen Gang zum Abort. Es regnet noch immer, es schüttet, kühl, erfrischend. Ich bleibe einen Augenblick stehen und spüre, wie der Regen über mein Gesicht rinnt, und dann liegt das Haus hinter mir, und ich nähere mich dem dunklen Schuppen. Um diese Jahreszeit kommt man nur schwer hinein, Dorngestrüpp und Brombeeren und Jelängerjelieber und alles mögliche haben ihn ganz überwuchert.

Für mein kleines Geschäft hocke ich mich meist einfach ins Gras, aber heute muß ich durch den Garten stolpern, spüre kratzig nasse Farne und drahtscharfes Gras an meinen Knien.

Es stinkt hier drin, besonders bei warmem Wetter, aber trotzdem gefällt es mir. Früher wurde hier regelmäßig geputzt: der Backsteinboden; der hölzerne Doppelsitz; und Licht drang wie in Blasen durch die Astlöcher in der Tür. Es war frisch und sauber, ein guter stiller Ort, allerdings eiskalt im Winter. Ich erinnere mich, wie ich mal mit Mutter dort saß, das war schön. Sie war mitgekommen, weil ich Angst vor dem hatte, was unten im Loch war. Sie sang ein Lied, während wir dasaßen, und ich hatte nie wieder Angst. Im Sommer summen Fliegen da unten, und manchmal stößt eine sanft an meinen Po. Aber es sind nur Fliegen, sie tun mir nichts. Und es ist hübsch hier. Ein paar Clematisranken haben sich hereingedrängt, man erkennt gerade noch eine leuchtendweiße schwebende Blüte.

Ich sitze da und horche auf die Nachtgeräusche; das stetige Trommeln des Regens; das Huschen kleiner Tiere im Gras. Ein Vogel singt, ein süßes schmelzendes Lied. Ich weiß nicht, welcher es ist. Nachtigall? Amsel? Ich habe es nie herausbekommen. Jede Minute meines Lebens habe ich hier verbracht, und trotzdem bin ich kein Landmensch. Ich weiß nichts vom Land. Ich bin nicht zu Hause hier, werde es nie sein. Wäre Mutter ein Vogel gewesen, sie wäre wohl so ein Vogel gewesen mit so einem Lied.

Mutter will mir heute abend nicht aus dem Kopf. Da ist so vieles, was ich nicht weiß. Hätte sie nur länger gelebt, so lange, daß sie wirklich mit mir hätte reden und ich sie hätte verstehen können. Jetzt bin ich eine alte Frau, und noch immer habe ich das Gefühl, nichts wirklich zu verstehen. Fast nichts. Was ich weiß, ist wie die Haut auf der Wasseroberfläche, ein glitzerndes, spiegelndes Gekräusel, aber darunter ist die Tiefe, und was dort ist, weiß ich nicht.

Mein Großvater, Mutters Vater, hieß Artie. Er schwärzte sich das Gesicht mit Holzkohle und sang auf der Bühne. Ein richtiger Varietékünstler, sagte Mutter. Sie fand ihn wunderbar, aber ihre Mutter war nicht glücklich.

Sie war daheim durchgebrannt, hatte ihn aus Liebe geheiratet, und da hatte ihre reiche, wohlanständige Familie sie enterbt. Wir wollen sauber bleiben, hatten sie gesagt, und ich dachte an die schwarze Holzkohle und fand das durchaus einleuchtend. Mutters Mutter war im Grunde ihres Herzens eine Dame gewesen, eine Dame mit Lebensart, und als die Liebe sich verbraucht hatte, war sie voller Bitterkeit. Sie habe es Artie übelgenommen, daß er sie auf sein Niveau gezogen hätte, sagte Mutter. Meiner Mutter brachte sie das Damenhafte bei, gesetzte Redeweise und Höflichkeit. Sie versuchte Mutter einzureden, daß Artie vulgär sei, aber damit hatte sie wohl keinen rechten Erfolg. Mutter liebte die Lieder und die Musik und die Farben, und sie liebte ihren Vater, der mit ihr spielte und ihr Lieder beibrachte statt Tischmanieren, der die Zunge herausstreckte, statt sie stirnrunzelnd anzusehen. Uns brachte Mutter bei, wie man sich benimmt und wie man richtig redet, sie lehrte uns lesen und ein bißchen schreiben und zählen. Auch das Klavierspielen versuchte sie uns beizubringen, aber nur Aggie hatte das nötige Talent. Sie hat uns auch die Lieder beigebracht, die Aggie heute noch singt.

Nachdem Ellenunesther zur Welt gekommen waren, weinte Mutter viel. Einmal saß ich bei ihr, als sie weinte, und hielt ihre Hand. Sie saß in ihrem Sessel, es ist der Sessel, in dem ich jetzt gern sitze – wenn Aggie mir nicht zuvorkommt –, und ich saß auf der breiten Sessellehne und hielt ihre Hand, die sich heiß und dünn und trocken anfühlte. »Mein geliebtes Kind«, sagte sie, und dann fing sie an zu reden, zu erzählen, alles durcheinander. Sie weinte und redete ganz schnell, und manchmal lachte sie auch, und die ganze Zeit hielt sie meine Hand so fest umklammert, daß ich noch Stunden später die Abdrücke ihrer Finger sah. Damals erzählte sie mir das von dem Eisschwan und den Veilchenblüten, einem Meer von Veilchenblüten auf dem schneeweißen Tischtuch. Sie aß mit einem Mann zu Abend, und es gab Austern und Roastbeef und Karamelcreme. Ihr langes schwarzes Haar war hochfrisiert, sie trug glitzernden Schmuck, ihr Kleid war smaragdgrün und vorn tief ausgeschnitten, und ihre Haut war weiß und makellos. Sie muß wunderschön ausgesehen haben, und ich war stolz, daß sie mir so viel erzählte und mich so fest bei der Hand hielt – aber ich hatte auch Angst. Es war ein anderer Mann, nicht Vater, es war vor ihrer Bekanntschaft mit Vater. Und sie liebte diesen Mann – ich weiß nicht mal, wie er hieß – und dachte, er würde sie heiraten. Ich wünschte, er hätte Agatha sehen können, sagte sie, hätte sehen können, was für eine kleine Schönheit sie geworden ist. Und das tat mir weh. Warum Agatha und warum nicht mich?

Wenn ich nur wüßte, warum er Mutter nicht geheiratet hat, wenn ich es nur wüßte. Ich weiß nicht mal, wie er hieß. Sie war so schön, meine Mutter, und so humorvoll und zärtlich. Wer hätte sie nicht heiraten wollen, mit dem Schwan aus Eis und dem smaragdgrünen Kleid und allem?

Mutter konnte noch etwas, sie konnte singen, richtig singen. Ihre Stimme war wie... wie Sterne und knackige Äpfel und kühles Wasser. Wie ein Lächeln. Ein Lächeln tief in dir drin, ein herrliches Kitzeln in deinem Bauch.

Und sie kannte so viele Lieder, sanfte und traurige, Liebeslieder und Ulklieder. Und sie konnte mit allen möglichen Stimmen sprechen, konnte Leute nachmachen, so daß wir vor Lachen von unseren Schemeln fielen. O Mutter. Wie ich dich vermisse. Immer noch. Fast wäre sie Sängerin geworden. Wenn sie Vater nicht geheiratet hätte, wäre sie's geworden.

»Ich wäre zurechtgekommen, Milly«, sagte sie. »Ich hatte meine Stimme. Ich hätte im Grunde gar nicht zu heiraten brauchen, nicht unbedingt, aber es schien die einzig mögliche Lösung. Ich wollte meiner Mutter keine Schande machen. Es hätte sie umgebracht. Es schien die einzig mögliche Lösung, als plötzlich wie aus heiterem Himmel dein Vater auftauchte, mir einen Heiratsantrag machte, versprach, mich mitzunehmen. Es schien die einzig mögliche Lösung.«

Ich war nur ein kleines Mädchen, und ich verstand es nicht. Es nützte nichts, daß sie mit mir redete, ich war so ein ahnungsloses kleines Ding. Ich hielt ihre Hand, während sie sprach, und dachte an den Eisschwan und verstand rein gar nichts.

So langsam fange ich an zu frieren, wenn ich hier sitze. Irgend etwas ist noch hier drin, eine Maus oder so was. Bald kommen die Katzen und machen Jagd auf sie. Sie beißen ihnen den Kopf ab, den Feldmäusen und Wühlmäusen, den Ratten, Vögeln, selbst kleinen Karnickeln – und bringen sie in die Küche, als Geschenke für Aggie. Die jungen Vögel sind mir schrecklich. Es macht mich immer ganz unglücklich, wenn sie junge Vögel bringen, denn die sind so häßlich, wulstig blaue Organe in schiefgezogenen rosa Beuteln. Mir wird schlecht davon. Wenn es nach mir ginge, dürften sie die gar nicht ins Haus bringen.

Morgen kommt Mark mit einer neuen Flasche Gin und den anderen Sachen. Einem Glas Oliven für mich, die grünen mit der roten Füllung. Aggie kann sie nicht mehr ausstehen, dabei war sie früher mal ganz scharf darauf, und ich esse alle allein. Die Sache mit diesem Essen in einem eigenen Töpfchen, in das man nur noch Wasser zu gießen braucht, fasziniert mich. Chinesisches Essen. Was es nicht alles gibt...

»So, ich bin fertig«, sage ich zu Aggie, die wartend im Dunkeln gesessen hat. Sie schiebt die Nadeln quietschend durch die Maschen und wartet, daß ich mein Sprüchlein sage. Ich könnte sie verunsichern, indem ich es nicht sage, indem ich es anders sage, aber was soll's.

»Gute Nacht und träume süß, und hüte dich...«

»...vorm Wanzenbiß. Schlaf schön.« Sie sieht mit schräg geneigtem Kopf zu mir hoch, und ich bücke mich und streife das welke Weich ihrer Wange mit meinen Lippen. Das ist die einzige Berührung zwischen uns.

Endlich ist es richtig Nacht. Jetzt brauche ich nur noch unter die Decke zu kriechen und mir anzuhören, wie Agatha mit ihren Katzen spricht und ihnen gute Jagd wünscht, dann steigt sie steif und knarzend die beiden Stockwerke zu ihrem Zimmer hinauf. Sobald sie Ruhe gibt, bin ich frei. Die Nacht hat viele Stunden, und ich kann denken, was ich will, mich erinnern, soviel ich will, ohne daß Aggie mir in die Quere kommt.

Es gießt noch immer, und George ist so laut heute nacht, erstaunlich laut. Sein Stöhnen wird meine Nacht stören. Kein Keller ist tief genug, fern genug, um uns George vergessen zu lassen.

Die besten Nächte sind die, in denen ich mich an Isaac erinnere, in denen ich alles vor mir sehe, diese schöne Zeit, als ich ein kleines Mädchen mit einem Freund war und später eine junge Frau. In den schlimmsten Nächten lauert Vater mir auf, Gedanken an Vater und George stehen im Dunkel und warten nur darauf, daß ich unvorsichtig werde, warten, daß sie sich in meinen Kopf einschleichen können.

Ich schlafe kaum mehr. Ich habe es verlernt. Wahrscheinlich dämmere ich hin und wieder ein – aber das passiert mir auch tagsüber. Ich habe keine festen Zeiten mehr fürs Schlafen und fürs Wachen wie normale Menschen. Den ganzen Tag bin ich unten bald ganz wach, bald halbwach, döse ein und wache auf. Und nachts, oben in meinem Zimmer, ist es dasselbe. Manchmal fließt alles ineinander wie in einem Tagtraum, in dem Bilder der Vergangenheit sich durchsichtig über die Trümmer der Gegenwart legen.

Da geht es schon wieder los bei Aggie. Ein Rucken und Rumpeln und Schurren. Woher sie die Kraft nimmt, ist mir ein Rätsel. Ich höre sie hin und her gehen. Ich höre sie seufzen. Warum muß sie immer seufzen? Ich schwöre, daß ich sie seufzen höre, sogar von hier unten.

Die Geräusche wollen mir nicht gefallen heute nacht. Es wird keine gute Nacht werden, glaube ich. Der Regen strömt, Agatha läuft hin und her, George stöhnt, die Katzen jaulen – und da ist noch ein Geräusch. Ich mag nicht daran denken. Vergiß es. Denk an was anderes. Was anderes. Was Schönes. Ich werde noch verrückt. Denk an was Schönes.

An einem heißen wolkenlosen Sommermorgen packte Mutter Verpflegung in einen Korb: »Wißt ihr was«, sagte sie. »Wir machen ein Picknick.«

»Hurra!« rief ich. »Nehmen wir Schinken mit? Und Rosinenkuchen und Limonade?«

»Wird nicht verraten«, lachte meine Mutter. »Es ist eine Überraschung!«

Agatha lief zum Spiegel, um ihr Gesicht zu betrachten und ihr Haar in Ordnung zu bringen. »Sehe ich nett aus, Mutter? Kommen wir mit anderen Leuten zusammen?«

»Zuerst habe ich gedacht, wir bleiben für uns. Aber ich möchte etwas mit Mrs. Howgego besprechen. Wir könnten mal bei ihr vorbeigehen, vielleicht hat sie Lust mitzukommen. Dann könnte Milly mit Isaac spielen. Wäre das nett, Milly?«

»O ja!«

»Aber Mutter«, sagte Agatha.

»Aber was?«

»Aber Vater wäre es nicht... ich dachte... ich meine, Mrs. Howgego ist nicht so ganz...«

»Meine hochnäsige kleine Tochter«, sagte Mutter mit einer harten Stimme, die wir noch nie an ihr gehört hatten. »Dein Vater hat manchmal sonderbare Ideen. Doch was er nicht weiß, das macht ihn nicht heiß.«

»Dann müssen wir ja schwindeln«, sagte ich ganz begeistert.

»Nein, nicht schwindeln«, sagte Mutter milde. »Wir wissen, daß Mrs. Howgego – und Isaac – nett sind. Sie sind unsere Freunde. Das begreift euer Vater nicht, er begreift nicht, wie einsam es hier sein kann. Er wird nichts davon erfahren, wenn wir es ihm nicht sagen. Wenn er fragen würde, wenn er direkt fragen würde: ›Habt ihr ein Picknick mit den Howgegos gemacht?‹, müßtet ihr ja sagen, sonst wäre es gelogen. Aber es hat nichts mit Lügen zu tun, wenn er nichts davon weiß. Außerdem«, fügte sie weniger überzeugend hinzu, »gönnt er uns bestimmt mal ein Vergnügen. Es macht euch doch Vergnügen?«

Wir nickten.

»Es wird uns glücklich machen.«

»Ja.«

»Es tut keinem weh. Es tut ihm nicht weh.«

»Nein.«

»Dann also los!«

Mrs. Howgego betrachtete die grauen Laken und Hemden, die sich auf dem Boden türmten.

»Die können warten«, redete Mutter ihr zu. »Komm, Candida... es ist so ein schöner Tag...«

»Komm, Mama«, sagte Isaac.

»Bitte«, sagte ich.

»Na meinetwegen«, sagte Mrs. Howgego. »Das Zeug liegt schon lange genug, auf einen Tag mehr oder weniger kommt's jetzt auch nicht mehr an...« Mrs. Howgego hatte keine festen Zeiten für alles wie Mutter, die immer montags die Wäsche erledigte und deshalb die Dienstage in dunstiger Bügelhitze verbrachte. »Geht nach hinten, ihr zwei, und pflückt ein paar Himbeeren und Johannisbeeren«, sagte sie und gab Isaac eine Schüssel. Glückselig, Hand in Hand, liefen wir nach draußen, aßen mehr Früchte, als in der Schüssel landeten, und kamen mit rotfleckigen Lippen und Fingern in die Küche zurück.

»Gut, das war dann euer Anteil«, sagte Mutter streng. Mir war es gleich. Ich sah Mrs. Howgegos vollgepackte Essenskörbe, die neben dem von Mutter auf dem Boden standen, und zuckte gelassen die Schultern. Mutter lachte. »Was bist du doch für ein Ferkelchen.«

Agatha warf mir aus ihrer schlanken Höhe einen verächtlichen Blick zu.

»Wir wollen nicht zu weit weg gehen, ja?« bat ich. Mir lief das Wasser im Mund zusammen, wenn ich an all die köstlichen Dinge dachte, die mich erwarteten. »Mir tun jetzt schon die Füße weh.«

»Nur bis zum Kanal«, versprach Mutter. »Weißt du was, Candida, wir gehen am Kanal entlang bis zu den Bäumen. Das ist nicht so weit, und dort haben wir Schatten.«

Davey und Bobby kamen mit, Davey ritt auf Isaacs Schultern. Ich trödelte hinterher, sah mich um, wußte, daß ich gut achtgeben, daß ich diese Glücksmomente in meinem Gedächtnis bewahren mußte. Agatha ging voran, wie immer schlank und kerzengerade, sie trug den kleinsten Korb; dann kamen Mutter und Mrs. Howgego, beide schwer beladen, Mrs. Howgego mit dem kleinen Bobby am Rockzipfel. Sie steckten die Köpfe zusammen. Isaac folgte, mager und hochaufgeschossen schwankte er unter dem Gewicht des dicken kleinen Jungen auf seinen Schultern. Um uns war eine Glückseligkeit, eine Feststimmung, die man fast sehen konnte.

Vom Haus der Howgegos war es keine lange Strecke bis zum Kanal. Wir gingen weiter als sonst, bis zu einem schattigen Weidengehölz, und dort breiteten wir Mutters großes altes rot-weiß getupftes Tischtuch auf dem Boden aus. Agatha versuchte das Essen künstlerisch anzuordnen, aber der Kleinste kroch immer wieder dazwischen herum und steckte in alles seine Finger; und ich konnte mich nicht beherrschen und brach die knusprigen Enden vom Brot ab.

Die Sonne brannte, aber es ging ein leichter Wind, und die Weiden warfen ein Schattenmuster auf die Stelle, die wir ausgewählt hatten. Es war ein idealer Platz, eine kleine Mulde am Deich, wo der Kleine ungefährdet herumkrabbelte, während unsere Mütter sich behaglich zurückgelehnt unterhielten.

Dann war alles still, man hörte nur noch ein Kauen und Schlürfen. Es gab kalte Wurstpastete, sauer eingelegte Zwiebeln und Walnüsse; und frisches Brot, Butter und Käse; es gab Quittenmarmelade und Brombeergelee und Himbeerbrötchen und Honigbrötchen und Rosinenkuchen. Eine Flasche mit kaltem Tee war da, Limonade und Mrs. Howgegos Ingwerbier, ein laues, angenehm nach nichts schmeckendes Getränk. Nie wieder habe ich Ingwerbier getrunken, ohne an diesen Tag zu denken, an dieses Picknick am Kanal mit Isaac und Mutter.

Wir aßen, bis wir uns kaum noch rühren konnten. »Langt zu«, sagte Mrs. Howgego immer wieder. »Was übrigbleibt, müssen wir nur wieder heimtragen.«

Selbst ich konnte schließlich nicht mehr und mußte zehn Minuten stilliegen, bis sich alles ein bißchen gesetzt hatte. Agatha, von der es hieß, sie äße wie ein Vögelchen, ging auf dem Deich spazieren, pflückte hier und da eine Blume und sang die Lieder, die sie nicht singen durfte, wenn Vater zu Hause war. Ihre reine Stimme wehte zu uns herunter, so daß wir hier und da ein Bruchstück aufschnappten:

> Sie sang wie eine Nachtigall und schlug die Gitarre,
> sie tanzte Cachuca und rauchte Zigarre.
> Ach welche Figur, welch Gesicht, seht nur her –

»Sie tanzt den Fandango die Kreuz und die Quer«, stimmte Mutter ein.

Mrs. Howgego lachte. »Das Mädchen singt wirklich wie 'ne Nachtigall.«

Agatha war weitergeschlendert.

»Ja«, sagte Mutter. »Sie hat eine wunderschöne Stimme.«

Ich rappelte mich auf. Ich hatte Besseres zu tun, als hier zu sitzen und mir anzuhören, wie sie Aggie in den Himmel hoben. »Komm«, sagte ich. Isaac lag auf dem Rücken, die Schatten malten komplizierte Muster auf sein sommersprossiges Gesicht. Ich stupste ihn mit der großen Zehe an. »Komm, du faules Stück.«

»Milly«, mahnte Mutter. »So etwas sagt man nicht!«

»Laß sie doch«, sagte Mrs. Howgego. »Ganz unrecht hat sie ja nicht.«

Isaac sprang auf. »Laufen wir um die Wette. Dann wird sich's ja zeigen, wer ein faules Stück ist.« Ich stürmte ihm nach, obwohl ich wußte, daß ich keine Chance hatte, ihn einzuholen, und Bobby hinterher.

»Geh zurück zur Mama«, sagte Isaac atemlos, als er mich klar besiegt hatte und wir japsend im Gras lagen.

»Nein. Will mit dir spielen!« Bobby schob die Lippen vor, gleich würden die Tränen kullern.

»Du bist zu klein«, beschwerte sich Isaac.

»Mama hat gesagt, ich soll mitgehen, mit dir spielen.«

»Schau!« stieß ich hervor und deutete auf etwas, was sich schlängelnd durchs Gras bewegte.

»Eine Blindschleiche«, sagte Isaac. »Wenn ich sie dir fange, Bobby, gehst du dann weg und spielst für dich?«

»Ja«, sagte Bobby beglückt. »Haben!«

Isaac griff rasch zu und fing das Tier ein. Ich fröstelte. Bei Spinnen und Fröschen war ich nicht mädchenhaft zimperlich, aber alles, was lang war und sich ringelte, konnte ich nicht ausstehen. Die Blindschleiche maß etwa fünfzehn Zentimeter, war ein langer zuckender Muskel mit ganz kleinen blanken Augen.

»Mal ansehen, Milly?«

»Ich mag keine Schlangen«, sagte ich mutig.

»Schlangen«, sagte Isaac. »Das ist keine Schlange. Hier.«

Er schwenkte sie vor mir hin und her, und ich wich zurück.

»Schau mal, Bobby, ich glaube wirklich, sie hat Angst vor so einer mickrigen kleinen Blindschleiche.«

»Ich hab keine Angst, ich mag sie nur nicht«, sagte ich fest.

»Das mußt du erst mal beweisen«, sagte Isaac. »Zeig mir, daß du keine Angst hast. Nimm sie in die Hand.«

»Los, Milly«, drängte Bobby. »Dann kann ich sie haben.«

Mit gespielter Gleichgültigkeit streckte ich die Hand aus. Sie wird mir nichts tun, sie ist ja so klein, dachte ich und zwang meine Hand, nicht zu zittern. Er würde sie mir nicht geben, wenn sie mir was tun könnte. Nicht, wenn Mutter in der Nähe war und Mrs. Howgego.

»Wird sie mich auch bestimmt nicht beißen?«

»Ich hab keine Angst«, sagte Bobby stolz.

Das Tier glitt warm und trocken auf meine Hand. »Gib acht, laß sie nicht fallen«, sagte Isaac, und da fiel die Blindschleiche auch schon von meiner ausgestreckten Handfläche, ich hatte es nicht fertiggebracht, die Finger um sie zu schließen.

»Fang sie«, kreischte Bobby. Isaac machte einen Satz und bekam sie wieder zu fassen.

»Was ist denn los mit dir?« fragte er.

»Nichts.«

»Komm, mach nicht so ein Gesicht. Ich hab doch nur Spaß gemacht.«

»Klettern wir?« sagte ich. Das konnte ich nämlich genauso gut wie Isaac. »Da ist ein schöner Baum.«

Eine große alte Ulme mit dicken gastlichen Zweigen stand zwischen den Weiden, unter denen wir gesessen hatten.

»Wir wollen uns anschleichen, damit niemand uns sieht«, schlug Isaac vor.

Unbemerkt kamen wir bis zu dem Gehölz und kletterten an der abgewandten Seite des Stammes hoch. Es war ein hoher Baum, viel höher als der Apfelbaum im Garten. Die Zweige waren breit und stark und voll von gezackten Blättern, die mir das Gesicht kitzelten, als ich der Länge nach auf dem Bauch lag und die Szene unter mir betrachtete.

»Sie haben uns nicht gesehen«, flüsterte ich Isaac zu, der ein Stück über mir thronte. »Siehst du Agatha?«

»Ich glaub, die ist nicht ganz bei Trost«, sagte Isaac, und wir schüttelten uns vor Lachen, so daß die Zweige bebten und uns abzuwerfen drohten. Denn Agatha, die sich unbeobachtet glaubte, produzierte sich vor einem imaginären Publikum, sie streckte den Zeigefinger aus und begleitete ihren Gesang mit großen Gesten.

»Wir sind wie Spione«, sagte Isaac, als wir über Agathas Gekasper genug gelacht hatten.

»Ja. Wir sehen, was die anderen machen, aber die sehen uns nicht. Schau dir Bobby an.« Bobby zuckte und zappelte und lächelte dabei rätselhaft.

»Schätze, er hat die Blindschleiche in der Hose«, sagte Isaac.

Ich fröstelte. »Was ist es dann, wenn es keine Schlange ist?« fragte ich.

»Pst«, zischte Isaac. »Wenn du mal einen Moment aufhörst zu quasseln, hören wir, was sie sagen.«

Ich horchte. Tatsächlich, wenn man genau hinhörte und sich sehr konzentrierte, um die leisen Worte von dem Geraschel der Blätter zu trennen, war es möglich, Bruchstücke der Unterhaltung zwischen Mutter und Mrs. Howgego aufzufangen.

»Ist doch langweilig«, beschwerte ich mich. »Wer will denn das hören?«

»Pst«, wiederholte Isaac streng.

Ich seufzte, legte mich entspannt hin und überlegte, ob man hier wohl einschlafen könnte, an den starken, sacht schaukelnden Ast geschmiegt. Ich war noch immer pappsatt, und die Sonne schien warm durch die Blätter. Anders als Isaac hatte ich mich nie fürs Lauschen begeistern können, aber unwillkürlich stellten sich meine Ohren auf die Unterhaltung da unten ein.

»Ich weiß«, sagte Mutter gerade, »aber ich hoffe so sehr, daß es diesmal ein Junge wird. Charles hat nie... ja, sicher, die kleine Milly liebt er natürlich, sie ist ihm ja wie aus dem Gesicht geschnitten, aber Aggie...«

»... die *dir* wie aus dem Gesicht geschnitten ist...«

»Für Aggie hat er sich nie erwärmen können.« Das war mir neu. Ich hatte mir immer eingebildet, Agatha sei der allgemeine Liebling.

»Und glaubst du, daß er es weiß?«

»Gesagt hat er es nie, aber ja, ich glaube, es ist ihm inzwischen klar. Milly gegenüber benimmt er sich nämlich ganz anders. Er ist nett zu Aggie, aber eben nicht wie ein Vater. Und sein Jähzorn ist schlimmer geworden.«

»Ach, Phyll«, sagte Mrs. Howgego. »Dann ist es immer noch so, daß...«

»Jetzt, wo ich wieder in der Hoffnung bin, fürchte ich mich nicht mehr so sehr. Er sieht sich sehr vor mit dem Sohn, den er ja von mir haben will.«

»Ich wußte nicht, daß sie in der Hoffnung ist«, zischelte ich empört.

»Bei mir könnte der was erleben, dein Mann«, sagte Mrs. Howgego finster.

»Und du wirst da sein?« Mutter griff nach Mrs. Howgegos Hand. »Ich weiß nicht, was ich ohne dich täte, Candida. Es ist so schrecklich.«

»Ich geh runter.« Mir wurde plötzlich übel auf dem schaukelnden Ast. Ich kletterte am Stamm herunter, und Isaac landete mit einem einzigen mühelosen Sprung neben mir. »Ich geh ein bißchen am Kanal entlang«, sagte ich und tat, als sei es mir gleich, ob er nachkam oder nicht. Mein Gesicht brannte. Was meinte sie wohl?

Die Wasserfläche reflektierte den Himmel, ein metallischblauer Schimmer lag über dem trüben Braun. Ich sah hinein. »Was hat sie gemeint?« fragte ich Isaac, der brav neben mir stand. »Was hat deine Mutter gemeint, als sie das von meinem Vater gesagt hat?«

Isaac zuckte die Schultern. »Na ja, er prügelt sie. Das hat sie wohl gemeint.«

»Er prügelt sie? Ausgeschlossen«, sagte ich und ging rasch weiter, aber er blieb dicht hinter mir.

»Ich hab sie schon ein paarmal drüber reden hören«, sagte er, als sei das ein Trost für mich. »Das ist nichts Neues. Mein Papa haut meine Mama auch. Aber sie haut zurück«, fügte er nachdenklich hinzu. »Kann ich mir bei deiner Mama nicht vorstellen.«

»Aber...« Hundert erstickte Schreie und jäh zuschlagende Türen; hundertmal Angst in den Augen, unterdrückte Tränen, blaue Flecken, Platzwunden; hundert Dinge, die man vor Vater verheimlichen mußte – Lieder und Lachen, Freunde, dieser Tag. Tausend unerklärliche Dinge fügten sich plötzlich unter bedrohlichem Dröhnen zu einem einzigen Bild zusammen.

Ich sah Isaac unverwandt ins Gesicht. »Da ist noch eine Sache, die ich nicht verstehe«, sagte ich. »Was hat Mutter gemeint, als sie das von Aggie gesagt hat?«

Isaac blickte rasch wieder zum Wasser hinüber. »Komm, wir sehen mal nach, ob noch Ingwerbier da ist.«

»Isaac«, drängte ich und packte seinen Arm. »Du mußt es mir sagen, wenn du es weißt. Ich muß es wissen.« Isaac setzte sich und ließ die schmutzigen Zehen über der Strömung baumeln. »Bitte«, sagte ich.

Isaac zögerte und sah mich vorwurfsvoll an. »Das ist nicht fair. Wenn ich dir was sage, was dir nicht gefällt«, sagte er und betrachtete mich forschend, »bist du mir böse.«

»Bin ich nicht.«

»Bist du doch, Milly. Wenn wir spielen und so, ist alles in Ordnung, und dann sag ich was, und du wirst böse.«

»Ich muß es trotzdem wissen«, sagte ich. »Du mußt es mir sagen.«

Isaac warf einen trockenen Erdklumpen ins Wasser, der satt plumpsend unseren Blicken entschwand, und wir sahen zu, wie die Kreise, die er zog, sich in der Strömung verloren. »Ich bin mir nicht ganz sicher«, sagte er. »Ich glaube, ich weiß, was sie gemeint hat, aber ich bin nicht sicher.«

»Ja?«

»Daß Aggie einen anderen Papa hat.«

»Was meinst du damit?« Das war doch lachhaft. »Wie könnte sie! Mutter ist mit Vater verheiratet, mit unserem Vater. Das hast du falsch verstanden.« Ich atmete auf. Diesmal hatte Isaac nicht recht. Diesmal hatte er sich geirrt. Und plötzlich hatte ich ihn noch lieber, sein blasses, besorgtes Gesicht, seine ernste Stimme. Und er hatte sich geirrt.

Isaac sah mich an, er lächelte ein bißchen mühsam. »Ja«, sagte er erleichtert. »Das hab ich wohl falsch verstanden.«

»Komm«, ich zog ihn hoch. »Wir holen uns noch was zu trinken.«

Wie lange wird das Haus halten? Es ist ein altes Haus. Ein gutes, solides Haus, aber alt. Man hätte dies und jenes daran machen müssen, aber wir haben es gelassen, haben weder gestrichen noch tapeziert oder verputzt. Dazu hätten wir erst saubermachen müssen. All diese Dinge passieren ja nach dem Saubermachen. Wenn etwas hinfällt, lassen wir es liegen, wo es liegt. Wenn etwas kaputtgeht, bleibt es kaputt. Das Haus ist älter als wir. Wir werden sterben, das Haus wird einfallen. Und dann ist es vorbei.

Fensterscheiben sind kaputt, und Dachziegel fehlen. Hinten hat sich ein Stück Regenrinne vom Dach gelöst, es steht nach außen ab und hat sich in dem Gezweig der Obstbäume verfangen. Es sind schöne Bäume, Gott weiß wie lange nicht beschnitten, jahrzehntelang nicht mehr, und trotzdem gibt es im Herbst Äpfel und Birnen und in manchen Jahren eine ganze Masse klebrig goldener Pflaumen. Um die Pflaumen müssen wir uns mit den Wespen streiten. Das Geräusch, das ich höre, klingt nach Wespen, ein wespiges Geräusch, ein leises summendes Raunen, gefährlich. Nicht dran denken. Nicht denken.

Sein Vater suche Gelegenheitsarbeiten, sagt Mark. Ob er nicht die Regenrinne machen solle, will er wissen. Er könnte neue Scheiben einsetzen, sich das Dach ansehen ... Wir haben abgelehnt, Agatha und ich, wir waren uns einig. Manchmal bekommt sie Briefe von der Bank, in Umschlägen mit kleinen Fenstern, und in den Briefen steht, daß noch genug Geld fürs Essen da ist, dafür reicht es gerade noch, aber für nichts sonst. Und was soll's? Wir kommen ja zurecht. Es tut irgendwie gut zu sehen, wie das Haus mit uns zusammen alt wird.

Vor einiger Zeit hat uns eine junge Frau besucht, ein paarmal, das ist jetzt auch schon wieder eine Weile her. Sie käme vom Sozialamt, sagte sie.

»Dann sind Sie hier falsch«, sagte ich. »Mit dem Sozialen haben wir's hier nicht so.«

»Eben deshalb bin ich hier, Miss Pharoah.«

Ungeheuer höflich war sie. Offenbar hat Marks Mutter, die gern ihre Nase in anderer Leute Angelegenheiten steckt (bei den Gotobeds liegt das wohl in der Familie), es irgendwo gemeldet, als Mark vom Zustand des Hauses erzählte.

»Uns ist das ein Rätsel. Es ist fast, als ob Sie – für die Behörden und so weiter – überhaupt nicht existieren. Wahrscheinlich kommt es daher, daß Sie an keiner Straße liegen und keinen Anschluß ans Versorgungsnetz haben.«

Ganz kurze Haare hatte sie und eine riesengroße Brille mit grünem Gestell. Grün! Und wunderbare Sachen trug sie. Rote Hosen, eng, und ein schlabbriges – ja, so was wie ein Unterhemd, aber bildschön, gelb mit einem Muster drauf. Richtig lustig war sie anzusehen.

»Und auf der Kassenliste sind Sie auch nicht.«

»Kassenliste?«

»Wegen der ärztlichen Betreuung.«

»Ärzte brauchen wir nicht.«

»Aber Sie müssen doch... Sie sind alle nicht mehr die Jüngsten... Sie müssen einen Arzt haben. Irgendwann passiert vielleicht mal etwas.«

»Irgendwann fallen wir vielleicht mal tot um«, sagte ich.

Sie war nervös, diese Frau mit ihren kleinen Plinkeraugen, die hinter den großen Brillengläsern flatterten, und mit den abgeknabberten Fingernägeln. Und sie war auch nicht hübscher, als ich mal gewesen bin. Ganz kleine Papageien hatte sie an den Ohren hängen! Es gäbe Häuser, da würde man sich um uns kümmern, da könnten wir hinziehen, sagte sie. Wir wären da so unabhängig wie jetzt auch, sagte sie, hätten unsere eigene Haustür und unseren eigenen Schlüssel, nur daß da eben ein Aufseher sei, der Obacht auf uns gebe, und ein Klingelknopf, auf den man im Notfall drücken könne. Besten Dank, sagte ich, eine Haustür hätten wir schon, auch wenn keiner mehr weiß, wo der Schlüssel abgeblieben ist, und ein Notfall ist genau das, was wir brauchen, dann wäre endlich Schluß. Wir sind alle in diesem Haus zur Welt gekommen, und in diesem Haus wollen wir auch sterben.

Manchmal, wenn es stürmt, wenn der Wind brüllend ums Haus tobt, denke ich, daß es irgendwann mal einfallen und uns unter sich begraben wird. Das wäre ein sauberes, ein ordentliches Ende. Wie lange würde es wohl dauern, ehe jemand was merkt? Die Zweige der Dornbüsche und der Brombeeren würden sich über die Trümmer ranken, über die Balken, die Knochen, die paar schäbigen alten Möbel und über unsere vier Schädel. Die Katzen würden herumschleichen, würden unser Fleisch fressen, und sie würden die Ratten fressen, die kämen, um unsere Knochen zu benagen. Ich mache mir – anders als Agatha – keine Illusionen über die Katzen.

An einem Novembermorgen – der Wind strich grollend ums Haus – noch vor der Morgendämmerung, als erst ein fahlgelber Lichtstreifen am Horizont durch die schmutzige Schwärze der Sturmwolken drängte, saß Mutter mit dem Rücken am Herd, die Hände um den aufgetriebenen Leib gelegt, und schaukelte sich sacht vor und zurück.

Vater stand vor ihr, stadtfein angezogen, flott sah er aus, hübsch und stattlich.

»Nicht, Charles... die Kinder...« wimmerte Mutter. Sie blickte flehend zu ihm hoch, ihr Gesicht war verschwollen und feucht.

Ich war auf dem Weg nach unten, den Kopf voller Geschichten und Träume, und blieb unbemerkt auf halbem Wege stehen. Ich stand da und sah, wie mein Vater mit seinem harten, blanken schwarzen Schuh auf den Fuß meiner Mutter in dem weichen Hausschuh trat. Ganz fest trat er zu und ließ den Absatz kreisen.

Ich sah das Gesicht meiner Mutter, sah, wie die Tränen über die verschwollene Röte rannen. Ich sah, wie mein Vater den Fuß vom Fuß meiner Mutter nahm. Ich sah, wie meine Mutter die Augen zumachte und die übereinandergeschlagenen Arme fest an sich drückte und sich wieder an den warmen Herd lehnte. Ich sah, wie mein Vater mit seinem Malakkastöckchen meiner Mutter heftig auf den Leib schlug. »Bankert«, hörte ich ihn sagen. »Noch ein Bankert, den ich durchfüttern darf. Hure.« Und dann ging er.

Es war nicht zum Aushalten, wie die Tränen aus Mutters Augen quollen. Ich wußte nicht, was ich tun, was ich sagen sollte. Ich verstand das alles nicht. Ich schlich mich wieder die Treppe hinauf und in mein Bett. Ich steckte den Kopf unters Kissen und hielt den Atem an, und ich versuchte zu sterben.

Ich erinnere mich an den Nachmittag, an dem die Zwillinge zur Welt kamen. Vater war verreist, und Mrs. Howgego war oben bei Mutter. Aggie war vormittags zu ihr gegangen und hatte sie geholt. Isaac und ich mußten Bobby und Davey hüten. Ich durfte nicht hinauf in Mutters Schlafzimmer, das durfte nur Aggie, denn wenn Mrs. Howgego was brauchte – heißes Wasser, kaltes Wasser, saubere Bettwäsche –, rief sie nach Agatha. Und Agatha kam sich wer weiß wie wichtig vor. Mich schaute sie kaum an. Sehr hoffärtig schaute sie drein, ein Gesicht, als ob's bei jedem Gang die Treppe hinauf geradewegs in den Himmel ginge.

Nur gut, daß Isaac bei mir war. Wir saßen am Fenster und sahen, ohne zu reden, in das schauerliche Wetter hinaus – erst halb vier und schon fast dunkel. Schmutziger Regen schlug an die Scheibe, und hin und wieder fiel ein Tropfen zischend durch den Schornstein auf das Feuer, das nicht richtig brennen wollte. Das tut es nie, wenn der Wind aus einer bestimmten Richtung kommt, und an dem Tag gab es mehr Rauch als Flammen, bei jeder Bö pustete der Wind eine schwarze Wolke durch den Schornstein nach unten, ins Zimmer hinein.

Davey wackelte unsicheren Schritts umher, zerrte alles herunter, was er erreichen konnte, machte Schubladen auf und räumte sie leer und richtete überall ein schreckliches Durcheinander an; und Bobby hatte von draußen eine nasse junge Katze mitgebracht und ärgerte sie so, daß sie an den Vorhängen hochkletterte und Sachen vom Regal warf.

Und im Hintergrund hörte ich immer, von oben, Mutters schmerzliches Stöhnen.

Ich wußte, daß ihr die Unordnung und der Krach schrecklich gewesen wären. Ich wußte, eigentlich hätte ich für Ordnung, für Ruhe sorgen müssen; hätte darauf schauen müssen, daß die Jungen brav waren; daß das Feuer richtig brannte; der Regen aufhörte; die Schmerzen aufhörten. Ich kam mir nutzlos vor.

Plötzlich erklang ein Schrei, der mir eine Gänsehaut über den Körper jagte, erschrockene Tränen in die Augen trieb. Und dann war es still. Ich dachte gar nicht an das

Baby, so erleichtert war ich, daß Mutter nun keine Schmerzen mehr leiden mußte. Und dann – wie in einem Alptraum – ging es wieder los.

»Aggie!« rief Mrs. Howgego, und Agatha flog, wie von einem Katapult geschleudert, die Treppe hoch. Wenige Minuten später schleppte sie eine Schüssel mit blutigem Wasser die Stufen herunter.

»Mehr Wasser«, rief sie. »Such noch Bettwäsche heraus... Es ist ein Mädchen, sieht aus, als wenn noch eins kommt...« Sie leerte die Schüssel und goß sauberes Wasser aus dem Kessel hinein, dann füllte sie den Kessel und setzte ihn wieder auf den Herd. So geschäftig, so gewandt und nützlich war sie, ich kam mir vor wie ein Wurm.

»Bettwäsche«, zischelte sie mir zu. »Und pump noch Wasser, bitte.«

»Zwillinge also«, sagte Isaac, als Agatha wieder nach oben gegangen war.

»Vielleicht ist das andere ein Junge«, sagte ich. Mir war es gleich, aber ich wußte, daß es Mutters Wunsch war. Sonst wurde Vater vielleicht noch wütender. Noch zwei Mädchen durchzufüttern... »Bankerte«, flüsterte ich.

»Was?« fragte Isaac.

»Ach, nichts.« Mir war übel. Ich wollte heute nichts mehr wissen.

Einmal – ich war noch sehr klein – hatte ich in der Scheune eine der Katzen beim Jungen überrascht. Erst hatte ich gar nicht begriffen, was da geschah. Ich wäre in der Scheune, zwischen dem herumliegenden Stroh, fast über sie gefallen. Erst dachte ich, sie sei verletzt, hätte vielleicht von

Barley einen Tritt bekommen. Sie lag auf der Seite, mit zuckendem Gesicht, wild peitschendem Schwanz und fauchte, wenn ich ihr zu nahe kam. Bei der ersten Geburt dachte ich am Anfang entsetzt, es sei etwas von ihrem eigenen wunden Körper, was da aus ihr herausquoll. Und dann begriff ich es; sah, daß das knubbelig bläuliche Bündel ein Katzenkind war. Ich sah, wie die Mutter sich umdrehte und das Kleine mit Klauen und Zähnen von seinem Hautsack und von der langen verdrehten Schnur befreite, die aus ihrem Bauch kam, wie sie das blinde verklebte Etwas leckte, bis es miaute, ein dünner hoher Mauzton. Und dann ging es wieder los, das Heulen und das Fauchen, dann kam die nächste Geburt und wieder eine, bis es sechs waren.

Ich erzählte Mutter von den jungen Katzen, und Aggie hörte es und nahm es mir übel. »Warum hast du mich nicht gerufen?« Sie war gern dabei, wenn die Katze jungte, weil die dann manchmal Hilfe brauchte. Sie fand es – anders als ich – faszinierend und wundervoll. Ich fand es ganz interessant, aber doch eher abstoßend.

»Sagt eurem Vater nicht, daß wir wieder junge Kätzchen haben«, mahnte Mutter.

»Sonst bringt er sie um«, sagte ich.

»Ja, er wird sie ertränken wollen, sie nehmen allmählich wirklich überhand.«

»Niemals«, erklärte Aggie in hochdramatischem Ton. »Wenn Vater sie ertränkt, lauf ich weg und komme nie wieder.«

»Das wird kaum nötig sein«, sagte Mutter. »Wenn wir Glück haben, merkt er es gar nicht.«

Mutters Schmerzenslaute waren mir unerträglich. Für die Katzenmutter, schien mir, war es so einfach gewesen, aber bei Mutter war es ganz anders. Es dauerte so lange. Und ich hatte nur die Unordnung im Kopf. Daß das Zimmer so unordentlich war, das lag mir auf der Seele. Ich dachte wohl, wenn sie fertig wäre, würde sie herunterkommen und das Abendessen machen und würde mir böse sein, weil ich nicht für Ordnung und Sauberkeit gesorgt hatte. Ich war ein dummes Kind. Ich traute mich nicht, Isaac anzusehen. Bestimmt wußte er bestens Bescheid, wußte Sachen, die ich nicht wußte. Bestimmt hatte er gemerkt, wie nutzlos ich war, im Gegensatz zu Agatha, die sich so gut auskannte.

Endlich kam Mrs. Howgego die Treppe herunter. Sie sah blaß und müde aus, und ihre Schürze war vorn ganz rot von Blut. Dem Blut meiner Mutter.

»Setzt du den Kessel noch mal auf und machst mir eine Tasse Tee, Milly?« Erschöpft ließ sie sich auf einen Stuhl fallen. So hatte ich sie noch nie erlebt.

»Geht es meiner Mutter gut?«

»Deine Mama ist sehr... müde«, sagte sie behutsam. »Manchmal, wenn die Frauen was Kleines kriegen, werden sie sehr müde und verlieren viel Blut. Sie hat's furchtbar schwer gehabt. Ich war schon drauf und dran, Isaac ins Dorf zu schicken, nach dem Doktor, aber das wollte sie nicht. Sie ist mächtig wund und sehr schwach. Aber jetzt wird sie wieder, denk ich. Sie muß sich schön ausruhen. Ihr müßt brave Mädchen sein und tüchtig zugreifen. Ihr habt zwei kleine Schwestern«, fügte sie hinzu, »nicht größer als so...« Sie hielt die Hände nur wenig auseinander.

»Darf ich Mama sehen?« fragte ich.

»Ich würd sie ausruhen lassen.«

»Bitte...« Zu meiner eigenen Überraschung brach ich plötzlich in Tränen aus. Ich mußte meine Mutter sehen. Und es war mir auch gleich, ob Isaac merkte, daß ich weinte. »Ich will zu meiner Mutter.«

»Also meinetwegen«, sagte Mrs. Howgego. »Schaden kann's wohl nichts. Aber daß du sie nicht plagst, und weck sie nicht auf, wenn sie schläft. Du kannst ihr eine Tasse Tee raufbringen und ihn ans Bett stellen.«

Ich hantierte ungeschickt mit der Teekanne, streute mit meinen zitternden Händen die Teeblätter überall herum. Mutter war wund. Ich sah schon ein blutverschmiertes Etwas auf dem Bett liegen, doch nein: Ich öffnete mit einer Hand die Tür, indes in der anderen die Tasse bedrohlich scheppernd auf der Untertasse tanzte, und da lag Mutter. Sie sah aus wie sonst, nur sehr blaß und sehr klein, unter einer frisch bezogenen Decke, die dunklen, feuchten Haare aus der bleichen Stirn gebürstet, mit geschlossenen Augen. Mir fiel ein Stein vom Herzen, weil kein Blut zu sehen war.

Ich stellte die Tasse behutsam neben ihr ab, und sie schlug die Augen auf. »Milly«, flüsterte sie. »Das ist lieb.«

»Geht's dir jetzt wieder gut?« fragte ich und beugte mich herunter, um ihre Wange zu küssen. Einen Augenblick kam es mir vor, als sei ich die Mutter und sie das Kind, klein und hilflos im Bettchen eingepackt.

»Ja, jetzt geht's mir wieder gut«, flüsterte sie, aber ihre Stimme war nur ein Hauch. »Da sind deine kleinen Schwestern.« Sie nickte zu dem alten Kinderbettchen hinüber, das am Fuß ihres eigenen Bettes stand. Sie sahen aus wie gehäutete Karnickel, rot verschrumpelte kleine Gesichter, die Köpfe kaum größer als Äpfel, und Hände so klein wie Halfpenny-Münzen.

»Geht's ihnen gut?« fragte ich.

»Ich glaube schon«, sagte Mutter. »Aber sie sind sehr klein. Sie sind zu früh gekommen. Wir müssen sie schön warm halten.«

Ein komischer Geruch war um Mutter, ein kranker Geruch, ein Tiergeruch, stärker als der Lavendelduft ihrer Seife.

»Jetzt trinke ich den guten Tee, den du mir gebracht hast«, sagte sie, »und dann schlafe ich ein bißchen.« Ich sah, daß ihr schon die Augen zufielen. »Sei so lieb und sag Mrs. Howgego, daß ich ihr vielmals danke.«

»Ist gut«, versprach ich. In diesem Moment hätte ich alles getan, um Mutter zu helfen, um sie glücklicher und kräftiger zu machen, aber von dem Geruch wurde mir übel, und beim Anblick der Babys, die ihr so wehgetan hatten, wurde mir auch übel. »Bis später«, flüsterte ich. »Wenn du aufwachst, bring ich dir was zu essen.« Ich schlich mich aus dem Zimmer und machte die Tür leise hinter mir zu.

Die Geräusche in diesem Haus wollen mir nicht gefallen heute nacht. Es ist nicht nur George, nicht nur jenes schaurige Geheul; und auch nicht das Herumgerenne von Aggie, die irgendwas hin und her schiebt; das andere Geräusch, das ist das schlimmste.

Es sind Ellenunesther, die ich da höre, es sind ihre Stimmen, ist ihre Sprache aus Halbworten, Nonsensworten, die brabbelnd und murmelnd und summend durch die Wände dringt. Es ist, als schwinge sie in den Backsteinen des Hauses, erschüttere Wände und Decken. Sie sind verrückt, und sie sind gefährlich, und doch leben wir mit ihnen, haben unser ganzes Leben mit ihnen verbracht, und uns ist nichts geschehen.

Sie haben noch immer hübsche Gesichter, wie eingedrückte Puppengesichter, und tragen das eisengraue Haar über der Stirn gerade geschnitten und hinten schulterlang. Und manchmal tragen sie Bänder.

Nachdem die Zwillinge geboren waren, hütete Mutter lange das Bett. Die Geburt von Ellenunesther hatte ihr etwas angetan, ihr etwas weggenommen, hatte sie kleiner gemacht, und dieses Stück von ihr wuchs nicht mehr richtig nach. Vater war meist nicht da. Gewiß, hin und wieder kam er, und dann war er viel freundlicher als früher. Freundlicher nach außen hin, aber ich wußte, glaubte zu wissen, gesehen zu haben – oder hatte ich geträumt? –, wie grausam er zu Mutter sein konnte. Aggie war hochbeglückt. Sie war ständig um ihn herum, wenn er da war, dankbar für jedes Wort, das er sprach, jeden Atemzug, den er in diesem Hause tat. Oben lag Mutter, und es war, als sei Aggie dankbar dafür. Jetzt konnte sie Hausfrau spielen, indes Mutter schön zugedeckt im Bett lag wie ein kränkelndes Kind. Sie konnte Vater den Tee so machen, wie er ihn am liebsten hatte, konnte aufspringen, um ihm eine zweite Tasse einzuschenken, noch ehe er die erste bis auf den letzten Schluck geleert hatte.

Arme Mutter, kleines weißes Gesicht auf dem Kissen, dünne weiße Händchen. Ich war ihr böse wegen ihrer Schwäche. War sie denn nicht meine Mutter? Eine Mutter hat stark zu sein. Die Tränen, die sich unter ihren geschlossenen Augen hervorstahlen, waren mir entsetzlich.

»Was ist mit dir, Mutter?« fragte ich dann wohl. »Wann stehst du auf?« Und manchmal, wenn ich im Licht des Feuers Vaters gelassenes, gut geschnittenes Gesicht betrachtete, überlegte ich, ob es ihre Schuld war und nicht die seine. Vielleicht war es Mutters Schuld, daß dies kein glückliches Zuhause war. Da lag sie und wurde bleicher und bleicher, als tränken die beiden nackten greinenden Karnickel ihr Blut und nicht nur ihre Milch. Warum konnte sie nicht aufstehen und unsere Mutter sein, wieder richtig unsere Mutter sein? Die Wut packte mich, wenn ich ihre weinerlich-zittrige Stimme hörte. Gewiß, sie war erschöpft, denn die Babys weinten die ganze Nacht. Ich hörte, wie sie sich bewegte, hin und her ging, manchmal sang sie dabei, manchmal weinte auch sie, frühmorgens schliefen sie dann alle drei, und wir mußten auf Zehenspitzen herumschleichen und unsere Arbeit flüsternd tun. Manchmal überkam es mich, daß ich sie am liebsten auch geschlagen hätte, um sie in Bewegung zu bringen, sie aufzuwecken.

Meist aber blieb Vater weg. Er hatte zu viel zu tun. Und das Wetter war so schlecht, daß er eben nicht öfter kommen konnte, sagte er. Viel hatte sein Heim ihm wohl auch nicht zu bieten. Nur uns, zwei kleine Mädchen, eine kranke Frau und zwei Säuglinge, die ihn nicht schlafen ließen und für die er nicht das mindeste Interesse bekundete. Ich sah ihn, ich sah, wie er den Blick von ihnen abwandte und konnte es ihm nicht verdenken, denn sie waren häßlich und laut und unruhig.

Meist kam Mrs. Howgego einmal in der Woche vorbei und half uns bei der Hausarbeit. Immer brachte sie Essen mit, das sie in unserem Backofen aufwärmte, und bald konnte man sich wieder wohl fühlen bei uns. Bis heute begreife ich nicht, mit welcher Zauberkraft sie das schaffte. Sie war weder besonders ordentlich noch systematisch, aber sie hatte eine Art, im Feuer herumzustochern, bis es zu neuem Leben erwachte; und einfach dadurch, daß sie an einem Stuhl rückte, herumliegenden Kram vom Tisch räumte und den Läufer vor dem Kamin geradezog, brachte sie es fertig, daß man sich wohl und geborgen fühlte, daß so etwas wie Ordnung ins Zimmer zurückkehrte.

Ich erinnere mich an einen Tag kurz vor Weihnachten. Die Babys waren immer noch Winzlinge, aber sie waren inzwischen kräftiger, und wir hatten sie nach unten gebracht und sie warm verpackt in ihrem Bettchen an den Kamin gestellt. Aggie und ich hatten einen kleinen Zweig von draußen geschmückt und ihn mit ein paar Kerzen auf das Bord über den Kamin gestellt. Die Flammen loderten, das weiße Kerzenlicht tanzte schüchtern, aus dem Backofen duftete es warm nach Mrs. Howgegos Pastete, und auf dem Tisch stand ihr Weihnachtsgeschenk, ein dicker, mit saftigen Früchten gespickter Kuchen: Es war wunderschön im Zimmer. Und dann kam Mutter herunter.

»Höchste Zeit, Phyll«, hatte ich Mrs. Howgego streng zu ihr sagen hören. »Wenn du dich da oben verkriechst, wird's nie besser mit dir. Komm endlich runter und schaff wieder Ordnung. Die armen Mädchen brauchen ihre Mama. Nur Verzierung bist du da oben und sonst zu nichts nütze!«

Und Mutter kam herunter, blaß und matt, aber gehorsam, und setzte sich in den Sessel am Feuer. Das flackernde Licht machte ihr rosige Wangen, in den Händen hielt sie eine Tasse Tee. Jetzt wird alles gut, dachte ich. Wir tranken alle Tee, dann kam Isaac herein, mit einer Nase wie eine kalte Kirsche, und brachte uns sein Weihnachtsgeschenk, einen Korb mit selbstgepflückten Eßkastanien, die er für uns aufgespart hatte.

Wie gut ich mich an jenen Nachmittag kurz vor Weihnachten erinnere, als Mutter wieder unten und Mrs. Howgego zu Besuch war und Isaac; an den Feuerschein, der über die Wände tanzte, und an den Duft gerösteter Kastanien, den trockenen Geschmack der angekohlten Schalen auf meinen Zähnen und schließlich die heiße, kauweiche Süße der Frucht. Damals fühlte ich mich heil und ganz, aber gleichzeitig war ich traurig, weil ich wußte, es konnte nicht von Dauer sein. Schon war es, als blickte ich voller Sehnsucht auf diesen Moment zurück, ich konnte ihn nicht aus vollem Herzen genießen, hielt mich vielmehr zurück, distanziert beobachtend, sparte ihn auf, weil ich wußte, daß Isaac und Mrs. Howgego bald gehen würden. Und dann würden die Babys aufwachen und schreien, und Mutter hätte keine Zeit für uns, und das Feuer würde herunterbrennen. Frostig und ungemütlich würde es werden, und Mutter würde vielleicht weinen. Am liebsten hätte ich alle mit einer Schnur aneinandergefesselt und dabehalten, Gefangene dieses Augenblicks, in dem alles so war, wie es sein sollte.

Aber natürlich behielt ich recht, und alles löste sich auf. Als die Howgegos zum Aufbruch die Tür aufmachten, witschten Nässe und Kälte herein wie Katzen, und die Babys wachten auf. Die Kerzen ertranken in ihren eigenen Tränen, und das Feuer schmollte. Vater wurde zurückerwartet, und Aggie und ich mühten uns ab, um Ordnung zu schaffen, den Haufen Kastanienschalen aus dem Kamin zu kratzen, während Mutter die schreienden Säuglinge stillte.

Mutter legte sich nicht wieder ins Bett. Nachdem Mrs. Howgego sie zum Aufstehen überredet hatte, blieb sie auch auf, aber sie war jetzt immer blaß, wie ein wäßriges Spiegelbild ihrer selbst. Wir gewöhnten uns daran, Aggie und ich. Mich ärgerte es immer, wenn sie sich ermattet in einen Sessel sinken ließ, wenn sie so müde seufzte. Ich tat, als hätte ich nichts gesehen – im Gegensatz zu Aggie. Die war dann gleich mit einer Tasse Tee zur Stelle und einem Bänkchen für Mutters Füße und einem Kissen für ihren Rücken. Sie genoß das; genoß es, stark zu sein, während Mutter schwach war, und Mutter fand sie wunderbar. »Ach, Agatha«, sagte sie mit ihrer zittrigen Stimme, »du bist ein Engel.« Und Agatha spreizte sich, und ich tat, als hätte ich nichts bemerkt, nichts gehört.

Vater blieb immer länger weg, auch nachdem das Wetter besser geworden war und er sich damit nicht mehr so oft herausreden konnte. Hin und wieder – selten genug – kam, als der Frühling heranrückte und uns nach und nach von den Fesseln des Kaminfeuers befreite, etwas von Mutters alter Art zum Vorschein. Dann sang sie mit uns und scherzte, und wir fühlten uns wohl und geborgen wie früher. Nach einem von Mrs. Howgegos Besuchen ließ Agatha unserer Mutter keine Ruhe, sie wollte unbedingt wissen, warum Vater mit Mrs. Howgego nicht einverstanden war und nicht wollte, daß Mutter ihr die Treue hielt, warum man es geheimhalten mußte. »Weil sie gewöhnlich und arm ist?« fragte sie. »Weil sie so dick ist und ihre Kleider überall geflickt sind?«

Mutter schwieg einen Augenblick und sah Agatha unverwandt an, bis sie verlegen die Augen niederschlug. Ich dachte, sie würde Agatha böse sein. Ich hoffte, sie würde böse sein, aber sie lächelte nur traurig.

»Ja, auch das spielt eine Rolle. Im Gegensatz zu uns begreift Vater nicht, daß Mrs. Howgego eine Heilige ist. Diese Dinge – Kleidung und Geld – sind nicht wichtig. Wichtig ist das, was in einem ist.« Sie nahm Agatha in die Arme. »Meine Mutter hat mich ein Gedicht gelehrt, als ich so alt war wie du«, sagte sie. »Mal sehen, ob ich es noch zusammenbekomme.« Sie sah ins Feuer, die kleine dunkle Denkfalte auf der Stirn.

Ich dachte an Mrs. Howgegos Gesicht, ihre blanken blauen Äuglein, die roten Schnörkellinien auf den breiten Wangen. Mrs. Howgego die Heilige. »Ja, jetzt weiß ich es wieder«, sagte sie, und dann stellte sie sich ans Fenster, die Hände gefaltet wie ein kleines Mädchen, räusperte sich und sagte das Gedicht *Unfeine kleine Dame* auf:

»Also Mama, sagt Charlotte, glaubst du nicht auch
   mit mir,
daß ich besser bin als Jenny, unsere Kinderfrau hier?
Sieh meine roten Schuhe und am Ärmel die Spitzen;
ihre Kleidung ist tausendmal schlechter, mit Schlitzen.

Ich fahr in meiner Kutsche und brauche nichts zu tun,
die Leute starren mich an und glotzen wie ein Huhn,
und niemand wagt mir etwas zu sagen, außer du –
denn ich bin eine Dame, wie jeder weiß, immerzu.

Überhaupt, Diener sind dumm, ich bin vornehm und
   fein,
und so kann es auch gar nicht anders sein,
als zu glauben, ich bin die beß're Partie
im Vergleich mit den Mägden und Leuten wie sie.«

»Vornehmheit«, sagt ihr die Mutter unumwunden,
»Charlotte, ist niemals an den Stand gebunden!
Und nichts ist dümmer als Stolz und Albernheit,
wenn sie kommt in roten Schuh'n und Spitzenkleid.

Nur weil Damen sie tragen, die feinen Sachen,
dürfen sie die Armen deshalb nicht verlachen;
Im guten Benehmen – und nicht im guten Kleid –
liegt die wirkliche Vornehmheit.«

»Ach, ich hätte ja so furchtbar gern rote Schuhe«, seufzte
Agatha.

Mutter lachte. »Mir scheint, du hast gar nicht begriffen, worauf es ankommt, du Gänschen.«

»Doch«, sagte Agatha widerstrebend. »Ich denke schon. Aber bei uns ist das was anderes, wir haben keine Diener, wir sind selber wie Mägde. Wir müssen die ganze Arbeit allein machen. Schau dir meine Hände an.« Sie hielt verzagt die rauhen Hände hoch.

»Ihr werdet es überleben«, sagte Mutter. »Wir haben keine Hilfe, weil euer Vater kein Vertrauen zu... kein Vertrauen zu fremden Leuten hat. Er denkt, uns könnte ein Unglück geschehen, wenn andere Leute im Haus sind, während er so weit weg ist.«

»Ein Unglück?« fragte ich. »Mord?«

»Nein.« Mutter lächelte mir zu. »Nicht so ein Unglück. Mehr im Sinn von schlechtem Einfluß, Moral und Manieren, so in der Art.«

»Aber du bist doch da. Schlechte Einflüsse können uns nichts anhaben, solange du da bist. Du bringst uns bei, alles richtig zu machen.«

»Aber... Laßt gut sein, ist nicht so wichtig.« Mutter gab es auf, sich mit einer Erklärung zu mühen, und setzte sich wie in plötzlicher Erschöpfung.

»Sind wir nun vornehm oder nicht?« fragte ich.

»Ja, ich denke schon.«

»Und die Howgegos?«

»Ja, auch sie besitzen eine natürliche Vornehmheit.«

»Aber Vater nicht?«

»Doch, selbstverständlich.«

»Dumme Frage«, setzte Agatha sehr von oben herab hinzu und sah Mutter bewundernd an.

»Aber du hast gesagt... du sagst, daß er nicht begreift...«

»Schluß damit, ihr zwei«, sagte Mutter. »Schält schon die Kartoffeln, ich versorge inzwischen die Zwillinge.«

Ich schnitt mir den Finger in dem kalten erdigen Kartoffelwasser. Warum verstand Agatha alles immer besser als ich? Warum wollte mir Mutter nie eine richtige Antwort geben? Ich hörte sie singen und die Kleinen beschwichtigen. Ich war weder Fisch noch Fleisch. Ich war nicht groß und schön und etwas Besonderes wie Agatha, und ich war nicht klein und schwach und hilflos wie die Babys. Der einzige, der für mich etwas Besonderes übrig hatte, war Isaac, der eine natürliche Vornehmheit besaß, der der Sohn einer Heiligen war. Damit mußte ich mich zufriedengeben.

Ellen und Esther lernten lächeln und glucksen. Sie wurden dick und rosig und zum Anbeißen süß wie Mrs. Howgegos Rosinenbrötchen, und wir gewannen sie lieb. An warmen Nachmittagen gingen Aggie und ich, umschichtig den Kinderwagen schiebend, mit ihnen spazieren, um Mutter ein bißchen Ruhe zu verschaffen. Sie gicksten, wenn der Wagen holpernd durch die Furchen des Fahrwegs rumpelte, und wir pflückten ihnen Blumen und Blätter zum Anschauen und Draufherumkauen.

Manchmal gingen wir bis zum Kanal, und die Babys schliefen im Kinderwagen ein; und manchmal besuchten wir die Howgegos und stärkten uns mit Tee oder Ingwerbier und einem Gespräch mit Mrs. Howgego, ehe wir uns auf den Heimweg machten. Oft, wenn Isaac da war und nicht draußen Raben scheuchte oder Steine warf, begleitete er uns ein Stück – oder vielmehr mich, denn dann ging Agatha, die sich über uns erhaben dünkte, mit dem Kinderwagen voraus, während wir hinter ihr hertrödelten.

An schönen Tagen blieben wir so lange wie möglich draußen, aber wir wurden immer nervös, wenn wir uns dem Haus näherten. Wir wußten nie genau, was uns erwartete. An guten Tagen, den Tagen, wenn alles in Ordnung war, sahen wir erleichtert schon von weitem Wäsche auf der Leine flattern, oder die Fenster standen weit offen, um Luft ins Haus zu lassen, während ein frischgeklopfter Teppich über einem Stuhl vor der Tür hing. Oder Kuchenduft kam uns entgegen oder eins von Mutters Liedern. Aber es gab auch schlimme Tage, Tage, an denen wir, wenn wir heimkamen, Mutter zusammengesunken in einem Sessel fanden, als habe sie sich, seit wir fort waren, nicht daraus wegbewegt. Dann fuhr sie zusammen, wenn wir die Tür aufmachten, und sah uns stumpf an, als habe sie ganz vergessen, daß es uns gab. An solchen Tagen durften wir nicht daran denken, daß wir müde Füße und trockene Kehlen hatten, wir mußten selbst den Tee machen, während Mutter sich erschöpft mühte, die Kleinen neu zu wickeln und an ihre hageren Brüste zu legen.

Im Frühjahr ist der Teich im Obstgarten voller Kaulquappen, die sich bis zum Juli zu winzigen Fröschlein entwickelt haben, erstaunlich zarten, in allen Einzelheiten perfekten Fröschen, zierlich wie von einem Juwelier gemacht. Die Katzen schleichen sich an und stürzen sich auf sie, zermalmen sie mit ihren spitzen Zähnen, aber es sind immer noch genug da – Frösche und auch Kröten.

Früher fing ich mir gern einen Frosch, hielt ihn in meiner hohlen Hand gefangen, spürte die winzige kalte Kraft seines Zornes, mit der er sich immer wieder gegen meine Finger schnellen ließ, um freizukommen; und dann machte ich plötzlich die Hand auf, und er sprang heraus, hoch in die Luft, und plumpste wie ein Kiesel in den Teich.

Isaac und ich verbrachten lange Nachmittage am Wasser, da hockten wir dann und hoben Steine hoch und suchten im langen Gras nach den jungen Fröschen. Wenn man sich vom Haus her ans Wasser heranschlich und plötzlich mit dem Fuß aufstampfte, schossen sie hoch in die Luft, zwanzig oder dreißig auf einmal, stürzten sich in den rettenden Teich und verschwanden mit einem blubbernden Plopp unter der Wasseroberfläche. Danach mußte man sie suchen. Auch Molche haben wir, die ärgerte Isaac immer mit einem Schilfrohr, jagte sie hierhin und dorthin. Ruderwanzen gibt es, die die Wasserhaut eindellen mit ihrem Leichtgewicht, und Wasserläufer, und hin und wieder sogar eine Libelle, die blauflirrend über allem schwebt wie eine Majestät.

Wenn Mrs. Howgego mit Mutter im Haus war, gingen Isaac und ich nach hinten, kletterten auf Bäume oder spielten am Teich. An einen dieser Tage erinnere ich mich. Den letzten.

Es war heiß, und die Zwillinge saßen in ihrem Kinderwagen vor der Tür, Davey und Bobby spielten, und Aggie paßte auf sie auf. Mrs. Howgego und Mutter tranken in der Küche Tee, und Isaac und ich gingen in den Obstgarten. Wir warfen ein paar Steine auf die Zielscheibe an der Scheune, aber es war zu heiß, und wir gingen zum Spielen an den Teich. Die kleinen Frösche hatten wir heute vormittag schon erschreckt, jetzt suchten wir im Gras herum, da sagte Isaac: »Schätze, daß da unten ein paar richtig große sitzen.« Wir sahen auf die schlammig-unergründliche Teichmitte hinaus. »Sollen wir reingehen und einen fangen?« fragte er und sah mich an, es war schlimm, ich kam einfach gegen diesen blaublitzenden, herausfordernden Blick nicht an. Ich zögerte. Ich hatte keine Lust, ins Wasser zu waten. Es war so viel Leben in dem Teich, er war voll von wimmelnden, kribbelnden Geschöpfen, und ich mochte nicht hinein, aber ich mochte es Isaac auch nicht abschlagen, um mich nicht feige schimpfen zu lassen.

»Los, Milly«, sagte er. »Wer weiß, was da alles drin ist. Vielleicht sogar ein Schatz, den jemand vor dreihundert Jahren da versenkt hat. Oder Juwelen.«

Zweifelnd betrachtete ich den trüben, wenig verheißungsvollen Tümpel, aber Isaac hatte schon die Hosenbeine hochgekrempelt und stand bis zu den Knöcheln im Wasser.

»Ganz warm«, sagte er.

»Aber ich mach mir mein Kleid ganz schmutzig.«

»Läßt sich doch waschen. Kannst es ja in den Schlüpfer stecken.«

Eigentlich, das wußte ich, blieb mir gar nichts anderes übrig, am besten brachte man es schnell hinter sich. Ich raffte die Röcke und stieg vorsichtig ins Wasser. Der Untergrund war weich und nachgiebig, der seidenweiche

Schlamm, der zwischen meinen Zehen hervorquoll, war sonderbar warm, wie etwas Lebendiges.

»Siehst du«, sagte Isaac. »Gar nicht schlimm.«

Es fühlte sich an, als wirbele und winde sich etwas um meine Knöchel. Schleimig-grüne Algen klebten an meinen Schienbeinen. »Nein«, sagte ich. »Gar nicht schlimm.«

»Gehen wir zur Mitte, wo's tiefer ist?«

»Von mir aus.«

»Da sind nämlich die großen, schätze ich«, sagte Isaac und setzte sich in Bewegung. »Los, komm.« Er packte meine Hand.

Mir war, als käme ich ins Rutschen. »Nein, nicht ziehen, das ist nicht nötig«, sagte ich, aber er hielt meine Hand fest.

»Du sollst doch nicht hinfallen«, meinte er. »Sag Bescheid, wenn so ein Großer dich beißt, dann fang ich ihn.«

»Nicht...« Ich fröstelte. »Und überhaupt... die haben doch keine Zähne, die Frösche. Bestimmt nicht.«

»Was denkst du denn? Klar haben die Zähne. Wie sollen sie denn sonst all die Würmer und Schnecken fressen. Und Zehen.«

»Warum mußt du mich immer ärgern«, sagte ich. »Aber bange machen gilt nicht. Es ist bloß Wasser. Daß einer von einem Frosch gebissen worden ist, hab ich noch nie gehört.«

Isaac ging weiter und sank dreißig Zentimeter tief ein, so daß das Wasser bis über seine Knie stieg. »Hier ist es kälter«, sagte er.

»Laß mich los.« Ich entriß ihm meine Hand. Er griff erneut nach mir. »Was ist denn? Kriegst du's jetzt mit der

Angst zu tun?« hänselte ich ihn, wie er mich vorhin gehänselt hatte.

»Ich geh unter!« Er hatte die Augen weit aufgerissen. »Schnell, Milly! Pack an!«

Tatsächlich sah es aus, als ginge er unter, und ich streckte die Hand aus und hielt ihn verzweifelt fest. Ich muß Mutter rufen, dachte ich und machte schon den Mund auf, da sah ich, daß er lachte.

»Du glaubst aber auch alles, du Dummchen.« Er richtete sich auf. »Komm, es ist ganz ungefährlich. Hier sinkt man nicht mehr ein.« Ich schluckte meinen Ärger herunter und ließ mich tiefer hineinziehen, weil ich wußte, ich konnte es nur hinter mich bringen, wenn ich mitmachte.

Das Wasser reichte mir bis zur halben Schenkelhöhe und leckte am Saum meiner gebauschten Röcke. Der Untergrund war hier fester, aber mit allen möglichen Sachen bedeckt, harten Sachen und scharfen Sachen und – was am schlimmsten war – weichen Sachen, die unter meinem Fuß nachgaben. Wir blieben stehen.

»Und jetzt?« fragte ich. Mir war schleierhaft, wie wir die Sachen – Frösche oder sonstwas – herausholen sollten, ohne uns zu bücken, und das ging nicht, ohne unsere Ärmel naß zu machen. Isaac stand einen Augenblick unentschlossen da. Dann platschte er plötzlich zum Ufer zurück.

»Muß ich mich eben ausziehen«, sagte er und streifte das Hemd ab.

»Das kannst du nicht«, stieß ich hervor.

»Nein?« Er zog die Hosenbeine höher, watete wieder herein und nahm meine Hand. Seine Brust war sehr schmal und weiß, ich konnte alle Rippen sehen und die Adern unter der fast durchsichtigen Haut. Er grinste und wollte etwas sagen, aber da kam Aggie vom Haus her auf uns zugerannt. »Rasch, kommt raus. Vater ist da.«

»Vater?« wiederholte ich. Daß er um diese Tageszeit kam, war so unwahrscheinlich, daß ich es nicht sofort begriff.

»Raus aus dem Wasser, schnell«, drängte Aggie. »Und du...« sie sah Isaac an »...verziehst dich am besten.«

Aber es war zu spät. Vater war Agatha gefolgt. Er hatte mich gesehen – mit gerafftem Rock, unter dem ich meine Beine zeigte. Er hatte Isaac gesehen – halb ausgezogen und meine Hand haltend. Ich war so erschrocken, daß ich ihn nicht einmal loslassen konnte. Ich stand wie betäubt da und umklammerte Isaacs Hand, bis er sie selbst wegzog. Vater sagte kein Wort. Das war auch nicht nötig. Agatha verdrückte sich an ihm vorbei zum Haus, und nachdem er mich mit einem finster drohenden Blick bedacht hatte, drehte Vater sich auf dem Absatz um und folgte ihr. Isaac stürmte aus dem Wasser und zog hastig sein Hemd über.

Vom Haus her hörten wir eine Stimmenexplosion. Isaac sah mich ratlos an. »Ich muß gehen.« Er war sehr blaß geworden, so daß die Sommersprossen sich dunkel abhoben.

»Nimm mich mit...du kannst mich nicht allein lassen«, jammerte ich und packte seinen Arm, ich wußte ja, wie albern das war, aber in diesem Moment wollte ich nur bei ihm sein, bei ihm bleiben und davonlaufen, mit festgeschlossenen Augen nur davonlaufen und nie zurückkommen.

»Sei nicht blöd«, sagte Isaac. »Du willst dir doch nicht noch mehr Ärger einhandeln. Ich muß weg.« Er entzog mir seinen Arm. »Kommt schon alles in Ordnung, reg dich man nicht auf.« Er tätschelte mir unbeholfen die Schulter. »Bis bald«, sagte er, schoß davon wie ein aufgescheuchtes Karnickel und brachte sich ums Haus herum in Sicherheit.

Ich ließ meine Röcke herunter und rieb damit über meine nassen, juckenden Beine. Ich sah auf die Stelle, wo eben noch Isaac gestanden hatte, und dann spürte ich eine kalte Last an meinem Bein. Ich zwang mich hinzusehen, und dann schrie ich. Ich schrie und schrie, obgleich zuerst kein Ton herauskommen wollte. An meinem Schenkel hing ein Ding, ein riesiges, graugrünes, glänzend gesprenkeltes Ding. Ich konnte mich nicht rühren. Ich traute mich nicht, mein Bein zu bewegen. Ich stand nur da und schrie und schrie. Ich wünschte mir, daß Isaac zurückkäme, doch da kam Mutter. Das Ding hing pochend an meinem Bein und wurde immer dicker.

Mutter sah auf einen Blick, was los war, und nahm mich in die Arme. »Du mußt keine Angst haben«, sagte sie sanft. »Es ist nur ein Blutegel. Den kriegen wir schnell weg.«

Agatha war ihr gefolgt. »Ich weiß, was man machen muß. Soll ich es machen? Ich weiß, was man machen muß, ich mach ihn weg.« Erregt tanzte sie um uns herum.

Mutter setzte mich auf den Küchentisch. »Steh ruhig, Agatha«, sagte sie scharf, denn Agatha kam ihr vor lauter Aufregung überall in die Quere. Mutter steckte den Schürhaken ins Feuer, und ich fing an zu weinen.

»Brauchst keine Angst zu haben«, sagte Agatha, »er verbrennt dich nicht. Man braucht den Blutegel nur damit anzutippen, dann läßt er los. Abschneiden kann man ihn nicht, sonst läßt er seine Sauger in dir drin.«

»Wirst du jetzt still sein, Agatha«, sagte Mutter, denn diese Mitteilung führte dazu, daß ich nur noch lauter weinte, aber selbst in meiner jämmerlichen Angst registrierte ich noch, daß Agatha um meinetwillen gescholten worden war, und merkte es mir gut.

Während dieser Szene blickte Vater grimmig zu Boden, und Mrs. Howgego sah mich freundlich an, traute sich aber nicht, mich anzusprechen.

»Nicht weinen, Milly, Liebchen«, sagte Mutter. »Halt schön still.« Sie nahm den glühenden Schürhaken aus dem Feuer, und ich machte die Augen zu, als sie den Blutegel berührte, der sofort losließ und zu Boden fiel, ein rasch kleiner werdender, blutgesättigter Klumpen.

Es gab eine kurze Pause, alle sahen auf den sterbenden Blutegel, der mein Blut auf den sauberen Boden verströmte, und dann ging alles wieder von vorn los: Ich bibberte und schluchzte, Mutter tröstete, die Zwillinge schrien, und Vater brüllte Mrs. Howgego an.

»Verlassen Sie mein Haus«, brüllte er. Ich sah, daß er rot angelaufen war, auf seinen Lippen standen Speichelbläschen. »Machen Sie, daß Sie rauskommen, Sie Hure. Und halten Sie Ihre verkommenen Rotzlümmel von meinen Töchtern fern.«

Hilflos sah ich Mrs. Howgego an, ihr liebes Gesicht war wie umgewandelt. Der lächelnde Mund war zu einem schäbig-schnöden Knopfloch geschrumpft. Die Augen waren Eissplitter. Sie griff nach ihrem Korb. »Wiedersehen, Phyllida«, sagte sie. »Wiedersehen, Agatha und Milly.« In diesem Moment erkannte ich ihre natürliche Vornehmheit, erkannte sie an der würdevollen Haltung, die sie gegenüber unserem geröteten, wutschnaubenden Vater bewahrte, als sie sich umdrehte, sich Davey auf die Hüfte setzte, den staunenden Bobby an der Hand nahm und rasch mit ihnen davonging.

Es dauerte lange, sehr lange, bis ich Isaac wiedersah. Jener Tag hatte Mutter eine Wunde geschlagen. Mit ihm begann ihr trostlos stummer trudelnder Sturz in die Tiefe. Es gab keine Lieder mehr, keine Gedichte. Sie sprach nicht über den Tag. Antwortete nicht auf meine Fragen. Ich verstand es nicht. Vater hatte der Hure Mrs. Howgego das Haus verboten: Mutter verzehrte sich nach Mrs. Howgego, der Heiligen. Sie erklärte nichts. Ihr Gesicht wurde spitz, und ganz plötzlich hatte sie graue Strähnen im dunklen Haar. Die kleine Denkfalte stand nun ständig auf ihrer Stirn, und sie hatte auch noch andere Falten im Gesicht.

Vater hatte Mutter eingeschärft, die Mädchen nie wieder in die Nähe dieses elenden Bettelpacks zu lassen; diese Schlampe – mich – nie aus dem Haus zu lassen.

»Aber sie ist erst zehn, Charles! Sie ist ein Kind!«

»Die weiß genau, was los ist. Man sieht es an ihren Augen. Ist ja auch deine Tochter...«

Nein, ich verstand es nicht. Ich wußte, daß ich etwas Schlimmes getan hatte. Es war fürchterlich, und es hatte mit Isaac zu tun. Aber – so schlimm war es doch eigentlich gar nicht gewesen... Da war all der Schlamm, der Schleim, die Nässe; Isaacs zarte Haut, unter der die blauen Adern durchschimmerten. Und der Blutegel. Ich war eine kleine Schlampe, der man nicht über den Weg trauen konnte, soviel begriff ich. Was eine Schlampe war, wußte ich allerdings nicht so genau.

Mutter fiel in sich zusammen, wenn er solche Wörter benutzte, Wörter wie Schlampe und Hure und Bankert, sie sank zusammen unter einer Last, die ich nicht begriff. Ich begriff nur, daß ich etwas Schreckliches getan und es meiner Mutter noch schwerer gemacht hatte. Einmal hatte ich sie sagen hören: »Ich weiß nicht, was ich ohne dich täte, Candida«, aber jetzt gab es keine Mrs. Howgego mehr. Mutter hatte nicht mehr den Willen, sich zu widersetzen. Mutter hatte überhaupt kaum mehr einen Willen. Sie wurde so schweigsam, daß es eine Überraschung war, doch einmal ihre Stimme zu hören. Sie hielt sich nicht mal mehr sauber, vernachlässigte ihr Haar, so daß es wild und filzig wurde. Sie verlor ihren sauberen Seifengeruch, sie müffelte.

Auch Agatha und ich waren schweigsam. Wir hatten Angst, aber mit Mutter konnten wir nicht reden. Sogar miteinander zu reden war schwierig, war zu beängstigend, denn was hätten wir tun können? Wir machten einfach weiter. Die Zwillinge versorgten wir jetzt praktisch allein. Mutter konnte sie nicht mehr stillen, sie waren schnell entwöhnt, schienen froh zu sein, daß sie die dünne graue Milch vergessen konnten, sie gediehen, wurden immer runder und munterer. Bald krabbelten sie und brauchten ständig Aufsicht. Mutter sah kaum zu ihnen hin, nur ab und zu packte sie die beiden und drückte sie mit nassen

Augen heftig an sich. Agatha und ich machten fast alles allein: wir putzten, wuschen, kochten. Wir waren kleine Mädchen, aber wir lernten alles. Agatha melkte die Kuh und fütterte die Hühner und brachte den Garten in Ordnung. Woher wußte Agatha, wie man das macht? Das habe ich nie begriffen. Woher wußte sie das mit dem Blutegel? Nie würde man das glauben, wenn man sie jetzt so sieht, das nutzlose alte Ding.

Vater kam nicht mehr nach Hause. Was hätte ihn auch nach Hause ziehen können? Wir gaben uns zwar Mühe, Agatha und ich, aber unser Haus wurde nie mehr das Heim, das es vor der Geburt von Ellenunesther gewesen war. Von da an ging es bergab. Mit allem ging es bergab. Und Mutter starb Ende Oktober, als es schon zur Teezeit dunkel war; als es eine Woche geregnet hatte; als das Haus kalt war und verrußt; als Vater sich fast einen Monat nicht hatte sehen lassen. Sie ging einfach aus dem Haus und kam nicht wieder. Sie küßte uns, ehe sie ging. Sie sagte, daß sie uns lieb hätte und daß wir ihr verzeihen müßten. Sie sagte, daß wir versuchen müßten zu verstehen. Und dann ging sie hinaus in die Dunkelheit und den Regen und kam nicht zurück.

Aggie und ich blieben die ganze Nacht auf und warteten auf sie. Wir hielten das Feuer in Gang und einen Kessel auf dem Herd bereit, damit wir ihr Tee machen konnten, damit sie sich waschen konnte. Wir stellten ihre Hausschuhe zum Anwärmen in den Kamin, aber im Grunde glaubte ich nicht, daß wir sie noch mal wiedersehen würden. Es war, als habe sie sich schon vor langer Zeit auf den Weg gemacht und sei dabei immer dünner, immer blasser, immer ferner geworden.

Manchmal träume ich, daß ich Mutter bin, in der schlimmsten aller schlimmen Nächte. Es ist ein Traum, aus dem ich mit aller Kraft zu erwachen versuche. Er ist schlimmer als die Träume von Vater. Der Regen ist kalt und gnadenlos in meinem Traum, nadelscharf peitscht er mir ins Gesicht. Mein Mantel ist durchnäßt, mein Hut, mein schöner Londoner Hut, löst sich auf, und ein Papierstiefmütterchen fällt ab und verfängt sich in meiner Armbeuge, ehe es in den Schlamm sinkt. Ich wünschte, ich wäre in London, leidenschaftlich wünsche ich mich dorthin, in Lärm und Wärme, in geschäftiges Treiben und Freundlichkeit, denn hier ist nichts, gar nichts. Nur unfreundliches Dunkel, ein flaches, leeres Nichts, nur Regen, nur Kälte. Ich stürze weiter durch triefende Leere. O ja, das wäre was! Dorthin zu laufen, wegzulaufen, zu laufen und zu laufen, dieses kalte, kalte Nichts von einem Ort hinter mir zu lassen und zurückzufinden. Ich kann singen. Ich kann singen. Jawohl, ich kann! Ich könnte zurückfinden, bestimmt. Ja, ganz bestimmt. Aber hinter mir ist dieses Andere. Hinter mir ist ein Haus voll zugiger Stuben, voller Münder, die ich füttern, Münder, die ich zum Lächeln bringen müßte. Das Haus dort ist eine große, zugige Kiste, vollgepackt mit Schuldgefühlen. Gewiß, ich liebe sie, aber ich schaffe es nicht, schaffe das alles nicht mehr. Ich kann nicht. Als die Zwillinge zur Welt kamen, fing ich an zu sterben, und seither sterbe ich immer weiter, von außen nach innen. Und jetzt ist nur noch ein winziger Rest, ein ganz kleines Stück, ein Kern von Leben in diesem kalten Körper. Ich kann nicht mehr. Es ist nur noch so wenig von mir übrig, ein so schäbiger Rest von mir in diesem kalten Frauenkörper.

Manchmal weht der Wind, der meilenweit weht, der das Haus umweht, unablässig, auch durch mich. In meinem Inneren bauscht und bläht es sich, da ist ein großer leerer Raum wie ein Kirchenschiff, und in der Mitte ist eine Kerze. Eine kleine brennende Kerze, deren Flamme schwächlich im Wind flackert. Bisher brennt sie noch, die kleine Flamme, aber sie kann nicht ewig brennen. Und jetzt treibt mir der Wind stechenden Regen ins Gesicht, in die Augen.

Ich bin so durchgefroren, so klein und durchgefroren – und hier ist der Kanal. Gefurchte Tiefe, die sich durch das flache Geschlämm zieht. Schwärzer als der Boden, als der Himmel; reicher als die Luft, die so einen dünnen schrägen Regen mitbringt, eine so dürftige, gehässige Nässe.

Meine Füße haben mich hergetragen, und jetzt sind sie weg. Die Taubheit ist mehr als Kälte. Meine Füße sind verschwunden und meine Hände, und auch meine Wangen sind in dieser Taubheit aufgegangen und meine Lippen, und mein Haar ist dick und naß und schwer wie Tang. Erfroren. Ich will nie auftauen. Es täte zu weh. Ich bin hier. Ich bin an dem schwarzen Wassergebraus, hergetragen von Füßen, die nicht mehr die meinen sind. Der Wind brüllt, ein böses Tier, ein gieriges, nicht ablassendes Tier, das mir in die Augen spuckt. Das Wasser, etwas anderes bleibt mir nicht. Nur das Wasser bleibt mir, um zu entkommen, mir die Ohren zu stopfen, den Lärm auszusperren, das Brüllen und Stechen, den Rest von Gefühl wegzuspülen.

Und dann muß ich aufwachen, sonst füllt das Wasser, der Geschmack von Wasser mir den Mund, und ich muß kämpfen, mich mühsam nach oben kämpfen, heraus aus der grausamen, erstickenden Flut des Traums. Und es ist nur ein Traum. Ich bin nicht Mutter. Ich weiß ja nichts. Es hat sie ja nur jemand durch die böse Nacht stolpern sehen, hat gerufen, aber sie hat nicht gehört. Es hat sich ja nur das Stiefmütterchen von ihrem Hut gefunden, von ihrem schönen Hut, ganz naß und schmutzig, nah am Rand.

Manchmal schlafwandelt Agatha in der Nacht. Etwas im Klang ihrer Schritte, etwas Weiches, das anders ist als ihr gewohnter steifer Gang, sagt mir, daß sie schläft. Manchmal wandert sie nur in ihrem Zimmer herum. Ich höre ein Gleiten, leicht und gespenstisch, dann ein Knarren, wenn sie sich wieder zu Bett legt.

Manchmal aber kommt sie die Treppe herunter, geht vorbei an meiner Tür, vorbei an der Tür von Ellenunesther bis zur Küche. Ich weiß nicht, was sie in der Küche macht, ich gehe ihr nicht nach. Ich habe Angst vor einer Schlafenden, die im Haus herumgeht, einer Schlafenden mit leeren Augen, hinter denen sich Gott weiß was abspielt. Das Haus mit der fest schlafenden und rastlos wandelnden Agatha, dem Gebrabbel von Ellenunesther, das durch die Wände schwingt, mit dem Gestöhn aus dem Keller ist ein Irrenhaus. Nur in manchen Nächten ist das so. Dann wieder ist es still, und es ist, ob wir schlafen oder nicht, friedlich im Haus. Heute nacht aber... heute nacht läuft Agatha da oben herum, aber nicht im Schlaf. Sie rückt Möbel. Ja, tatsächlich. Luder! Da schon wieder... etwas Schweres... ihr Bett? *Du kommst mal durch die Decke durch, Agatha.* Lange hält das Haus dieses ständige Geschiebe nicht mehr aus. Der Spalt in meiner Decke... ist er nicht länger geworden? Breiter? Kann Aggie denn nie Ruhe geben?

Heute findet auch mein Kopf keine Ruhe. Ich glaube nicht, daß ich heute nacht schlafen werde. Ich traue mich nicht. Da ist das stetige Trommeln des Regens, da sind all die anderen Laute der Nacht. Das Geräusch der Katzen auf der Pirsch und hin und wieder der Aufschrei ihrer Opfer; das naß quietschende Gekratze von Zweigen an der Scheibe; Agathas Herumgerenne; Ellenunesthers Gemurmel; Georges Stöhnen. Mit dem Haus ist es nicht anders als mit dem Inneren meines Kopfes, ein Durcheinander, eine Unruhe, eine Rastlosigkeit. Das Schlimmste will heute nacht nicht ruhen. Will einfach nicht.

Ich habe ein gutes Gedächtnis, zehnmal besser als das von Agatha, aber an die Tage nach der Nacht, in der Mutter wegging, habe ich keine deutliche Erinnerung. Vater kam zurück, er war verbissen und redete nicht mit uns. Wir mußten an Türen horchen und setzten uns die Bruchstücke zusammen. Jemand hatte Vater einen nassen, schmutzigen Fetzen gebracht, ein rotes zerfleddertes Papierstiefmütterchen von ihrem schönen Hut. Jemand hatte sie laufen sehen und sie gerufen, aber sie hatte nicht gehört.

Mrs. Howgego kam, doch Vater ließ sie nicht herein. Sie stand draußen und hatte Tränen in den Augen, und Isaac war mitgekommen, ordentlich gekämmt, er sah zu Boden und scharrte verlegen mit den Füßen, doch Vater ließ sie nicht über die Schwelle. Schließlich ging sie wieder und nahm den schweren Korb voller Sachen mit, die sie für uns angeschleppt hatte. Isaac schaute noch einmal zurück, und ich denke, er sah mein Gesicht oben am Fenster. Ich denke, er muß mich gesehen haben, und ich denke, er hat gelächelt. Ich hätte am liebsten das Fenster aufgemacht und wäre hinuntergesprungen und mit ihnen gegangen und eine Howgego geworden. Aber ich tat es nicht. Ich saß nur da in meinem Trauerkleid und sah ihnen nach, bis sie ganz klein geworden, bis sie verschwunden waren.

Nach Mutter kam die Zeit, als wir noch mit Vater zur Kirche gingen, die Zeit, als er uns über den Kopf strich, ehe er wieder wegfuhr. »Daß ihr mir vom Deich wegbleibt«, sagte er. Wie lange das ging, könnte ich nicht sagen. Es war eine lange Zeit. So lang, daß Agatha zu einer jungen Frau wurde, die sich vor einem alten Spiegel putzte, die davon träumte, bewundert zu werden, aber zu hoffärtig war, die jungen Männer in der Gemeinde auch nur eines Blicks zu würdigen. So lang, daß Ellenunesther aus runden Babys zu hübschen, eigenartigen Mädchen wurden, die kaum etwas zur Kenntnis nahmen außer sich selbst. Jahre vergingen. Beklommene, sonderbare Jahre. Vater war selten zu Hause, und wir waren sehr allein. Nach jenem Besuch, bei dem er sie nicht hereingelassen hatte, kam Mrs. Howgego nicht wieder. Ich wünschte mir sehr, sie möge wiederkommen und Isaac auch, wünschte mir, er möge eines Tages einfach auftauchen, aber ich traute mich nicht, zu ihnen hinzugehen, und je länger das währte, je mehr Zeit verstrich, desto unmöglicher kam es mir vor. Manchmal sah ich flüchtig einen Jungen, der Isaac hätte sein können, ganz in der Nähe, einen flüchtig vorbeihuschenden Jungen, der vielleicht nur einer meiner Wünsche war oder vielleicht doch Isaac – aber genau wußte ich es nie.

Jahre vergingen. Viele Jahre. Es fehlte uns an nichts, nur an Gesellschaft. Wir hatten Kleidung und Essen, und Vater brachte uns Bücher mit, bildende Bücher, die uns lehrten, dankbar zu sein für alles, was uns beschert wurde, unseren Vater zu ehren, auf Sauberkeit zu achten und auf damenhaftes Benehmen.

Nachdem Aggie ihre Tage bekommen hatte, gab es für mich natürlich wieder Isaac, und Mrs. Howgego kam wieder öfter zu uns. Und natürlich kamen manchmal auch andere Leute. Sara Gotobed, die unsere Lebensmittel brachte in der Zeit, als Vater so selten daheim war. Ein- oder zweimal kamen fremde Leute, die sich verirrt hatten, oder Leute, die auf Arbeitssuche an unser Haus gerieten und klopften, und manchmal machten wir auf und manchmal nicht. Denn Vater hatte uns Angst eingejagt. Er erzählte uns so Sachen über andere Leute, Stadtleute, daß sie Diebe und Betrüger wären, und wie sie über Mädchen herfielen, die allein waren, schreckliche Geschichten, so daß wir uns zwar nach Gesellschaft sehnten, aber auch Angst davor hatten.

Und da war der Sommer, in dem unser Vetter zweiten Grades auf Besuch kam. Vater hatte keine Angehörigen, sagte er, aber Mutter sagte, so sei das gar nicht. Er habe Verwandte, aber mit denen habe er sich auseinandergelebt, sagte sie, und er mochte nicht darüber sprechen. Doch dann kam unser Vetter zweiten Grades auf Besuch, mit seinem Freund. Es war ein Sommerabend, und der Himmel war voller Schwalbenschwärme, auch Fledermäuse gab es, und eine verfing sich fast in meinem Haar... und der Freund hielt meinen Arm, Roger hieß er, er hielt meinen Arm mit seiner starken Soldatenhand, der Hand, die eine Waffe gehalten hatte, und streifte seitlich an meiner Brust entlang. Und es war mein Knie, das er unter dem Rock berührte. Nicht das von Agatha.

Ich hätte Isaac heiraten sollen. Dann wäre ich Mrs. Howgego, inzwischen die alte Mrs. Howgego, und meine Enkel würden mich besuchen kommen. Ich gebe Agatha die Schuld. Nein. Es war Vaters Schuld... aber trotzdem bin ich böse auf Agatha.

Es war der Krieg, der die Änderungen brachte, der alles aus dem Gleis warf. Hier merkte man wenig davon. Er ging uns nichts an, wir waren weit vom Schuß. Wir lasen in Vaters Zeitungen darüber, wenn er heimkam, und Isaac beschäftigte der Krieg natürlich sehr. Er konnte es gar nicht erwarten, loszuziehen und mitzumachen. Ein Held zu sein. Aber kurz vor Kriegsausbruch war Mr. Howgego gestorben, und Ben und Abel kamen nach Frankreich, da mußte Isaac zu Hause bleiben und seine Mutter und die kleinen Brüder versorgen helfen.

Er wurde erwachsen in diesen Jahren, o ja. Ich auch natürlich. Ich bekam meine Regel, die Tage, und es war nicht so ein Drama wie bei Aggie. Aggie ist eben sehr fürs

Dramatische. Ihr ganzes Leben lang hat ihr eigentlich nur ein Publikum gefehlt. Mein Erwachsenwerden war kein solcher Schock. War nicht so schwerwiegend wie bei Aggie. Ich fühlte mich unverändert. Ich war immer noch ein Mädchen, immer noch dieselbe Milly, die Spaß an denselben Sachen hatte. Nachdem es losgegangen war, ging ich nach draußen und probierte alles aus: Ich kletterte auf Bäume und jagte nach Fröschen und warf Äpfel an die Scheunenwand, und es war genau wie immer. Kein Wunder war geschehen. Ich hatte nicht das Gefühl, daß ich Agatha oder Mrs. Howgego nähergekommen war. Es war einfach eine zusätzliche Sache, mit der ich fertig werden mußte. Das Erwachsensein kam dann doch, aber allmählich. Es hatte nichts mit der Blutung zu tun oder mit dem sachten Anschwellen meiner Brüste. Es hatte mit Sorgen zu tun und mit Sehnsucht und Wehmut und Hoffnung; und mit dem Wandel meiner Gefühle für Isaac. Und auch wenn ich sage, daß ich erwachsen bin, steckt in dieser alten Frau noch immer ein Stück von der Neunjährigen, die voller Entsetzen Mutters Schreie hört an dem Nachmittag, an dem Ellenunesther zur Welt kamen. Ein Stück von mir sehnt sich immer noch danach, mein Gesicht im Haar meiner Mutter zu verbergen und mich von ihr umfangen zu lassen, bis alles wieder gut ist.

Von da an beobachtete Mrs. Howgego Isaac und mich. Ich hatte es ihr natürlich erzählt, und sie riet mir dasselbe, was sie Agatha geraten hatte. Ich sollte schön brav sein, dann würde nichts Kleines kommen. Sie versuchte, Isaac von mir fernzuhalten, zumindest dann, wenn sie nicht da war und aufpassen konnte.

Isaac hatte gelauscht, als ich mich über all das mit Mrs. Howgego unterhalten hatte.

»Wie fühlt man sich denn dabei so?« fragte er.

»Nicht viel anders.«

»Du bist also jetzt eine Frau?« Er betrachtete mich von oben bis unten. »Aussehen tust du noch nicht danach.«

»Ich bin keine Frau, du Blödmann«, sagte ich. »Du brauchst mich gar nicht so anzustarren. Und bloß wegen dieser dämlichen Tage hör ich noch lange nicht auf, mit dir zu spielen.«

Er war sichtlich erleichtert. »Aber Mama sagt, wir sollen nicht zusammen allein sein. Sie meint, das ist nicht anständig.«

Es kümmerte uns nicht, damals noch nicht, doch die Jahre vergingen, ein langer Zug in Grün und Gold und Rot und Grau; Wind und Regen und Sonne und Gewitter. Vater kam und fuhr wieder weg. Ständig warteten wir voller Unruhe auf sein Kommen, denn so selten er kam, er konnte jederzeit da sein. Um Mitternacht, mit der Morgendämmerung, am hellen Nachmittag. Er konnte zwei Monate wegbleiben, dann wieder war er in zwei Tagen zurück, oder er überlegte es sich anders und machte eine Stunde nach seiner Abreise wieder kehrt. Solange er im Haus war, herrschte eine gespannte Stimmung, wir warteten mit angehaltenem Atem auf seine Abreise, drückten heimlich die Daumen, daß er wegfuhr, ehe er etwas gefunden hatte, woran sich sein Ärger entzünden konnte. Und auch wenn wir Besuch von den Howgegos hatten, waren wir unruhig. Wenn nun Vater unerwartet zurückkam und sie vorfand? Und wenn wir spazierengingen, besonders wenn es zu den Howgegos ging, hatten wir Angst, er könne uns schon zu Hause erwarten. Er war kaum da, und doch war er ständig um uns, wir waren nie frei von ihm. Manchmal hielt ich oben an meinem Fenster Ausschau nach einer Gestalt, die in der Ferne auftauchte, größer wurde, zu Vater wurde, und freute mich, wenn ich ihn sah, denn wenigstens war das eine Abwechslung. Wenigstens brauchte ich mir dann nicht mehr die Augen auszugucken, brauchte nicht mehr die Ohren zu spitzen. Brauchte nur meine Zunge zu hüten.

Dieses andere Gefühl zwischen Isaac und mir entwikkelte sich im Lauf der Jahre. Lange Zeit liebte ich Isaac wie einen Bruder, wünschte ich mir, er wäre mein Bruder – und war dann froh, daß er es nicht war. Ich erinnere mich an einen Tag, Mrs. Howgego war in unserer Küche, und Isaac und ich standen draußen und unterhielten uns. Er war ein gutes Stück größer als ich, und ich sah zu ihm auf. Das Gold eines frühen Sonnenuntergangs glänzte auf all der Nässe um uns her, und als er zu mir heruntersah, traf das Licht die Spitzen seiner langen Wimpern, ließ seine Augen in einem dunkleren Blau aufleuchten, und ich empfand schmerzvolle Sehnsucht nach ihm. Er war so schön und so jung und doch ein Mann. Junger Schnurrbartflaum lag auf seiner Lippe, zartblond und weich, und es war keine schwesterliche Liebe, die ich in diesem Augenblick für ihn empfand. Ich wußte, daß seine Mutter uns zusah. Wir berührten uns nicht, aber ich spürte, daß die Luft, die mich traf, auch ihn berührte. Ich wußte, daß Mrs. Howgego uns beobachtete und bei sich dachte, sie könne der Sache noch ein Ende machen, und ich spürte die Macht, die ich über Isaac hatte. In unserer Kindheit war es gerade umgekehrt gewesen. Damals war er der Wagemutige gewesen, der Herausforderer, aber ich sah, daß er mich jetzt mit anderen Augen betrachtete. Er wußte nicht recht, woran er war, und sah aus, als habe er Angst vor seinen Gefühlen.

»Mama guckt«, sagte er leise.

»Na und? Wir tun nichts Unrechtes.«

»Nein«, sagte er unsicher.

»Aber ich würde gern nicht mehr brav sein, Isaac«, sagte ich ebenso leise.

Er schnappte hörbar nach Luft, hielt aber meinem Blick stand.

In diesem Moment kam Mrs. Howgego unerwartet aus dem Haus. Sie hatte bestimmt nicht gehört, was ich gesagt hatte, aber sie maß mich mit einem recht sonderbaren Blick. Sie muß das Knistern zwischen uns gespürt haben und witterte Gefahr.

»Komm jetzt, Isaac«, sagte sie. »Wir müssen heim. Nachsehen, was Bobby und Davey wieder angestellt haben.«

Ich schüttelte den Kopf und sah ihn an. Sein Blick ging zwischen uns hin und her und blieb schließlich bei mir.

»Geh du voraus, Mama«, sagte er. »Ich komme sofort nach.«

»Willst du nicht gleich mitkommen?«

»Ich komm dann gleich nach«, wiederholte er und sah sie kaum an.

Einen Augenblick blieb sie unentschlossen stehen, dann seufzte sie. »Will ich hoffen. Sieh zu, daß er nicht trödelt,

Milly, hörst du?« Ich nickte. »Was deine arme Mama jetzt täte, daran mag ich gar nicht denken. Also macht's kurz.« Sie sah mich sehr zweifelnd an, und dann ging sie.

Ich wartete, bis sie ein gutes Stück weg war, dann streckte ich die Hände aus und faßte die seinen. Es war die erste Geste der Zärtlichkeit. Als Kinder hatten wir uns häufig bei der Hand gehalten, gedankenlos, weil es praktisch war oder weil es zum Spiel gehörte, plötzlich aber war es wunderschön, ihn zu spüren.

»Ich kann das nicht mit dir machen, Milly«, sagte er. »Es ist nicht recht.«

»Aber wir könnten heiraten«, sagte ich. »Und dann wäre es recht. Es wäre anständig.«

»Bist du verrückt geworden? Dein Vater bringt uns um. Und ich schätze, Mama wär's auch nicht lieb.«

»Willst du mich nicht heiraten?« fragte ich.

»Doch, natürlich«, sagte er und drückte meine Hände. »Ach, Milly... Aber jetzt noch nicht. Ich kann eine Frau noch nicht ernähren. Und dann der Krieg...«

»Aber du gehst nicht in den Krieg.«

»Wart's ab...«

»Du kannst nicht gehen, Isaac«, sagte ich. »Was soll ich denn dann machen?«

»Was machst du denn schon?«

Wir schwiegen. Was er gesagt hatte, tat weh, dabei wußte ich genau, daß Isaac nie absichtlich grausam war. Und er hatte natürlich ganz recht. Was machte ich denn schon – außer Warten und Hoffen?

»Wenn das so weitergeht, kann ich nicht hierbleiben«, sagte ich. »Es ist fürchterlich, Isaac. Es ändert sich nie.

Wir vier im Haus. Manchmal wissen wir nicht mal, welchen Wochentag wir haben, kannst du dir so was vorstellen? Und immer die Angst, Vater könnte kommen. Immer nur Langeweile oder Angst. Immer. Es ist so fürchterlich, Isaac. Es ist wie Gefängnis. Genau wie in einem Gefängnis komme ich mir vor.«

»Sei nicht so blöd, du«, sagte Isaac, aber er legte die Arme um mich. »Schau dir den Himmel an. Man kann bis sonstwohin sehen. Das ist kein Gefängnis.«

Ich drückte mich an ihn, roch seinen warmen Ingwerduft, spürte seine Körperwärme, die dünnen kräftigen Arme, die mich festhielten. Ich kniff die Augen zu, um die drohenden Tränen zurückzudrängen. Ich fühlte mich geborgen, als er mich in den Armen hielt. Seit Mutter hatte ich mich nicht mehr so geborgen gefühlt. »Aber du darfst mich nicht verlassen«, flüsterte ich. »Du mußt mir versprechen, daß du mich nie verläßt.«

Isaac lockerte seinen Griff und schob mich ein Stück von sich weg. »Das kann ich nicht versprechen. Aber wenn ich wirklich weggeh, komm ich wieder und hol dich.«

»Machst du doch nicht«, wandte ich ein, und meine Tränen flossen. Ich legte wieder meinen Kopf an seine Brust. »Weswegen solltest du noch mal herkommen, wenn du erst mal weg bist?«

»Wegen dir«, sagte er. Wie fest seine Arme mich hielten. »Ich würde dich holen kommen.« Ich ließ mich von ihm festhalten. Es war schön, ihm so nah zu sein, einen anderen Körper so nah zu spüren, aber ein richtiger Trost war es nicht. Neuerdings kam mir Isaac im Vergleich zu mir wie ein einfältiger großer Junge vor. Er wußte ja nicht, was es alles in der Welt gab, was für Leute es gab. Ich hingegen wußte, daß es Restaurants gibt, in denen Frauen allein mit Männern zu Abend essen, mit denen sie nicht verheiratet sind, und wo Eisschwäne in Teichen aus kristallenem Licht schmelzen. In London gibt es geschäftiges Treiben und Helligkeit und Glanz. Es gibt Musik, und die Straßen sind voller Gelächter. Das ist die Welt, die Mutter in Erinnerung hatte.

»Woher willst du das wissen?« sagte ich leise. »Woher willst du wissen, daß du nicht eine andere kennenlernst?«

»Ich würde wiederkommen«, sagte Isaac störrisch. »Ich war schon mal weg und bin wiedergekommen. Fast bis Cambridge. Aber jetzt muß ich gehen. Mama wartet bestimmt auf mich.«

Ich machte mich los. »Dann geh. Lauf zu deiner Mama.«

»Sei doch nicht so«, sagte Isaac. »Du weißt, daß ich gehen muß.«

»Ach, Isaac.« Ich griff wieder nach seinem Ärmel. »Warum gehen wir nicht beide?«

»Was soll denn das jetzt wieder?«

»Wir könnten beide weggehen. Durchbrennen, nach London vielleicht. Dann könnten wir heiraten. Arbeit gibt es dort genug. In den Fabriken. Wir könnten ein Haus mieten. Nur du und ich, Isaac, stell dir das mal vor. Ein kleines Haus in einer geschäftigen Straße, Lärm und Getriebe. Jeden Abend würde ich dir das Essen machen, und dann könnten wir spazierengehen. Ich würde deinen Arm nehmen, und wir könnten herumgehen und die Leute anschauen. Wir könnten ins Varieté gehen. Ich möchte so gern sehen, wie es damals für Mutter war. Und dann würden wir auch ein Baby bekommen, ein süßes kleines Mädchen oder vielleicht einen Prachtjungen, einen Howgego-Jungen, und dann wären wir eine richtige Familie.«

»Du bist ja blöd«, sagte Isaac kopfschüttelnd. Manchmal konnte ich mich wirklich furchtbar über ihn ärgern.

»Warum?« fragte ich.

»Wie stellst du dir das vor? Ich kann nicht weg von Mama. Dein Vater würde uns umbringen.«

»Aber er würde uns ja gar nicht finden.«

Er zog mich wieder an sich. »Ach Milly.«

»Isaac«, sagte ich drängend. »Ich kann nicht hierbleiben, wirklich nicht. Wenn ich noch lange bleibe, passiert was. Ich ertrage das einfach nicht.«

Ein jäher Regenschauer überraschte uns mit seiner Kälte. Es war den ganzen Tag abwechselnd naß und trokken gewesen, und jetzt verdunkelte sich der Himmel zusehends.

»Ich muß gehen«, sagte Isaac.

»Nein, geh noch nicht. Es dauert nicht lange. Komm mit in die Scheune. Ich mag noch nicht ins Haus.«

»Aber Mama...«

»Nur noch fünf Minuten.«

Er folgte mir in die dämmerige Scheune. An der Wand, im dunkelsten Winkel neben dem Verschlag der Kuh, war eine alte Bank. Ich wischte eine Handvoll Stroh weg. »Setz dich zu mir«, sagte ich. Wir setzten uns. Ich war befangen. Es war, als seien wir plötzlich Fremde. Es roch süß nach Regen und Heu und Kuh. Der Regen pladderte aufs Dach, an einem Ende war ein Loch, da regnete es durch. Es war fast dunkel in der Scheune und behaglich mit dem Mampfen der wiederkäuenden Kuh.

Isaac legte mir einen Arm um die Schulter und küßte mich. Es war ein langer tiefer Kuß. Nach einer Weile lösten wir uns voneinander; was wir empfanden, ließ uns erzittern. Ich versuchte, Isaac wieder an mich zu ziehen, ich legte ihm meine Hand in den Nacken. Ich wollte weiter geküßt werden. Es war so köstlich, seinen Mund zu fühlen, den Geschmack seines Mundes. Es war wie beim Trinken, wenn du durstig bist, du mußt einfach weitermachen. Er zögerte einen Augenblick. »Ich werd nicht aufhören können...« sagte er leise, aber ich küßte ihn wieder und spürte, daß er zitterte, und ich wollte nicht, daß er aufhörte.

»Ich liebe dich, Isaac«, sagte ich und drückte ihn an mich, und ich wußte, daß es die Tiersache war, die ich wollte; das, was Isaac mir erzählt hatte; was der Bulle mit Barley gemacht hatte. Es kam mir jetzt nicht mehr so schrecklich vor. Ich verstand es jetzt. In mir war eine Stelle, die sich nach ihm sehnte. Ich wollte, daß er ganz mein wäre. Und wenn dadurch ein Kind kam, würden wir heiraten, und er würde mich nie verlassen, dann konnte ich entrinnen und einen Schlußstrich unter diese schreckliche Zeit ziehen, diese Leere, die mein Leben war und die mich gefangenhielt. Plötzlich sah alles ganz einfach aus.

Aber Isaac wich wieder zurück. »Nein«, sagte er und atmete schwer. »Hör auf, Milly.«

»Hast du Angst?« neckte ich und streifte mit der Hand über seinen Schenkel. Er fröstelte. »Wenn wir verheiratet sind«, sagte er. »Ich will dich haben, Milly, aber erst, wenn wir verheiratet sind.«

»Ich will dich jetzt«, sagte ich. Mein Bauch fühlte sich an, als könne er jeden Augenblick zerfließen. Ich wollte nur noch ihn spüren, sein Gewicht auf mir. »Wir werden heiraten, dann ist es nicht unrecht... komm schon, Isaac...«

Er stand auf und versuchte wegzugehen, aber ich war auch aufgestanden und hielt ihn fest, und er gab seinen Widerstand auf und drückte sich an mich, und dann lagen wir auf dem Boden, im Stroh, und seine Hände tasteten herum und plagten sich mit meinem Kleid, und seine Lippen schlossen sich um meine Brustwarze. Er war wie ein Baby, ein nuckelndes, wimmerndes Baby, und unter dem Kleid hatten seine Hände die Stelle gefunden. Ja, und dann wimmerte ich auch und stöhnte mit einem tierischen Laut, der mich überraschte und erregte, und dann faßte ich ihn an und spürte die heiße Seide von seinem Ding und sah seine hoch aufragende Röte wie eine schrecklich-schöne Blume dort in der düsteren Scheune. Und dann war er in mir. Isaac war mein Liebster. Ich spürte sein Herz schlagen, und er füllte die Stelle aus, die Sehnsucht gehabt hatte, und seine Tränen liefen über meine Brust, und er stöhnte und zuckte. Und dann lag er still.

»Alles klar bei dir?« fragte er wenig später und stützte sich auf einen Ellbogen.

Ich hatte nicht das Gefühl, daß alles klar war. Wunderschön war es, wunderschön war es gewesen, aber ich mochte noch nicht aufhören. »Ist das alles?« fragte ich.

»Was redest du da? Natürlich ist das alles.« Er stand auf

und machte den Gürtel zu. »Jetzt muß ich aber los.« Er beugte sich vor und küßte mich und zupfte mir ein paar Strohhalme aus dem Haar. »Ich liebe dich auch«, sagte er verlegen. »Geh jetzt ins Haus.«

Er gab mir noch einen Kuß, züchtig auf den Scheitel, dann ging er. Ich horchte seinen eiligen Schritten nach, und dann blieb ich, wo ich war, bis es dunkel wurde und ich Agatha besorgt nach mir rufen hörte. Immer wieder ließ ich alles in meinem Kopf ablaufen und überlegte, warum ich so enttäuscht war. Ich hatte bekommen, was ich wollte, und es hatte überhaupt nicht weh getan, war überhaupt nicht ekelhaft gewesen, nur enttäuschend. Vielleicht ging es besser, wenn zwei richtig verheiratet waren? Aber als ich dann aufstand und mich abklopfte, lächelte ich. Nicht anständig. Jetzt bin ich nicht anständig, dachte ich befriedigt.

Vielleicht war es nicht recht von mir gewesen, Isaac zu reizen. Reizen... nein, so sagt man von einem stummen, hirnlosen Geschöpf, das ein Halsband braucht oder einen Ring durch die Nase oder einen Schlag mit dem Stock. Aber er war kein Tier. Er war ein Mensch mit eigenem Hirn, eigenem Willen. Er wußte, was passieren würde, wenn er mit mir in die Scheune ging. Er hätte ja nicht mitzukommen brauchen. Ich wollte unbedingt weg, und das war die einzige Möglichkeit, die mir eingefallen war. Die einzig mögliche Lösung. Die dann, wie sich herausstellte, doch keine war. Und wir machten es immer wieder, und ich hatte Isaac sehr, sehr lieb. Wir sind nie in der

Kirche getraut worden, aber kein Ehepaar hätte sich enger verbunden fühlen, hätte sich inniger lieben und schätzen können. Mein Körper verlangte nach ihm, wenn er nicht da war.

Spät in der Nacht, in der Einsamkeit der Nacht, wenn das Haus knarrt und die Zweige schurren und klopfen, wenn bleiches Mondlicht trüb durch meine zerschlissenen Vorhänge fällt; oder in Nächten wie heute, wenn der Regen in einem Strom schwarzer Seide vom Himmel stürzt, verlangt mein Körper noch immer nach dem seinen. O ja, ich bin eine alte Frau, und meine Brüste sind lang und welk und haben Schnurrhaare wie Ratten. Ich bin alt und breitärschig, und die Haut an meinem Körper schlägt Falten, und das Haar auf meinem Kopf und meinem Körper ist dünn und grau, und an meinen Schenkeln winden und ringeln sich die Adern wie Aale. Und dennoch verlangt ein Stück von mir nach Isaac. Ich lüge. Es brauchte nicht Isaac zu sein. Es verlangt nach einem Mann. O ja. Dieses Stück von mir ist quicklebendig.

Agatha macht einen Mordskrach da oben. Es hört sich an, als ob sie Sachen an die Wand wirft. Vielleicht ist auch sie frustriert. Vielleicht will auch ihr alter Körper es haben. *Ist es das, Agatha? Du brauchst einen guten Fick.* Da kannst du schreien, so laut du willst, sie hört es doch nicht bei ihrem ständigen Getöse. Eines Tages kommt sie durch die Decke durch, dann regnet es alte Möbel, kümmerliche Reste alter Möbel und alte morsche Knochen.

Wenn morgen Mark mit den Lebensmitteln kommt, mit

dem Gin und den Oliven und den Keksen und dem Katzenfutter und dem modernen chinesischen Zeug, das man nur umzurühren braucht, will ich ihn hereinbitten. So ein lieber, ansehnlicher Junge. Gibt sich alle Mühe, nett zu sein, bleibt immer auf ein paar Worte. Er hat Manieren, eine nette Art und nimmt sich Zeit für ein Haus voll verrückter alter Weiber. Ich werde ihn ins Haus locken. Was soll ich sagen? »Ich möchte dir oben was zeigen. Bitte, Mark...« Ich denke nicht, daß er ablehnen würde, wenn ich ihn sehr lieb bitte. Dazu ist er zu gut erzogen. Er könnte nicht nein sagen, ohne unhöflich zu sein. Und wenn ich ihn erst hier hätte, was könnte ich nicht alles mit ihm anfangen. Er ist ungefähr so groß wie Isaac, aber dunkel – Agatha hat sie gern dunkel –, schwarzes Haar, dünnes Schnurrbärtchen. Das Gesicht ist ein bißchen picklig, aber das ist nur die Jugend. Er trägt sehr enge Hosen, und man sieht ganz deutlich einen Wulst. Wirklich schamlos ist er in diesen engen Hosen, runder kleiner Hintern, magere Beine – aber kräftig. Und dieser Wulst. Manchmal weiß ich nicht, wohin mit meinen Augen! Was glaubt er wohl, was wir uns dabei denken, bei dieser Protzerei mit dem, was er da unten hat, dieser Traube unter dem straff gespannten Stoff?

Ich könnte ihn ausziehen. Wenn er versuchen würde sich zu wehren, könnte ich ihn anbinden. Nein, wie denn? Er ist so jung und stark. An seinen Armen stehen die Muskeln vor, wenn er den schweren Karton mit Lebensmitteln trägt. Unwichtig... irgendwie würde ich es schon schaffen. Ich würde ihn ans Bett binden, mit den Händen oben ans Gitter, und würde diese engen Hosen ausziehen, und er wäre mein. Wie der Wulst hochschnellen würde, wenn ich ihn befreit hätte. Und er wäre mein. Ich könnte mich auf ihn setzen, auf ihm reiten, auf und ab, und mich mit seiner Jugend, seiner Stärke füllen, mich sättigen nach Herzenslust. Ich könnte ihn gefangenhalten, füttern, waschen, ihn benutzen, wann immer mir danach wäre. Staunen würde er über diese Alte...

Was wohl Aggie sagen würde, wenn ich Mark so nähme! Sie hat es nur auf die schlimmste Art kennengelernt. Sie weiß nicht, wie es ist, wenn man es aus Liebe, aus Hingabe tut, wenn einen die Begierde treibt und diese Begierde von einem kräftigen jungen Mann gestillt wird. Eine Ahnung davon ist ihr wohl gekommen, als sie mir nachspionierte, bei meinem Spaziergang mit Roger, als er meine Brust streifte und mit der Hand nach meinem Knie faßte, unter dem Rock. Sie neidete mir das Erlebnis, sie verwandelte es zu dem ihren. Wie sie mir meine Erinnerungen stiehlt! Sie haßt mich, weil ich mehr Erfolg bei Männern hatte. Auf mich flogen sie, die Männer. Dabei galt sie als so schön mit ihrer schlanken Figur und der hoffärtigen Kopfhaltung – und was ist sie jetzt?

Klapperdürre Aggie, rackerst dich ab da oben und schlägst das Haus kurz und klein. Was versprichst du dir davon? Wenn es möglich wäre, alles so zurechtzurücken, daß es stimmt, daß du dich wohl fühlst – du wärst doch längst darauf gekommen. Und wenn du es geschafft hättest? Wenn wie durch ein Wunder plötzlich alles an seinem richtigen Platz wäre... Natürlich! Das Bett *hier*, nicht dort; und die Frisierkommode so. Und den Sessel daneben... ideal! Was dann, Agatha! Hättest du dann deine Ruhe?

Isaac und ich lagen in Mrs. Howgegos Bett. Sie war ins Dorf gegangen, und Isaac sollte eigentlich seine jüngeren Brüder hüten. Isaac döste, und ich drehte mich von ihm weg und wühlte das Gesicht in das zerknüllte Laken, das ganz leicht nach Mrs. Howgego roch. Es kam mir unrecht vor, hier im Haus. In der Scheune oder unter den Bäumen am Kanal empfand ich das nicht so. Überall lagen Mrs. Howgegos Sachen herum. Ihre alten abgelatschten Alltagsschuhe mit dem ausgebeulten Ballen standen mitten im Zimmer, ich meinte sie darin zu sehen, die Hände in die Hüften gestemmt, mit angewidertem, enttäuschtem Gesicht. Ihre ganz persönlichen Sachen, Unterzeug und Nachthemd, hingen über dem Stuhl am Bett. Ich mochte nicht hinsehen. In der Leidenschaft unseres Liebens war es mir gleich gewesen, wo wir waren, aber jetzt fand ich es schlimm, mit Mrs. Howgegos Sohn in Mrs. Howgegos Bett zu liegen. Ich rüttelte Isaac an der Schulter.

»Wach auf. Ich geh nach unten.«

»Angst?« fragte er.

»Nein, nur so ein dummes Gefühl, daß wir hier sind.«

»Jetzt lieg mal 'ne Minute still, Mädchen«, murmelte Isaac und legte den Kopf auf meine Schulter. »Du bist nämlich das schönste...«

»Hör auf, Isaac.« Ich schob ihn weg. »Komm, wir stehen auf und gehen raus. Nachsehen, was die Jungs machen.«

Er hielt mich fest. »Wart mal. Ich hab mir das überlegt, was du gesagt hast. Vom Weggehen...«

»Isaac!«

»Wart mal. Ich weiß ja noch nicht so recht, aber wir

müssen da wohl irgendwas planen. Kann sein, daß ich doch noch in den Krieg geh, aber ich möchte, daß wir heiraten, Milly. Ich liebe dich.«

Ich legte meine Arme um ihn, ganz fest, und roch seine vertraute Haut. Ich wußte nicht, was ich sagen sollte, ich hielt ihn nur fest, klammerte mich an ihn. Wenn er das machte, wenn daraus etwas wurde, konnte doch noch alles gut werden.

Er lachte. »Ich denk, du wolltest aufstehn?«

»Will ich auch.« Ich hörte draußen Bobbys Stimme, er rief Davey irgendwas zu. Sie wären meine Brüder. Isaacs Brüder wären auch meine. Ich zog ihn noch einmal an mich, dann setzte ich mich auf. »Komm, wir stehen auf und machen uns Tee«, sagte ich.

»Ist wohl besser, wenn du nach Hause gehst«, sagte Isaac, »ehe Mama zurückkommt. Und dein...«

»Der kommt heute nicht«, sagte ich.

»Weißt du's?«

»Nein, aber...« Ich mochte mir nicht mit dem Gedanken an Vater alles verderben. Er würde mich umbringen und Isaac auch, wenn er uns jetzt sehen könnte. Ich gab mir große Mühe, ihn aus meinem Kopf auszusperren, wenn wir zusammen waren, aber er war immer dabei. Wenn ich über Isaacs Schulter sah, war da immer die Angst, ihn zu sehen. Rasch stand ich auf und zog mich an.

»Du bist wunderschön«, sagte Isaac.

»Ich muß gehen, du hast recht, ich muß nach Hause«, sagte ich. Jetzt war ja alles gut. Er hatte gesagt, was ich hatte hören wollen. Jetzt konnte ich gehen. Beruhigt gehen. Ich konnte nach Hause gehen und seine Worte bewahren und planen und träumen.

Er stieg auch aus dem Bett und zog sich an. Es war was anderes, wenn wir beide in einem Schlafzimmer standen und uns anzogen, was anderes als das Gefummel draußen auf der Erde. So würde es sein, wenn ich Mrs. Howgego war.

»Findest du wirklich, daß ich schön bin?« fragte ich und sah in Mrs. Howgegos Spiegel mein gerötetes Gesicht.

»Ja, natürlich«, sagte Isaac. »Natürlich. Ich liebe dich.«

»Ja, aber... bin ich wirklich schön? Für andere Leute? Wenn ich in den Spiegel schaue, sehe ich ja nur mich. Es ist schwer zu sagen, nicht? Ich finde, daß ich ganz... nett aussehe, ganz passabel, aber ich bin ein bißchen klein und dick, nicht? Und ich habe ganz gewöhnliche braune Haare.«

Isaac stellte sich hinter mich und legte von hinten die Arme um mich, so daß ich sein Gesicht neben dem meinen im Spiegel sah.

»Na ja«, überlegte er, »so schön wie Aggie bist du wohl nicht, aber...«

Ich versteifte mich in seinen Armen. Ich sah, wie mein Spiegelgesicht erstarrte. »Du findest Agatha also schöner als mich?« Ich machte mich los und drehte mich zu ihm um.

»Ja, nein... ich meine... Ja, für die meisten Leute vielleicht, die nicht... aber nicht für... ach, ich weiß nicht.« Er streckte die Arme nach mir aus, aber ich wich zurück. »Nicht, Milly. Das ist gemein. Du hast mich gefragt, und ich hab's dir gesagt. Ich liebe doch dich.«

»Du hättest nicht zu sagen brauchen, daß Agatha schöner ist«, jammerte ich. »Innerlich ist sie es nicht... wenn du nur wüßtest, wie sie ist.«

»Ich finde sie nicht schöner.«

»Das hast du aber gesagt.« Ich stürmte aus dem Zimmer und polterte die Treppe hinunter, Isaac hinterher. Ich nahm keine Notiz von ihm. Ich holte meinen Korb aus Mrs. Howgegos Küche und trat hinaus ins Helle. »Alles in Ordnung mit dir?« fragte ich Davey, der auf der Schwelle saß.

»Was habt ihr in dem Zimmer von Mama gemacht?« fragte er verdrießlich.

»Nur geredet. Habt ihr schön gespielt?«

»Nein. Bobby läßt mich nicht auf die Schaukel. Gehst du heim? Darf ich mit dir und Isaac mitgehen?«

»Isaac kommt nicht mit«, sagte ich.

»Habt ihr euch gezankt?« fragte er und legte den Kopf schief. »Laß nur, das renkt sich wieder ein.« Ich lachte, denn man meinte seine Mutter reden zu hören.

»Nicht so richtig«, sagte ich. Ich war nicht auf Isaac böse, nicht so richtig, sondern auf Aggie. Ich wartete einen Augenblick und hoffte, Isaac würde herunterkommen, aber ich wartete vergeblich. Wahrscheinlich war er in der Küche und schmollte. Ich hätte noch mal hineingehen und ihm sagen können, daß es mir leid tat. Aber das brachte ich nicht fertig. Ich brauchte Zeit. Mein Leben lang hatte ich gewußt, wie unendlich überlegen Aggie mir war, im Aussehen, in der Größe, im Singen und Spielen, in ihrer Ähnlichkeit mit Mutter; und daß Isaac gesagt hatte, sie sei schöner, hatte mich getroffen. Ihm war ich nur böse, weil er nicht geschwindelt hatte. Aber hätte er es getan, wäre er eben nicht Isaac gewesen.

Ich ging heim. Ich wußte, er würde bald kommen, vielleicht schon am nächsten Tag. Ich machte mir keine Gedanken. Er hatte mir einen Heiratsantrag gemacht, und darauf kam es schließlich an. Erst als er sich nicht sehen ließ, kamen mir Bedenken. Verstohlen musterte ich Agatha, die hochgewachsene, graziöse Agatha, bei der Gartenarbeit, beim Kehren der Scheune, beim Tragen von Milchkannen. Ich sah, wie schön geschnitten ihre Kinnpartie war und wie die dunklen Wimpern Schatten auf das matte Rot ihrer Wangen warfen. Sie war schön, aber es war keine vollkommene Schönheit. Am liebsten schaute ich ihre Nase an.

Ich stand vor dem Spiegel und besah mir mein Gesicht, dieses durchaus hübsche, im Licht einer Kerze schwankende Gesicht. Es war meines Vaters Gesicht, nur weicher und runder. Ernsthafte Miene, braunes Haar, gerade Nase, runde Wangen. Völlig ausreichend für Isaac, den schlaksigen, sommersprossigen Isaac mit dem schlaffen Haar und den großen, täppischen Händen und Füßen. Agatha und Isaac? Zu dumm, diese Idee! Die Liebe zu ihm überflutete mich. Morgen früh, schwor ich mir, gehe ich hin, soll Mrs. Howgego denken, was sie mag. Ich würde zu ihm gehen und ihm sagen, daß ich alles verstand, daß ich ihn lieb hatte, ganz furchtbar lieb. Ich überlegte sogar, ob ich nicht gleich losgehen sollte, mitten in der Nacht. Was würde Mrs. Howgego wohl sagen? Sie war anders zu mir gewesen in den vergangenen Monaten, seit Isaac und ich ein Liebespaar waren, ein bißchen steif und fremd, und ein-, zweimal hatte ich sie dabei ertappt, wie sie mich nachdenklich musterte. Es war fast, als könne sie in mich hineinsehen. Mir wurde heiß und unbehaglich, wenn sie mich so ansah. Bestimmt wußte sie, was wir miteinander trieben, daß wir auf natürliche Art Mann und Frau waren.

Ich lächelte meinem Spiegelbild zu. Ich sah hübscher aus, wenn ich lächelte. Milly Howgego, sagte ich vor mich hin. Dann fuhr ich zusammen, ich hatte draußen etwas gehört. Sofort dachte ich an Isaac, ich hielt den Atem an, mein Herz hüpfte freudig – aber dann merkte ich, daß es nicht Isaacs Schritte waren, sondern die von Vater. Meine hochfliegende Hoffnung stürzte wie ein Stein tief in meinen Bauch. Rasch machte ich mit der Zunge Zeigefinger und Daumen naß und drückte die Kerzenflamme aus, so daß die Kerze leise zischend erlosch, dann schlich ich die Treppe hinauf. Morgen war noch Zeit genug, Vater zu sehen.

Sobald ich beim Frühstück Vater zu Gesicht bekam, wußte ich, daß etwas anders geworden war. Er war verändert, noch nie seit Mutters Ableben war er so lebendig, so zielstrebig gewesen. Die Spannung, die stets über unserem Zusammensein mit Vater lag, lockerte sich ein wenig, aber wir blieben auf der Hut. Vaters Stimmungen konnten Knall auf Fall umschlagen. Eine Kleinigkeit, ein unvorsichtiges Wort, die Andeutung eines Ausrutschers in unserem Verhalten, unseren Umgangsformen konnte ihn in gefährliche Wut versetzen, so daß die Luft im Zimmer dick und schwer wurde und mir ganz schwach war vor Angst.

Einmal hatte ich mich vergessen und sekundenlang die

Ellbogen auf den Tisch gestützt, und als er mich angefahren hatte, ich solle gefälligst gerade sitzen, hatte ich mich mit vollem Mund entschuldigt. Er hatte einen Milchkrug nach mir geworfen und ihn dabei zerbrochen – Mutters geliebten Krug, den wir so gut wie nie benutzten aus lauter Angst, er könnte kaputtgehen – und hatte mich auf mein Zimmer geschickt. Ich war froh darüber gewesen, froh, ihm aus den Augen zu sein, aber es war mir nachgegangen. Ich hatte den Tag damit verbracht, ihn zu hassen. Er besaß keine natürliche Vornehmheit, da mochte Mutter sagen, was sie wollte.

Diesmal aber war es anders. Vater aß eine große Portion Speck und Eier und Toast und schob Agatha die Tasse hin, um sich Tee nachschenken zu lassen. Er holte seine Pfeife mit dem langen gekrümmten Rohr aus der Tasche, stopfte sie und zündete sie an. Dann lehnte er sich paffend zurück.

»Ich muß schon sagen«, bemerkte er, während der kühle graue Rauch aus seinem Mund strömte, »daß ihr Beachtliches geleistet habt. Es ist alles sehr gepflegt bei uns. Ich muß gestehen, daß ich mir überlegt hatte, ob es klug sei, vier so junge Menschenkinder hier draußen sich selbst zu überlassen, aber wie ich sehe, habe ich die richtige Entscheidung getroffen.«

»Wir haben uns die größte Mühe gegeben«, sagte Agatha.

»Ja, das sehe ich. Das habt ihr ohne Hilfe sehr gut gemacht. Ich konnte es nicht gutheißen, daß eine andere Person, ein anderer Einfluß hier Fuß faßt. Aber das ist ja nun auch nicht mehr nötig. Ihr führt ein einfaches Leben, weit weg von jeder Verderbtheit. Ich kann nicht zulassen, daß ihr verdorben werdet. Das ist doch richtig so, nicht wahr? Es fehlt euch an nichts. Oder doch?«

»Nein, Vater«, sagten wir wie aus einem Munde.

»Ihr seid brave Kinder, habt den schrecklichen Verlust eurer Mutter tapfer getragen. Jetzt wird es langsam Zeit, an die Zukunft zu denken.«

Die Zukunft! Ich traute mich nicht, ihn anzusehen. Welche Zukunft konnte es für uns geben außer der Ehe? Ich zwang mich, nach unten zu sehen, züchtig, schweigend, obwohl die Worte in meinem Mund hochquollen. Isaac. Ich würde Isaac heiraten. Das würde meine Zukunft sein. Ich würde Isaac heiraten, was auch Vater sagen mochte, und dann war alles gut. Dann war ich geborgen.

»Ja«, fuhr er fort, »ihr seid brave Mädchen, brave Kinder. Ich denke oft an euch, mit großer Zuneigung, wenn ich unterwegs bin. Es ist mir ein Trost zu wissen, daß ihr hier gut aufgehoben seid. Ich bin, wie ihr wißt, in diesem Hause aufgewachsen, und meine Kindheit war beispielhaft. Erst als ich mit der Welt in Berührung kam, erfuhr ich, daß es so etwas wie das Böse gibt. Die Menschheit lügt und stiehlt und betrügt. Es gibt Frauen, denen geschieht Schlimmeres, als ihr euch je träumen lassen würdet. Deshalb will ich euch schützen. Ihr gehört mir, und ich werde euch rein erhalten. Ich würde jeden töten, der Hand an euch legte, der auch nur ein unreines Wort an eine von euch richtete. Versteht ihr das?«

»Ja, Vater«, sagten wir alle.

Seine Stimme war kühl und ruhig. Kühler blauer Rauch umgab ihn. Seine Pfeife gurgelte leise, wenn er daran zog.

Er sah von einer zur anderen. Über Agatha ging sein

Blick schnell hinweg. Sie sah nicht aus wie ein braves Kind. Sie sah aus wie eine lebensprühende junge Frau, groß und schlank, mit fraulich gerundeter Figur. Neuerdings sah er Agatha nie lange an. Es war, als habe er Angst vor dem, was er finden mochte, wenn seine Augen zu lange auf ihr verweilten, aber sie sah ihn an mit ihren Unschuldsaugen.

»Vater«, sagte sie kühn und warf mir einen hilfesuchenden Blick zu. »Wir hätten nur einen Wunsch. Wir überlegen, ob... die Kleider, die wir haben, sind zwar sehr schön, aber könnten wir beim nächsten Mal vielleicht etwas bekommen, was ein bißchen erwachsener ist? Mehr so, wie Mutter...« Sie verstummte. Ich konnte Vater nicht ansehen. Ich fürchtete, die Worte hätten seinen Zorn geweckt, aber nein, Agatha hatte seine Stimmung besser eingeschätzt als ich. Er war heute unempfindlich gegen solche leichten Schläge. Sie warf mir einen raschen Blick zu.

»Die Zwillinge haben ihre Sachen ausgewachsen... sie sind tüchtig in die Höhe geschossen«, schaltete ich mich diplomatisch ein.

»Ellen und Esther, steht auf«, sagte Vater. Die beiden gehorchten, ihre Bewegungen waren völlig synchron. Sie waren in einem schlaksigen Alter und hatten in den letzten Monaten vier, fünf Zentimeter zugelegt, die Sachen waren ihnen tatsächlich zu klein geworden. »Hm«, sagte Vater. »Na gut, setzt euch wieder.«

Er schien verstimmt, weil sie sich auch jetzt wieder ganz gleichzeitig bewegten, und schüttelte den Kopf. Dann wandte er sich wieder Aggie und mir zu. Er sprach davon, wie das Haus zu führen war und wie er seine Finanzen geregelt hatte, so daß wir immer genug zum Leben haben würden. Wir brauchten nur weiterzumachen wie bisher, dann würde es uns, was immer ihm geschehen mochte, an nichts fehlen. Er habe sich umgesehen, sagte er, und festgestellt, daß einiges gerichtet werden müsse, Gatter und Fenster mußten repariert, das Haus mußte außen gestrichen werden, denn die alte Farbe blätterte überall ab. Während er sprach, beschlich mich ein unbehagliches Gefühl. Vielleicht hatte er vor, wieder herzukommen und öfter bei uns zu sein. In den Schrecken, den dieser Gedanke in mir weckte, mischte sich Scham. Schließlich war dies sein Zuhause. Er war im Grunde doch ein guter Mensch, nicht wahr? Ja, im Grunde seines Herzens war er ein guter Mensch. In all seiner Strenge meinte er es gut mit uns. Wollte uns vor Gefahren bewahren, uns beschützen. Ich glaube, früher habe ich ihn geliebt. Oder nicht? Ich hatte auf seine Rückkehr gewartet. Ich erinnerte mich, wie er mir von den Römern erzählt hatte, die das Land trockenlegten; wie er mich mit seinen großen Händen herumschwenkte, bis mir schwindlig wurde und ich taumelte, wenn er mich absetzte. Doch da war ich noch ganz klein gewesen, da war das alles noch nicht so schwer zu verstehen, da schien das Leben noch nicht so kompliziert. Und schließlich war er ja hier zu Hause. Er würde hier leben, und alles würde wieder normal sein. Wir würden sonntags wieder zur Kirche gehen. Ich sah, daß Agathas Gesicht sich vor Freude rötete, weil sie dasselbe dachte wie ich. Die Zwillinge schauten ihn ausdruckslos an. Jeder Gedanke an Veränderung machte ihnen angst.

Vater stocherte in seiner Pfeife. »Eure Kleider...«, fuhr er fort. »Natürlich braucht ihr was. Ihr seid Kinder im Wachstum. Aber ich denke, wir lassen es noch bei demselben Schnitt. Hier sieht euch ja keiner. Und später seid ihr noch lange genug erwachsen, glaubt mir das.«

»Aber ich bin erwachsen«, brach es aus Agatha heraus. Und rasch setzte sie hinzu: »Entschuldige, Vater.« Insgeheim verfluchte ich Agatha. Sie wird Vater in Wut bringen, dachte ich, aber er schenkte ihr einen freundlichen Blick.

»Das ist noch eine Weile hin«, sagte er. »Es tut nicht not, daß du dich zierst und putzt und dir den Kopf über dein Aussehen zerbrichst. Eitelkeit ist Sünde. Würde ich sie bei dir fördern, wäre ich kein guter Vater. Nächstens willst du dir sonst noch die Haare aufstecken. So, und jetzt will ich mal in der Scheune nach dem Rechten sehen.«

Als er draußen war, wechselten Agatha und ich einen stummen Blick. An diesem Morgen trugen wir beide die Haare in einem langen Zopf auf dem Rücken – der von Agatha war dick und glatt, meiner dünn und spillrig –, aber ich steckte mir, seit ich mit Isaac ging, das Haar hoch. Natürlich blieb es da nicht lange, denn nichts tat er lieber, als mir die Haarnadeln herauszuziehen, so daß es mir offen über die nackten Schultern fiel. Ach Isaac! Und Agatha verbrachte Stunden vor dem Spiegel und spielte mit ihrem üppigen Haar herum und frisierte es so, daß es den schlanken Hals, die zarte Kinnpartie zur Geltung brachte. Wir waren eben keine Kinder mehr. Vater sah uns nicht richtig. Irgend etwas verstellte ihm die richtige Sicht auf uns. Aggie und ich waren junge Frauen, die es kaum erwarten konnten, sie selbst zu werden.

Den ganzen Tag war ich voller Unruhe, mir war ganz elend vor Angst. Vater war – ganz friedlich – mal hier, mal da, er räucherte das Haus mit seiner Pfeife ein, las stirnrunzelnd in irgendwelchen Schriftstücken; später machte er mit dem alten Werkzeug aus der Scheune, das Agathas Werkzeug geworden war, denn sie erledigte alles Handwerkliche, die Runde und richtete die Fensterriegel. Er stieg auf eine Leiter und machte die Regenrinne fest, die sich vom Gesims gelöst hatte.

Meine Unruhe wuchs stetig. Ich hatte unheimliche Sehnsucht nach Isaac und dabei auch schreckliche Angst, er könnte ausgerechnet heute kommen. Der Gedanke, Vater könnte über Isaac, meinen Isaac, herfallen, war mir unerträglich, ich zwang ihn mit aller Kraft meines Willens wegzubleiben – und hielt zugleich sehnsüchtig Ausschau nach ihm.

Am nächsten Tag ging Vater ins Dorf, er wollte ein paar Leute bestellen, die unser Haus von außen anstreichen sollten. Als er weg war, atmete ich freier. Ich saß am Fenster und flehte insgeheim Isaac an, zu mir zu kommen. Ich war versucht, zu den Howgegos zu laufen, zu Isaac, um ihn zu warnen, um mich zu entschuldigen – aber es hätte zu lange gedauert. Ich konnte nur hoffen, daß er gar nicht da war, daß er außerhalb arbeitete, das würde auch erklären, daß er sich seit unserem Streit nicht hatte sehen lassen. Und er wäre in Sicherheit vor Vater.

»Meinst du, er will jetzt wieder ständig hier leben?« fragte ich Aggie. Sie hatte sich hingehockt, um zwischen den Pastinaken zu jäten, die erdigen Finger bewegten sich gewandt und sicher.

»Weiß nicht.« Sie richtete sich auf. »So schlecht wäre das eigentlich gar nicht. Dann wäre es... irgendwie normaler.«

»Aber warum plötzlich...« Und dann sahen wir uns an, weil uns beiden derselbe Gedanke gekommen war. »Du glaubst doch nicht...«

»Eine zweite Frau!«

Schweigend überlegten wir einen Augenblick. »Mutter ist ja schon so lange nicht mehr da«, meinte ich.

»Vielleicht wird es dann lustiger hier«, sagte Agatha. »Vielleicht ist sie ja nett. Sie könnte Vater wegen unserer Kleider umstimmen. Sie ließe uns ins Dorf gehen... würde für diese Dinge hier einen Dienstboten anstellen...« bekümmert sah sie auf ihre schmutzigen Hände.

»Ja! Ins Dorf!« sagte ich.

»Und sogar in die Stadt. Nach Ely.«

»Oder gar nach London.« Gar nicht auszudenken, was sich da an Möglichkeiten auftat. Die neue Frau könnte unsere Verbündete gegen Vater sein. Sie wäre mit meiner Verbindung mit Isaac einverstanden. Wir könnten richtig heiraten, ganz offen, brauchten nicht zu fliehen. Meine Gedanken eilten weiter: Und sie würde Vater dazu bewegen, Leute für die grobe Arbeit zu nehmen. Es wäre wundervoll, all unsere Probleme wären mit einem Schlag gelöst.

»Und sie weiß bestimmt, was man in der Stadt trägt«, sagte Aggie. »Und Vater wird netter sein, bessere Laune haben.«

So redeten wir noch eine Weile. Schon liebten wir die neue Frau, waren ihr dankbar. Daß wir nicht recht haben könnten, wäre uns nie in den Sinn gekommen.

Als Vater wieder zurückkam, betrachteten wir ihn mit neuen Augen. Ja. Deshalb wirkte er heiterer, milder. Er war verliebt. Er wollte vor der Ankunft seiner Braut alles schmuck herrichten. Entschlossen drängte ich eine leise Regung zurück, die mich mahnte, Mutter die Treue zu halten, denn sie hätte doch gewiß das Beste für uns gewollt.

»Die Anstreicher kommen in zwei Tagen«, sagte Vater. »Und ich bleibe, bis sie fertig sind. Mit solchen Rüpeln lasse ich euch nicht allein. Heute nach dem Abendessen habe ich euch noch etwas zu sagen, etwas Wichtiges.«

Agatha und ich lächelten uns verstohlen zu. Wir wußten ja Bescheid.

»Bin gespannt, wie sie sind«, sagte Aggie, sobald er weg war.

»Wer?«

»Die Anstreicher natürlich. Zu schade, daß Vater hier ist. Ich würde mir so gern die Haare hübsch richten. Ach, und diese dummen Kleider.« Sie legte die Hände an die Taille und raffte den Stoff ihres weiten Trägerkleides zusammen. »Wenn ich nur ein Mieder hätte! Ob sie gut aussehen? Vielleicht kriegt jede von uns einen...«

»Aber ich brauche keinen. Ich habe Isaac.«

»Isaac!«

»Ja, Isaac.«

»Mit dem kann es dir unmöglich ernst sein, Milly. Ich weiß, du bist mit ihm befreundet, aber er ist nicht... Da könntest du doch bestimmt noch was Besseres kriegen.«

»Ich will nichts Besseres«, sagte ich. »Ich liebe ihn.« Ich ärgerte mich sehr über Agatha, und erst recht ärgerte ich mich über die Sache mit Isaac. Wie dumm war ich gewesen, mir die beiden als ein Paar vorzustellen. Warum hatte ich es Isaac nur übelgenommen, daß er sie schön fand. Sie betrachtete Isaac als unter ihrer Würde! Armer Isaac. »Und überhaupt«, sagte ich, »möchte ich wissen, wieso du dich für so was Besonderes hältst.« Was würde sie wohl sagen, wenn sie wüßte, was Isaac und ich machten, sobald wir allein waren? Ob sie sich darunter überhaupt etwas vorstellen konnte? Ich wußte es ja auch nur, weil Isaac es mir gesagt hatte.

»Du mußt noch eine Menge lernen, Agatha«, sagte ich und wandte mich ab. »Über die Welt und so.« Agatha schnaubte verächtlich, aber ich wußte, daß sie sich nun den Kopf darüber zerbrach, was ich wohl gemeint hatte.

Während des Abendessens lächelten Agatha und ich uns immer wieder verstohlen zu. Wir wußten, was Vater uns sagen würde. Es herrschte eine eigenartige Stimmung. Ein Teil der Spannung hatte sich gelöst. Vater war jetzt seit zwei Tagen zu Hause und hatte noch kein einziges Mal seinem gefährlichen Jähzorn die Zügel schießen lassen. Er war auf einmal so nett zu uns. Ich fragte mich schon, ob ich mir das alles nur eingebildet hatte. Im Umgang mit Mutter war er mir als ein Scheusal erschienen. Aber was war dann Mutter gewesen? Ich erinnerte mich an die Sanftmut und die Lieder und das Lachen – oder versuchte es –, aber sie konnte auch anders sein. Konnte stundenlang mit trübsinnig-leerem Blick dasitzen, während wir Ellenunesther versorgten, uns selbst versorgten. Sie ist verrückt geworden, hatte Isaac gesagt. Das war alles so schwer zu durchschauen. Aber Vater konnte grausam sein. Mutter war nie grausam gewesen. Vater war nett – und grausam. Ich dachte daran, wie er Mrs. Howgego behandelt, wie er sie, nachdem Mutter nicht mehr war, von der Schwelle gewiesen hatte – mit ihren nassen Augen und ihrem Korb voll guter Sachen, die uns zugedacht waren. Inzwischen wußte ich mehr vom Leben, inzwischen hatte ich einen Mann gesehen und berührt und gehabt, der mir ganz allein gehörte, und hatte nicht mehr so große Angst vor Vater. Auch wenn er ein Mann war, schien er nun nicht mehr ganz so überlebensgroß, nicht mehr ganz so rätselhaft. Ich meinte nun, alles zu wissen, was es zu wissen gab. Ach, welche Torheit! Welche Überheblichkeit!

»Was macht ihr denn gern?« fragte Vater einen unserer Zwillinge unvermittelt. Sie erschraken, Vater nahm so selten Notiz von ihnen.
»Wir spielen mit Puppen. Wir putzen im Haus. Wir sammeln die Eier ein«, antworteten sie wie aus einem Munde.
»Gut«, sagte Vater. »Jetzt will ich mit dir reden.« Er deutete auf eine von ihnen. »Entschuldige, Kind, aber ich muß zugeben, daß ich nicht genau weiß, welche du bist. Bist du Esther?«
»Ellenunesther«, murmelte sie.
»Sprich lauter, Kind!«
»Ellenunesther«, sagten sie beide sehr deutlich.
»Ja, ich kenne eure Namen«, sagte Vater mit einiger Schärfe. »Herrgott noch mal, glaubt ihr, ich weiß nicht,

wie meine eigenen Kinder heißen? Ich will wissen, welche von euch welche ist.«

Die Zwillinge waren sehr blaß geworden. »Das ist Ellen, und das ist Esther«, sagte ich rasch. In Wirklichkeit konnte sich das keiner merken. Die eine war Linkshänderin und die andere Rechtshänderin, das war der einzige Unterschied. Es war eben noch nie nötig gewesen, sie getrennt anzureden. Sie waren praktisch ein einziges Wesen, ein Wesen mit vier Beinen und zwei Köpfen; ein Wesen, das Ellenunesther hieß.

»Also gut, Ellen«, fuhr Vater fort, »sieh mich an, wenn ich mit dir spreche. Ich möchte von dir wissen, wie alt du bist, auf Jahr und Monat genau.«

»Neun Jahre und zehn Monate«, sagte ich.

»Mit dir spreche ich nicht«, sagte Vater eisig.

»Neun«, murmelten Ellenunesther und dann, lauter: »Wir sind neun Jahre und zehn Monate, Vater.«

»Könnt ihr nie für euch alleine sprechen?« stieß Vater hervor. »Himmelnochmal. Seid ihr noch ganz richtig im Kopf... in den Köpfen?«

»So sind sie eben, Vater«, sagte ich. »So waren sie schon immer.« Vater sah stirnrunzelnd erst mich, dann die Zwillinge an.

»Sie tun doch niemandem was«, schmeichelte ich.

»Man kommt sich ja vor wie im Irrenhaus«, sagte er etwas milder.

»Du wolltest uns etwas sagen. Etwas Erfreuliches«, sagte Agatha schüchtern.

Vater wandte den Blick von Ellenunesther ab, die förmlich kleiner wurden vor Erleichterung. Auch ich lockerte die Hände, die ich unter dem Tisch schmerzhaft ineinandergekrampft hatte. Er stopfte sich gemächlich die Pfeife. »Ob es erfreulich ist, weiß ich nicht. Aber ich habe euch tatsächlich etwas zu sagen.«

Nachdem die Pfeife zu seiner Zufriedenheit gestopft war, lehnte er sich zurück und begann: »Ihr wißt ja – obgleich es sich natürlich auf euch nicht unmittelbar auswirkt –, daß sich unser Land mit Deutschland im Krieg befindet. Da er sich so viel länger als erwartet hinzieht, werden immer mehr Männer, auch Familienväter, eingezogen. Ich hatte mich wegen meiner Obliegenheiten zunächst nicht freiwillig gemeldet, aber jetzt sehe ich es als meine Pflicht an, dem Ruf des Vaterlandes zu folgen.«

Aggie und ich wechselten über den Tisch hinweg einen ratlosen Blick.

»Du gehst in den Krieg«, sagte ich. »War es das, was du uns sagen wolltest?«

»Ja.«

»Du willst also nicht heiraten?«

Agatha versetzte mir unter dem Tisch einen Tritt.

»Was für ein absonderlicher Gedanke. Wie kommst du darauf, daß... Einerlei. Ja, ich gehe nach Frankreich, und ihr dürft euch keine Sorgen machen. Ich bin sicher, daß mir nichts geschehen wird. Und sollte das doch der Fall sein, hättet ihr, wie ich schon sagte, nichts zu fürchten. Ich habe meine Finanzen so geregelt, daß ihr auf Lebenszeit versorgt wärt, solange ihr hier bleibt, in diesem Haus.«

»Aber angenommen, wir wollten heiraten?« platzte ich heraus. Ich konnte nicht anders.

Er schwieg einen Augenblick, als sinne er über eine ganz

außergewöhnliche Vorstellung nach. Aber ich war eine junge Frau. Was hätte ich denn sonst im Kopf haben sollen?

»Du scheinst es heute abend mit dem Heiraten zu haben«, sagte er. »Erst ich... dann du selbst...«

»Aber irgendwann werden wir heiraten wollen«, sagte ich.

»In ferner Zukunft könnte sich diese Möglichkeit ergeben«, räumte er ein, »aber darüber braucht ihr euch jetzt noch keine Sorgen zu machen. In solchen Zeiten wäre es schlecht und selbstsüchtig, nur an sich zu denken.«

Er redete und redete, bis wir gähnen mußten. Der Krieg sagte mir nicht viel. Es hieß, Lebensmittel sollten rationiert werden, aber wir würden schon nicht verhungern. Ich hatte mir Gedanken über Meldungen in Vaters Zeitungen gemacht, Meldungen über unvorstellbare Mengen junger Männer, die im Krieg umkamen. Isaacs große Brüder waren irgendwo in Übersee, in Frankreich oder Belgien. Ich wünschte ihnen das Beste, aber im Grunde war mir nur wichtig, daß Isaac ihnen nicht folgte. Das durfte nicht sein. Vater mochte ruhig in den Krieg ziehen, dann hätten wir mehr Freiheit. Ich brauchte keine Angst vor seiner Rückkehr zu haben, viele Monate lang nicht. Ja, Vater durfte gern gehen. Aber nicht Isaac.

Es regnet jetzt stärker. Das Haus knarzt, Agatha läuft herum. Es regnet sogar in mein Zimmer, da oben muß alles naß sein. Ellenunesther tuscheln noch immer, ein leises

Summen wie von Wespen. Ich wünschte, es wäre schon hell.

Was ist nur heute mit George los? So viel Krach hat er seit Jahren nicht gemacht. Ich darf gar nicht daran denken, wie viele Jahre er schon da unten ist. Er oder sie. Ich habe mich für »er« entschieden, denn als Baby war George mehr Junge als Mädchen. Bei seiner Geburt hatten wir es nicht erkennen können. Agatha zuliebe sagte ich, es sei ein Junge, aber unten herum war er so komisch, nicht wie ein Junge und nicht wie ein Mädchen. Es spielte keine Rolle. Mühe machte er keine als Baby, schrie so gut wie nie, nur hin und wieder erinnerte er uns mit einem schrillen Wimmern daran, daß er noch da war, denn das vergaß man leicht. Er war kein ansprechendes Baby, nicht wie Ellenunesther, die, sobald sie nicht mehr aussahen wie gehäutete Karnickel, entzückend waren, dick und rosig. George hatte keine schöne Haut, keine großen blanken Augen. Er war fahlgelb am ganzen Körper und hatte eine große Zunge. Eine Zunge, die zu groß für seinen Mund war, die hervorsah, die heraushing. Er war nicht liebenswert, aber er machte auch weiter keine Mühe. Wir gaben ihm Milch zu trinken und windelten ihn, und ansonsten lag er in dem alten Kinderbett, in dem wir alle als Babys geschlafen hatten, lag dort stundenlang, manchmal schlief er, manchmal starrte er nur vor sich hin. So ging das viele Jahre.

Das ist doch nicht normal, sagte ich zu Aggie. Er krabbelte nicht, er setzte sich nicht auf und lallte nicht – oder erst, als er schon ganz groß war. Er sperrte nur den Mund auf, um den Pamps zu schlucken, den wir für ihn zubereiteten. Manchmal war seine Zunge im Weg, und das Essen spritzte, obgleich er Hunger hatte, in alle Richtungen. Manchmal allerdings lächelte er. Lächeln hat er gelernt, er kann es immer noch. Er lächelt wie etwas Altes, Zahnloses, Greisenhaftes, wenn ich in den Keller komme, um ihn zu füttern.

Man mag sagen, daß es grausam ist, ihn da unten gefangenzuhalten. Aber anders geht es nicht. Als er sieben oder acht war, wurde es schwierig. Er verletzte sich, schlug mit dem Kopf an die Wand, biß sich in den Arm, bis Blut kam. Und dann fing er an, auch uns zu beißen oder anzugreifen, mit dem Arm nach uns zu schlagen wie mit einem schweren Ast. Und er wurde dick. Mit zwölf war er sehr dick geworden. Da wußten wir erst recht nicht, woran wir mit ihm waren, seine Brust rundete sich, als hätte er einen Busen, und sein Gesicht blähte sich zu einem riesengroßen blassen Wabbelmond.

Wir mußten ihn zu unserem eigenen Schutz in den Keller tun. Er war gewalttätig. Er war häßlich und dumm. Er stank, weil er sich einkotete und einnäßte. Wir ertrugen ihn nicht. Wir ertrugen es nicht, ihn zu sehen oder zu riechen oder zu hören. Besonders Agatha war der Anblick dieses Monsters unerträglich, das sie selbst hervorgebracht hatte.

Als wir ihn zum erstenmal nach unten brachten, schien er das ganz interessant zu finden. Es ist ein ordentlicher Keller, nicht zu feucht, mit der Oberkante knapp über der Erde, so daß man einen schmalen Streifen Tageslicht sieht. Wir taten einen Stuhl hinein und ein Stück Teppich und einen Toiletteneimer und Stroh und Decken als Bett. Nie vergesse ich seinen Blick. Als ob es ihn interessierte. Das war mal was Neues. Ein Abenteuer. Nein. Er war aufgeregt. Nein. Nein, solcher Gefühle war er nicht fähig. Es lag am Licht, es war eine optische Täuschung. Solche Gefühle kann er nicht haben, er ist nur ein Klumpen, eine hirnlose Mißgeburt. Er ist ein Monster, aus der Sünde entstanden. Er hat keine Gefühle. Er verdient kein Mitleid. Ich mag kein schlechtes Gewissen haben.

Aber er fing an zu schreien, als wir ihn allein ließen und die Tür hinter ihm zumachten. Ich hätte ihm eine Kerze dagelassen, doch, bestimmt, aber es wäre gefährlich gewesen, und außerdem kam ja tagsüber ein bißchen Licht durch den Fensterschlitz. Er schrie und wütete. Er trommelte und stöhnte. Tagelang gab er kaum Ruhe. Wir trauten uns erst nach unten, als er still geworden war, sich ausgetobt hatte. Unten war alles durcheinander und kurz und klein geschlagen und verdreckt. Er hatte nicht mal versucht, den Eimer zu benutzen, es stank bestialisch. Er hatte den Kopf gegen die Wand geschlagen, so daß ihm das Haar ausgegangen war. Überall waren Büschel von seinem stumpfen strähnigen Haar, auf dem Kopf hatte er kahle, grindige Stellen. An den Unterarmen waren überall Beißspuren und Blut, als habe er versucht, seinen Arm zu essen.

Agatha ging sofort wieder nach oben und übergab sich. Komisch, daß Aggie, die so gut mit Tieren umgehen kann, die so praktisch in Alltagsdingen ist, sich bei George so anstellt. Aber er ist eben ihr Denkzettel. Ihr Fleisch und Blut. Ihr schlechtes Gewissen. Schlimm. Damals brachte ich unten alles wieder in Ordnung, ich wusch George und fütterte ihn, und dann band ich ihn am Stuhl fest, zu seinem eigenen Schutz. Es war besser so, glaube ich. So konnte ihm nichts passieren.

Er wurde auch stiller. Nachts hörte man entsetzliches Schluchzen, leises Ächzen. Viele Nächte lang konnte ich nur schlafen, wenn ich den Kopf unters Kissen steckte, aber allmählich kam er zur Ruhe.

Nach einer Weile brauchte man ihn nicht mehr an den Stuhl zu binden, er blieb auch so drauf. Er ist kein richtiger Mensch, er ist eine Mißgeburt, eine fette, häßliche, stinkende, sabbernde Mißgeburt. Und heute nacht eine flennende Mißgeburt. Es ist ein schauriges Geräusch; eine Weibmannstimme. Sie klingt nach Angst. Aber wovor sollte er jetzt Angst haben? Kann er überhaupt Angst haben? Er war fast sein ganzes Leben lang da unten. Was kann ihn so aus der Fassung gebracht haben? Wenn es hell ist, sehe ich mal nach ihm, aber jetzt bringe ich es nicht fertig, denn ich ... ja, ich habe Angst. Nicht vor der Dunkelheit, sondern vor George.

Wenn ich ihn so flennen, wenn ich Ellenunesther brabbeln und Agatha poltern höre, denke ich, daß Vater doch recht hatte. Es war prophetisch, daß er dieses Haus ein Irrenhaus nannte. Ich bin die einzige Normale hier, und manchmal frage ich mich, wie lange das wohl noch gutgehen kann.

Wir mußten es tun. Wir konnten mit George nicht leben, mit so was kann man nicht leben. Eigentlich gehört er weggesteckt, es gibt Einrichtungen für solche wie ihn, aber wie hätten wir erklären sollen, daß es ihn überhaupt gab? Keiner ahnte ja was von ihm, damals wie heute nicht. Agatha hatte Angst, man würde sie abholen, sie ins Gefängnis bringen. Ich hatte Angst, sie würden Fragen wegen Vater stellen, würden Ellenunesther abholen. Die hätten das nicht durchgehalten und ich auch nicht. Ich wäre allein gewesen, wenn sie mir alle abgeholt hätten. Ich wäre frei gewesen, aber damals hatte ich keine Sehnsucht mehr nach der Freiheit. Wir dachten, er würde sterben da unten. Ich dachte immer, daß Menschen Sonne brauchen. Ich dachte, er würde es höchstens ein paar Monate machen, aber er ist nicht gestorben. All die Jahre ist er eine Plage für uns da unten, dieses Zwitterding, diese Mißgeburt. Und er wird ebenso alt wie wir.

Die Anstreicher waren ganz so, wie Agatha sie sich erträumt hatte. Zwei junge Männer, gutaussehend und kraftstrotzend, einer so dunkel, wie der andere blond war. Vater paßte auf wie ein Schießhund, aber er konnte nicht verhindern, daß Agatha ihre kräftigen Arme zur Kenntnis nahm, wenn sie die Leiter anlehnten; konnte nicht verhindern, daß sie die Sicherheit ihrer Pinselstriche zur Kenntnis nahm. Daß sie die Heiterkeit der beiden hörte; Späße und Gelächter.

Ich versuchte, nicht von ihnen Kenntnis zu nehmen, versuchte, nur an Isaac zu denken. Bald, bald, bald war Vater weg, dann hatten Isaac und ich reichlich Zeit, um Pläne zu machen, um wegzugehen. Es würde nicht einfach sein, von Agatha und den Zwillingen wegzugehen. Sie würden viel zu machen haben. Vorher würde ich Ellenunesther noch beibringen müssen, mehr mitzumachen. Und für Agatha würde es schwer sein, sie hatte dann niemanden zum Reden, denn an Ellenunesther hatte sie keine Gesellschaft. Aber mir war klar, daß ich mein eigenes Leben führen mußte, unbedingt. Isaac und ich, für immer und ewig. Eins machte mir Sorgen. Die Monate vergingen, und etwas stimmte nicht. Es hatte nicht geklappt. In den Monaten, seit Isaac und ich ein Liebespaar geworden waren, hatte ich darauf gewartet, daß die Blutung ausblieb zum Zeichen, daß was Kleines unterwegs war. Denn dann wäre alles ganz einfach. Mrs. Howgego würde darauf bestehen, daß wir heiraten. Selbst Vater würde sich dreinschicken müssen, wenn es uns gelänge, wegzugehen und zu heiraten, ehe er es herausbekam. Und wenn das Baby erst da war, wenn er sein Enkelkind sah, würde er sicher nachgiebiger werden. Vor allem, wenn es ein Junge war! Er würde die Stelle des Sohnes einnehmen, den er sich gewünscht, den Mutter ihm nicht geschenkt hatte. Vielleicht würde er uns seinen Segen geben, wenn es ein Sohn war. Und sein Geld vielleicht auch.

Ich bemühte mich sehr, immer nur an Isaac zu denken, solange die Anstreicher da waren. Sie waren beide nicht so groß wie er, beide nicht so lieb. Aber ich hatte Freude an ihren Späßen. Es war so selten, daß man hier mal ein Lachen hörte. Sie versuchten, meinen oder Agathas Blick aufzufangen. Manchmal, wenn sie sich unterhielten und aus verengten Augen zu den Fenstern hochsahen, spürte ich, daß sie von uns sprachen, von den Mädchen hinter der Mauer. Es wäre so schön gewesen, nur mit ihnen zu reden, dagegen konnte doch wohl niemand was haben. Allein wegen der Abwechslung, der neuen Gesichter, der neuen

Stimmen. Schön wäre das gewesen. Aber Vater hatte es verboten, und er war nie weit. Er hatte sich seinen Stuhl ins Freie gestellt, rauchte seine Pfeife, arbeitete, schrieb Briefe, und hin und wieder rüffelte er einen der Anstreicher wegen einer falschen Ecke an oder weil Farbspritzer auf die Backsteine gekommen waren.

Wenn ich im Haus war, ertappte ich mich dabei, daß es mich in das Zimmer zog, wo einer von draußen den Fensterrahmen strich. Ich konnte nicht verhindern, daß mein Blick an den Armen des Blonden hängenblieb. Es waren braune Arme, bedeckt mit Haaren, die in der Sonne metallisch schimmerten. Die Handgelenke waren breit, die Finger lang und stark und wohlgeformt. Meine schlimmen Gedanken verirrten sich zu der Überlegung, ob das goldene Haar auf seinen Unterarmen genauso wie das an seinem ganzen Körper war. Ob seine Beine genauso braun und stramm waren wie seine Arme; und ob das, was er da unten hatte, auch stramm war, stark und braun und wohlgeformt. Und dann wurde ich rot bei solchen Gedanken und mußte rasch aus dem Zimmer gehen, wo der starke Arm des Anstreichers sich hin und zurück bewegte, wo der Pinsel, naß und schwer von Farbe, das Holz des Rahmens liebkoste. Ich ging aus dem Zimmer, nach hinten in den Obstgarten und zwang meine Gedanken zurück zu Isaac und seiner glatten, sommersprossigen Jugend, seiner Babysanftheit.

»Ich hab mich verliebt«, flüsterte Agatha mir in der Abendkühle zu, nachdem Vater früh zu Bett gegangen war.

Ich verzog das Gesicht: »Welcher?«

»Der Dunkelhaarige natürlich«, erwiderte Agatha. »Er ist bei weitem der Hübschere, der Stattlichere.«

Ich staunte über das leise Zucken der Erleichterung, das mich durchfuhr.

»Da bin ich aber anderer Meinung«, sagte ich. »Den anderen finde ich viel ... angenehmer.«

»Siehst du, ich hab doch gleich gesagt, daß jede von uns einen kriegt«, sagte Agatha triumphierend. »Er hat so eine wunderbare Nase. Richtig edel. Und so dunkles Haar. Ein Blonder käme für mich nie in Frage.«

»Und was hast du jetzt vor?« sagte ich. »Willst du ihm einen Heiratsantrag machen?«

»Ach, sei doch still«, fuhr Agatha mich an, und dann bekam sie ganz verträumte Augen. »Stell dir vor, heute hat er mich angelächelt. Wie der gelächelt hat ... Als wenn er mit den Augen zu mir spricht.«

»Und was hat er gesagt mit seinen Augen?«

Aggie seufzte: »Das wirst du nie verstehen, Milly.«

»O doch«, sagte ich. »Ich verstehe mehr, als du glaubst. Mehr als du. Ich und Isaac ...«

»Isaac! Du und Isaac, ihr seid doch noch Kinder.«

»Hast du eine Ahnung.« Ich haßte Aggie, wenn sie so war. So von oben herab, so besserwisserisch.

Agatha sah mich scharf an. »Was soll das heißen?«

»Nichts«, sagte ich. Aber ich konnte es nicht für mich behalten, ich konnte der Versuchung nicht widerstehen, Agatha zu demütigen. »Nur daß ich Bescheid weiß. Was Liebe bedeutet.«

»Was Liebe bedeutet? Was redest du da ...«

»Wart's ab, Aggie, irgendwann erlebst du's auch noch.«

»Ich glaube dir kein Wort.« Agatha war rot geworden. »Du weißt ja nicht, wovon du redest.«

»Weißt du, woher die kleinen Kinder kommen?«

»Natürlich. Sie kommen, wenn zwei Leute heiraten.«

»Oder wenn sie nicht schön brav sind.«

»Ja«, meinte Agatha unsicher.

»Und was bedeutet das? Nicht schön brav sein?«

»Ich mag nicht darüber sprechen. Wenn Vater nun...«

Ich senkte die Stimme, denn tatsächlich trennte uns von Vater nur eine Zimmerdecke. »Es ist das, was der Bulle mit der Kuh macht«, sagte ich. »Sein Ding wird so groß wie...«

»Milly!«

»Und er stößt es in dich rein wie der Bulle und...«

»Ich will nichts hören«, zischelte Agatha wütend und hielt sich die Ohren zu. »Du bist abscheulich, Milly. Das kommt davon, daß du ständig mit Isaac zusammensteckst. So ist das nicht. Liebe ist mehr als das.« Sie sah mich verächtlich an, wie einen Schmutzfleck an der Wand, drehte sich um und ging die Treppe hinauf.

»Ja«, rief ich leise hinter ihr her. »Ja, es ist mehr als das. Aber das ist es auch.«

Danach stand ich noch lange in der Küche. Ich trat ans Fenster und legte mein Gesicht an die kühle Scheibe. Der Himmel war zerwühlt wie ein ungemachtes Bett, schwarzgraues Wolkengewoge, Streifen von Mondlicht. Ich flüsterte Isaacs Namen und wünschte mit aller Kraft den Augenblick herbei, in dem wir zusammen weggehen konnten. Und dann legte ich mich ins Bett, mit kalten Füßen und dem Geruch nach frischer Farbe im Haar.

Ich höre Aggies Schritte auf der Treppe, höre sie die Stufen von der Dachkammer herunterkommen. Sie schläft nicht, ich höre es an ihrem ruckartigen Gang. Desto besser, wenn sie wach ist.

Auf dem Absatz zögert sie. Will sie nach unten? George macht einen schrecklichen Radau. Davon hört sich Aggie bestimmt nicht mehr an, als sie muß.

Sie kommt an meine Tür. Ich werde mich ganz still verhalten. Was kann sie wollen um diese Zeit, mitten in der Nacht? Sie klopft an meine Tür. Ich weiß nicht, was ich tun soll. Das ist bei uns nicht üblich, daß wir uns nachts belästigen. Die Zeit zwischen Schlafengehen und Morgengrauen gehört ganz uns, ist unsere eigene Zeit. Mein einziger Freiraum. Und jetzt kommt sie und klopft an meine Tür. Nicht genug damit, daß sie über meinem Kopf herumpoltert – jetzt muß sie auch noch nach unten kommen, um mich zu plagen.

»Milly, bitte«, sagt sie mit ihrer krächzenden Krähenstimme und kratzt wie mit Krallen an meiner Tür. »Bitte, Milly, laß mich rein.«

Wir warten beide einen Augenblick gespannt, was ich nun tun werde.

»Dann mach doch die Tür auf«, sage ich ratlos. Es sieht Agatha nicht ähnlich, bitte zu sagen.

Sie stößt meine Tür auf. »Es regnet rein«, sagt sie. Sie fröstelt. »Irgendwas muß mit dem Dach passiert sein. Ich war schon fast eingeschlafen, aber der Regen hat mich geweckt. Mein Bett ist naß. Alles ist naß.«

»Nimm dir eine Decke«, sage ich. Sie wickelt sich fest darin ein. Altes Knochenbündel.

»Der Regen kommt sogar hier durch«, sage ich. »Hörst du es tropfen?« Wir horchen auf das stetige, unheilverkündende Tropfen. Ich höre Agathas Knie knarzen. Und auch die anderen Geräusche sind noch da.

»Was sollen wir denn machen?« fragt Agatha. Es klingt, als würde sie gleich anfangen zu weinen. Was ist bloß los mit ihr? Nicht auszudenken, wenn sie plötzlich lasch und weichlich würde. Ich muß mich an ihr reiben können. Ich muß wissen, daß sie nicht vor mir einknickt. Nur weil sie älter ist, hat sie noch lange nicht das Recht, sich so aufzuführen. »Ich kann nicht schlafen«, sagt sie. »In dieser Nässe kann ich nicht einschlafen. Da kann ich gleich draußen krepieren.«

»Du kannst ja nach unten gehen.«

»Nein«, sagt sie, und ihre Stimme ist schwach und zittrig. Unwillkürlich tut Agatha mir leid. Altes Biest. Alte Hexe. Ich muß hart bleiben, muß daran denken, wie gemein sie ist; daß sie mir nie verziehen hat, weil ich dieses Zimmer habe. Geht es ihr vielleicht nur darum? Zuzutrauen wär's ihr, daß sie das Dach lädiert, nur damit sie dieses Zimmer beanspruchen kann. Aber ich denke nicht daran, es mit ihr zu teilen. Es gehört mir. Es ist alles, was mein ist.

»Bleibt noch der Keller«, sage ich. Sie stößt einen verstörten Wimmerlaut aus. Erschrocken merke ich, daß sie tatsächlich anfängt zu weinen. »Sind wir noch nicht naß genug? Jetzt fängst du auch noch an«, sage ich. Sie weint jetzt richtig, mit heftigen Schniefern. »Ich hab's nicht so gemeint.« Ich ringe mir die Worte ab, ich schreie fast. Es ist so schwer, mir diese verflixten Worte abzuringen. Sie bleiben mir in der Kehle stecken wie Gräten. Ich kriege sie nur heraus, wenn ich schreie. »Entschuldige, Agatha.« Nun sind sie heraus und hängen in der Dunkelheit zwischen uns, diese Worte, diese Entschuldigung, die wie eine Kuriosität ist, etwas ganz und gar Erstaunliches.

»Leg dich zu mir ins Bett«, sage ich, denn etwas anderes fällt mir nicht ein. Ich wundere mich, daß sie es tut, daß sie zu mir in das Bett steigt, das Mutters und Vaters Bett war. An Agatha ist nichts dran. Sie ist wie der Klappstuhl, den Vater hatte, auf dem er immer vor dem Haus saß und Pfeife rauchte. Wie ein wackliger Klappstuhl, nur Streben und knarzende Scharniere und zusammengeklappt ein Nichts von einem Stuhl. Und sie ist kalt und riecht wie ein nasses Tier. Ich quetsche mich ganz an die Wand. Heute nacht will ich meinetwegen das Bett mit ihr teilen, aber ich mag sie nicht berühren.

»Danke«, sagt sie. Dieses Wort ist bei Agatha fast so rar wie meine Entschuldigung. Aber ich lege gar keinen Wert darauf. Ich hasse und brauche und brauche und hasse Agatha seit... also bestimmt seit... nein, ich kann damit nichts anfangen. Kann mit dieser Wandlung nichts anfangen. Es ist fast wie Zuneigung.

»Ellenunesther machen sich ganz schön bemerkbar heut nacht«, sage ich, und Agatha grunzt. Ihr Atem zittert noch, vom Frieren und vom Weinen. Das lauteste Geräusch erwähne ich gar nicht, jene grausigen Laute von George, der jetzt heult wie ein Nachtmahr. So einen Höllenlärm hat er noch nie gemacht. Nicht, seit er im Keller ist. Nie.

»Ich habe gerade an die Anstreicher gedacht«, sage ich, um uns davon abzulenken.

»Ach, die Anstreicher«, sagt Agatha. »Das waren Zeiten...«

»Es war nur eine kurze Zeit«, erinnere ich sie. »Nur zwei Tage.«

»Zweieinhalb. Am nächsten Tag sind sie noch mal wiedergekommen, zum Aufräumen.«

»Etwas über zwei«, räume ich ein. »An dem Tag sind sie nur ein, zwei Stunden geblieben. Merkwürdig, daß sie überhaupt gekommen sind. Sie hätten auch am Abend davor aufräumen können, nachdem sie fertig waren.«

»So merkwürdig nun auch wieder nicht«, sagt Agatha. Jetzt, nachdem die Tränen versiegt sind und ihr wieder wärmer ist, versucht sie etwas Geheimnisvolles in ihre biestige alte Stimme zu legen. »Ganz und gar nicht merkwürdig, wenn es noch einen anderen Grund gab.«

Ich antworte nicht, obgleich ich weiß, was sie meint. Sie denkt, der Dunkle war in sie verliebt. Erbärmlich, wie die arme Agatha ihre Erinnerungen ummodelt, passend zu ihren Träumen.

»Ach ja, das war einer«, gackert sie.

»Mir war der Blonde lieber«, sage ich. »Aber an Isaac reichte er trotzdem nicht heran. Er hat mit mir geredet, der Blonde, als Vater nicht da war.«

»Wann war Vater nicht da?« will sie wissen. Wir haben dieses Gespräch schon so oft geführt.

»Er ist aufs Häuschen gegangen«, sage ich, »und als er weg war, hat der Blonde mit mir geredet.«

»So? Und was hat er gesagt? Los, erzähl, was er gesagt hat.«

»Ich erinnere mich nicht mehr genau«, sage ich und tue

sehr gleichgültig. Ich erinnere mich wirklich nicht mehr so ganz, obgleich ich es versucht habe. »O ja. Irgendwas wie: ›Wie heißen Sie eigentlich?‹, und als ich ›Milly!‹ sagte, hat er wiederholt: ›Milly!‹, als ließe er es auf der Zunge zergehen, dann war er einen Augenblick still, und dann hat er gesagt: ›Das ist ein hübscher Name, ein lieber Name. Der paßt zu Ihnen, einem hübschen Mädchen wie Sie.«

»Du lügst«, faucht Agatha. Aber es ist nicht gelogen. »Und mit mir hat der Dunkle geredet. Und er hat mehr gesagt.«

»So? Was denn?« frage ich herausfordernd.

»Ich erinnere mich an jedes Wort«, sagt sie. Sie legt sich bequem zurecht, und ihr kaltes Schienbein streift meins. Ich ziehe mit einem Ruck mein Bein weg.

»Du zerdrückst mich«, sage ich.

Sie rückt ein Stück von mir ab, aber das ist gar nicht so einfach, weil das Bett in der Mitte diese tiefe Kuhle hat. »Es war der zweite Tag. Es war gegen drei. Vater war da, aber er war auf seinem Stuhl eingenickt.« Ich überlege, wie wahrscheinlich das ist. Es war heiß, gewiß, vielleicht also... Ich lasse es durchgehen. »Er strich gerade den Rahmen von diesem Fenster hier, Vaters Fenster. Ich war zufällig im Zimmer, aus irgendeinem Grund. Vielleicht habe ich Staub gewischt...« Lachhaft! Staubwischen war nicht ihre Aufgabe. Das sah Agatha ähnlich, vorzugeben, sie habe hier zu tun gehabt, vorzugeben, sie wüßte nicht, daß er hier war. »Ich hatte natürlich mein blaues Kleid an«, sagt sie. *Natürlich.* »Und ich ging zum Fenster hinüber. Ich sah ihn nicht gleich. Ich wußte überhaupt nicht, daß er da war. Ich blieb vor dem Spiegel stehen und hob mein Haar hoch, einfach um zu sehen, wie es wirkt, und im Spiegel sah ich mich und ihn. Ich sah, daß er mich beobachtete.« Sogar im Dunkeln, sogar nach so vielen Jahren werde ich rot über Agathas durchsichtige Machenschaften. Wenn es stimmt, was sie sagt. Und natürlich stimmt es nicht. »Ich kam mir sehr töricht vor«, fährt sie fort. »Und es kann sein, daß ich ein bißchen rot wurde, was Brünette immer gut kleidet. Das Fenster stand offen. ›Wunderschön‹, sagte er, flüsterte er so leise, daß ich es kaum verstand. ›Ich würde zu gern hereinkommen und mit Ihnen reden‹, sagte er. ›Ich habe Sie beobachtet. Sie sind das schönste Mädchen, das ich je gesehen habe.‹ Ich legte einen Finger auf die Lippen, so...« Im Dunkeln machte sie es vor, »aber er deutete auf Vater hinunter und lächelte. Ich trat ans Fenster und sah, daß Vater auf seinem Stuhl eingeschlafen war. Seine Papiere waren zu Boden gefallen. Und dann...« sie machte eine dramatische Pause »...legte er *seine* Finger an *seine* Lippen, den Zeigefinger und den Mittelfinger, und küßte sie. Einen langen Moment drückte er sie an die Lippen, so... und dann langte er um die Kante des offenen Fensters herum und griff nach meiner Hand, nach *meiner* Hand, mit den Fingern, die er an seine Lippen gelegt hatte.« Sie seufzt genießerisch und schmiegt ihren widerlichen alten fettig-nassen Kopf in mein Kissen. »Ja, das waren Zeiten«, sagt sie.

Natürlich ist das alles gelogen. Was hat sie nur für eine Phantasie! Warum kann sie ihre Lügengeschichten nicht für sich behalten? Sie stört meine Erinnerungen, wenn sie so dummes Zeug erzählt. Da kommt sie plötzlich mit etwas Neuem daher, mit so einer Geschichte, und alles gerät aus den Fugen, die ganze Vergangenheit. Ich mache die Augen fest zu und verscheuche ihren Unsinn aus meinem Kopf. Ich werde so tun, als ob ich schlafe. Vielleicht glaubt sie, daß ich schlafe, daß ich die Geschichte nicht gehört habe. Und dann wird sie sich blöd vorkommen.

Als die Anstreicher fertig geworden und abgezogen waren, begann Vater seine Abreise vorzubereiten. Die Stimmung war ungewohnt heiter. Es war der September des Jahres 1916 oder 1917, glaube ich. Das Haus wirkte sauber und gepflegt mit seinem neuen glänzenden Anstrich. Der Farbgeruch hing in der Luft, kroch in alle Ritzen, ein wundervoller, aufregender Geruch.

Ich war so aufgeregt, daß ich kaum das törichte Lächeln vom Gesicht bekam, mir kaum das Singen verkneifen konnte. Auch Agatha war unnatürlich munter, sie machte ein großes Getue um Vater, zeigte, wie gut sie zu gebrauchen war. Jedes Jahr im September denke ich an damals. Es war ein warmer Vormittag, warm wie im Sommer, aber mit einem deutlichen Hauch von Herbst. Der Einfallswinkel der Sonne war anders. Sie war später, aus blaßgrauem Dunst, aufgestiegen, hatte diamantglänzende Spinnweben im Gras entdeckt und den satten Glanz reifender Äpfel an den Bäumen.

Ich konnte es kaum erwarten, daß Vater abreiste. Ich wußte genau, was ich tun würde, sobald er glücklich weg war. Genau! Ich würde zu den Howgegos gehen. Wenn

Isaac nicht da war, würde ich nicht ruhen, bis ich erfahren hatte, wo er war. Ich mußte ihn sehen. Ich mußte den blonden Anstreicher mit den starken braunen Handgelenken und den goldenen Haaren aus meinen Gedanken verbannen. Ach, ich hatte ja solche Sehnsucht nach Isaac. Endlich war es soweit. Wir waren frei. Wir konnten entweder gleich gehen, auf der Stelle, oder noch warten. Wir brauchten uns nicht zu hetzen. Ich konnte Isaac zum Tee einladen und ihm Kuchen backen, wie er ihn von seiner Mutter bekam – oder besseren –, ich würde Agatha und Ellenunesther an den Gedanken gewöhnen, daß wir heiraten wollten. Ich konnte kaum glauben, daß all die Heimlichkeit, all unsere Angst nun ein Ende hatte. Wir brauchten nicht mehr ständig mit einem Ohr darauf zu horchen, ob Vater nach Hause kam. Wenn Mrs. Howgego uns besuchte, würden wir uns daran freuen können, ohne Angst vor all dem, was wir dabei aufs Spiel setzten.

Endlich war Vater bereit. Vor seiner Abreise aßen wir noch mit ihm zu Mittag. Wir aßen kalte harte Eier, kalte Kartoffeln und Tomatenscheiben. Alles roch nach Farbe und Pfeifenrauch, aber wir aßen mit Appetit. Als wir fertig waren, warteten wir auf ein Zeichen von Vater, daß die Mahlzeit beendet war, daß wir aufstehen durften, um ihn zu verabschieden.

»Ich denke, wir trinken noch Tee zusammen«, sagte er schließlich und holte seine Pfeife aus der Tasche. »Ich würde mir gern noch eine letzte Tasse schmecken lassen, ehe ich gehe. Und dann sind da noch ein paar Kleinigkeiten zu besprechen.«

Mit aufreizender Sorgfalt stopfte er seine Pfeife, während Aggie den Tee brühte, und ich wurde allmählich unruhig. Was für Kleinigkeiten? Eine Wespe, eine schläfrige verspätete Wespe krabbelte über den Tisch. Vater langte zu und zerquetschte die Wespe mit einem umgedrehten Löffel auf dem Tischtuch. Ellenunesther schrien leise auf.

»Ihr wollt doch bestimmt nicht gestochen werden«, sagte Vater. Sie schlugen die Augen nieder. »Wespen sind enorm gefährlich. Und nützen niemandem. Nur weg damit, sage ich.«

Aggie schenkte den Tee ein, und Vater zündete seine Pfeife an und lehnte sich zufrieden zurück.

»Ich möchte sicher sein können, daß alles weiterläuft wie bisher, wenn ich weg bin. Ich möchte, daß ihr Großen euch um die Kleinen kümmert. Ihr braucht nirgendwohin zu gehen. Die Lebensmittel bringt euch alle zwei Wochen Mrs. Gotobed. Ihr könnt eine Liste machen, wenn sie kommt. Die Bezahlung ist natürlich geregelt. Über Geld und so weiter braucht ihr euch nicht den Kopf zu zerbrechen. Solange ihr alle hier seid, braucht ihr euch nie mit Gedanken an Geld zu beschweren.«

Wir wußten kaum, was Geld war. Er ahnte ja nicht, wie gern wir welches in der Hand gehabt hätten. Was für ein Vergnügen, was für ein Fest wäre es gewesen, einfach in ein Geschäft zu gehen, etwas auszusuchen und selbst zu bezahlen.

»Ihr wißt genau«, fuhr er fort, »daß ich keine Kontakte zu dieser Howgego wünsche und zu ihrer...« er hielt inne, suchte nach einem treffenden Wort »...ihrer Brut. Also bleibt mir weg von ihr. Sie weiß es, und ihr wißt es, also bleibt weg. Kann ich mich auf euch verlassen?« Nacheinander sah er uns allen in die Augen.

Aggie nickte mit dem unschuldigsten Gesicht von der Welt, aber ich konnte nicht verhindern, daß ich rot wurde.

»Hm«, sagte er. »Nur gut, daß ich nicht allein auf Treu und Glauben baue. Es würde euch ja sicher nicht im Traum einfallen...« er sah mich scharf an »...euch über meine Anweisungen hinwegzusetzen oder den ausdrücklichen Wünschen eures Vaters zuwiderzuhandeln...« Meine Wangen brannten. »Aber man kann nie wissen, und so werde ich euch von der Versuchung fernhalten, von all dem Bösen, das es auf der Welt gibt. Der schmutzigen Welt. Ihr habt alle das Blut eurer Mutter in den Adern, und ich lasse es nicht darauf ankommen...« Er unterbrach sich, Aggie und ich wechselten einen Blick. »Ich will nur euer Bestes«, fuhr er fort. »Ich habe Mr. Whitton gebeten, Obacht zu geben. Er hilft ja sowieso beim Vieh und wird außerdem Obacht geben. Ein zuverlässiger Bursche, aber ihr braucht euch nicht weiter um ihn zu kümmern. Eine schöne Stange Geld bekommt er von mir fürs Aufpassen, das kann ich euch sagen. Ein Haus voller Mädchen zu hüten ist eine kostspielige Angelegenheit, aber niemand soll mir nachsagen, ich hätte mich um meine Pflichten gedrückt.«

Er sah mich scharf an. Eine neue Sorge keimte in mir auf. »Was ist, Milly?« fragte er. »Habe ich etwas gesagt, was dich beunruhigt? Du fühlst dich bestimmt sicherer, wenn auf dich Obacht gegeben wird?«

»Ja, Vater«, murmelte ich.

»Und um dir jede weitere Mühe zu sparen, will ich dir

gleich noch sagen, daß der dritte Howgego-Junge, der Schlaksige, der wohl früher mal so was wie ein Spielgefährte von dir war...«

»Ja?« fragte ich kalt.

»Ich habe dafür gesorgt, daß er eingezogen wird. Zu meinem Regiment.«

»Was?« Mein Herz schnürte sich zusammen. Triumphgeschwellt sah Vater mich an.

»Er wird Soldat, mein Kind, zusammen mit mir. Wie er sich so lange hat drücken können, ist mir ein Rätsel. Hält sich wohl für einen dieser feigen Verweigerer aus sogenannten Gewissensgründen, jaja, das würde ihm so passen...«

»Er ist nicht feige«, sagte ich. »Er mußte zu Hause bleiben, um seine Mama und seine Brüder zu versorgen.«

»Erstaunlich, wie gut du über die häuslichen Verhältnisse wildfremder Leute im Bilde bist. Häuslerpack. Und wie du dich ausdrückst. ›Mama...‹ Wenn ich das schon höre!« Er machte den Mund weiter auf und zu, und mit dem blauen Rauch kamen weiter Worte heraus. Ich klammerte mich an die Tischkante und quetschte mir die Daumen, bis sie ganz weiß waren. Ich sah seinen selbstgefälligen Mund reden und reden und Pfeife paffen und Tee trinken. Ich sah, wie beim Reden die braunen Teetropfen auf seinem Schnurrbart wippten. Sehr schlau, o ja. Er hatte mich überlistet. Kein Wunder, daß er so zufrieden mit sich war. Er hatte alles aufs beste geregelt. Mir war, als hätte ich einen Tritt in den Leib bekommen. Das Atmen fiel mir schwer. Ich sah die zerquetschte Wespe auf dem Tischtuch an, sah wieder ihn an. Er lächelte mir zu, und ich gab sein

Lächeln zurück und wünschte, er wäre tot, wünschte ihm ein langsames, qualvolles Sterben.

Ich ging zu den Howgegos, als Vater weg war. Es stimmte alles. Mrs. Howgego legte ihren Arm um mich, als ich weinte, aber sie hatte kalte Augen dabei. Sie gab mir die Schuld.

»Hier können wir jetzt nicht mehr bleiben«, sagte sie. »Schon mit dem, was Isaac gebracht hat, sind wir kaum zurechtgekommen, aber jetzt...« Sie breitete mutlos die Arme aus. Das Haus war kalt. Es roch nicht mehr nach Gebackenem oder nach Seifenschaum. Bobby und Davey sahen blaß und elend aus. Alle sahen sie arm aus. »Im Dorf ist eine Kate, die können wir zu der halben Miete von der hier haben«, sagte sie. »Und ich kann jeden Tag arbeiten. Waschen und so was.«

»Ihr zieht also weg?«

»Ja.«

Ich verabschiedete mich und ging. Aus und vorbei. Das Beste in meinem Leben kaputtgemacht. Ich ging den langen Weg nach Hause, vorbei an Mutters Kanal. Ich stellte mich auf die Deichkrone und sah ins Wasser hinunter. Teefarben war es heute, ruhig und harmlos zog es zwischen den schlammigen Begrenzungen dahin. Vater hatte Mutter so weit gebracht. Das war mir jetzt völlig klar. Er war es gewesen. Ich schwankte am Rand und überlegte, wie es wohl wäre, ihren Weg zu gehen. Mich einfach ins Wasser fallen zu lassen – nicht zu springen, mich nur fallen zu lassen. Immerhin bin ich meiner Mutter Tochter. Ihr Blut fließt in meinen Adern. Ich stellte mir vor, wie mein Kleid und meine Jacke schwer würden, sich vollsaugen und mich in die Tiefe ziehen würden; stellte mir vor, wie kalt das Wasser wäre. Wie es mir in die Ohren laufen würde, in die Nase, den Hals, die Lungen. Und dann wäre nichts mehr wichtig. Das braune Wasser würde alles davontragen.

Aber nein. Ich bin nicht Mutter, und Vater hatte nicht diese Macht über mich. Ich würde heimgehen und weitermachen. Weiterleben. Ich würde warten. Isaac würde zurückkommen, natürlich würde er zurückkommen. Es bedeutete nur, daß ich weiter warten mußte. Bedeutete einfach noch etwas Geduld. Ich würde meine Pläne noch eine Weile aufschieben müssen. Wie lange? Ein paar Monate? Das war gar nichts, nach so vielen Jahren.

Jetzt schläft sie, mit offenem Mund, trocken rasselt ihr Atem in der Kehle. Komisches Gefühl, ihr so nah zu sein. Es ist irritierend, störend, wenn wir uns berühren. Ich habe richtig Angst, daß sich ihr Bein an meins legt. Vielleicht bin ich nur nicht an Berührungen gewöhnt? Ich habe ja kaum Erfahrungen damit. Bei Mutter, gewiß, aber ich war erst zehn, als sie mich verließ. Ich kann mich nicht entsinnen, daß Vater mich je berührt hätte, nur daß er mir gelegentlich den Kopf getätschelt hat. Später kam Roger – oder Roderick? – und dann Isaac, der einzige, der mich je ganz berührt hat. Aggies Zehennägel sind lang, gelb, schuppig verhornt und gekrümmt. Ich bete, daß sie mir nicht das Bein aufkratzt. Das könnte ich nicht ertragen.

Hieß er Roger – oder hieß er Roderick? Oder stimmt es überhaupt nicht?

Wie es gießt! Nicht in einzelnen Tropfen, nein, in ganzen Strömen, gewaltigen Strömen, als stürze der Himmel ein. Der Mondschein ist weggeschwemmt. Alles Licht ist jetzt verschwunden. Ich höre es im Dreiklang von der Decke tröpfeln: Plipplippplop. Plipplippplop. Plipplippplop. Und Aggies Atem. Und die anderen Geräusche. Wenn ich nur schlafen könnte, wenigstens eine halbe Stunde, wenigstens ein, zwei Minuten, aber wie könnte ich. Wo ich so steif, so verspannt daliegen muß, damit ich nicht auf Agatha zurolle. Hexe. Es ist, als wenn man neben einem Besenstiel im Bett liegt, einem knarzenden Besenstiel. Wenn nun das Dach ganz einfiele? Was dann?

Danach lebte ich wie in einer Blase, einer Blase innerhalb der Blase unseres seltsamen, abgesonderten Daseins. Jetzt, wo Mrs. Howgego nicht mehr kam, sahen wir kaum mal ein menschliches Wesen. Mr. Whitton überwachte uns zwar, sprach aber kaum ein Wort mit uns. Ob Vater ihn dafür bezahlt hatte, nicht mit uns zu reden? Ich haßte ihn seit eh und je, ihn und seinen Bullen. Allmählich gewöhnte ich mich an ihn, gewöhnte mich daran, daß er in unregelmäßigen Abständen auftauchte und sich umsah, mit schlaff herunterhängenden Armen. Sich umsah und Obacht gab.

Zuerst winkte ich ihm zu, versuchte, ein Gespräch anzufangen. Aber als Antwort gab er nur ein Grunzen von sich und machte sich, wenn ich auf ihn zuging, mit abgewandtem Blick davon. Mir war es gleich. Ich haßte ihn sowieso, ihn und sein brutales Lachen. Ich hätte nur wieder jemanden zum Reden gehabt. Einen Haken, der mich aus mir selbst hätte herausziehen können. Wir gewöhnten uns alle daran. Letztlich war es, wenn er bei uns herumschlich, nicht anders als zu der Zeit, als uns die Angst vor Vaters Rückkehr im Nacken gesessen hatte. Eigentlich sogar erträglicher. Er nahm unserem Gewissen die Arbeit ab. Und es gab ja auch gar nichts zu sehen, in Erfahrung zu bringen. Kein Isaac mehr. Keine Mrs. Howgego mehr.

Die Lebensmittel kamen regelmäßig. Manchmal, wegen des Krieges, weniger von diesem oder von jenem. Ich merkte es kaum. Es kümmerte mich kaum. Wir machten uns nicht viel Mühe mit dem Essen, mit komplizierten Sachen. Rituale, die wir seit Mutters Tod weitergeführt hatten, bröckelten in dieser seltsamen Zeit, in dieser Pause allmählich ab. Wir aßen nicht mehr zu bestimmten Zeiten. Wenn niemand Hunger hatte, kochte auch niemand. Wenn jemand sich zum Kochen aufraffte, aßen wir alle. Ellenunesther bereiteten hin und wieder eine Mahlzeit für uns, erstaunlich zierlich arrangierte Mahlzeiten, Steckrüben und Möhren und Kartoffeln in exakter Würfelform (die ungleichen Stücke fanden sich später in der Abfalltonne), das Fleisch auf den Tellern glattgeschnitten. Nichts berührte sich. Es sah nicht aus wie richtiges Essen, auch wenn es natürlich durchaus eßbar war, und was Ellenunesther kochten, aßen wir. Es war eine Abwechslung.

An manchen Tagen aßen wir nur Butterbrot und tranken Milch, im Stehen, jede für sich. Manchmal ließen wir den Herd ausgehen, obgleich er höllisch schwer anzuschüren war. Mutter hatte sich bemüht, ihn nie ausgehen zu lassen. Er war ein warmes Herz gewesen, ein Mittelpunkt. Aber jetzt... Eine kalte graue Aschenschicht bildete sich, und niemand nahm sich die Mühe, sie auszuräumen.

Ich weiß nicht, wie lange das so ging. Ich war sehr weit weg. Die meiste Zeit lief ich ziellos herum. Oft ging ich zum Deich und dachte an Mutter und ihre Verzweiflung. Warum, warum nur hast du es getan. Es war nicht recht, es konnte nicht recht sein, deine Kinder einfach allein zu lassen, an so einem Ort den großen Töchtern einfach die Kleinen zu überlassen, sie allein in der Obhut eines Mannes zurückzulassen, der dich so weit gebracht hat. Ach Mutter! Warum hast du uns nicht mitgenommen? Hätten wir nicht zusammen aus dieser drohenden Falle fliehen können? Zusammen weglaufen können vor der Weite des Himmels?

Manchmal kam ich an dem früheren Howgego-Haus vorbei. Einmal ging ich dicht heran und spähte durch die schmutzigen Fenster. Da war der Spülstein, dort die steile Treppe, die von der Küche zu Mrs. Howgegos Stube führte, der Küchenboden mit den verschabten Steinplatten. So vertraut und so verändert, kalt, leer, unpersönlich. Und es war meine Schuld, dies alles. Es war meine Schuld, daß Mrs. Howgego noch einen Sohn und ihr Heim verloren hatte. Ich setzte mich auf die ausgetretene Schwelle und betrachtete den Nußbaum, unter dem früher die Jungen gespielt hatten. Von dem untersten Zweig baumelte noch ein ausgefranstes Seil. Der Wind bewegte die

Zweige, und das Seil schwankte. Der alte Baum stöhnte voller Trauer.

Isaac würde nicht zurückkommen. Ganz plötzlich kam mir diese Erkenntnis, während ich auf der Schwelle seines Hauses saß, auf der Schwelle, die auch seine Schritte abgetragen hatten. Ich verspürte eine solche Leere, eine so würgende Traurigkeit, daß ich schnell aufstand. Ich wußte plötzlich: Ich mußte weg, ehe ich daran glaubte, an diese Traurigkeit. Ein kaputter Leiterwagen sah aus dem hohen, wirren Gras hervor. Isaac hatte als Junge damit gespielt. Mich hatte er auch dazu verlockt. »Angst?« hatte er gefragt. »Nein«, hatte ich gesagt, natürlich nicht, hatte mich draufgesetzt, mit hämmerndem Herzen, fest geschlossenen Augen, und er hatte mich angeschoben, und ich war losgeholpert und gegen das Gatter geprallt, war heruntergefallen und hatte mir die Knie aufgeschlagen. Ich hatte nicht geweint, und Isaac hatte mich anerkennend gemustert und geschimpft: »Was bist du so blöd, du hättest lenken müssen.«

Stille. Einen Moment ist es fast friedlich. Einen Moment hält alles, halten alle inne. Wenn nur der Frieden dauerte, könnte ich schlafen, mich in den Schlaf fallen lassen, mich in Schlaf tränken. Das hätte ich so nötig, aber nein, in diesem gottvergessenen Winkel gibt es keinen Frieden. Und dann fängt er wieder an, dieser grauenvoll furchterregende furchterfüllte fürchterliche Lärm.

Manchmal bekamen wir Briefe von unserem Vater, knappe, verschlossene, kalte Briefe, sie kamen mit den Lebensmitteln. In einer Nachschrift zu einem dieser Briefe teilte er uns mit, daß Isaac tot war. Totgeschossen. Lange schon.

Ein Schuß... Wohin? In den Kopf? Hatte die Kugel seinen geliebten zarten Schädel zerschmettert? In die Brust? In jenes Herz, dessen Schlag ich an meiner Brust gespürt hatte? In seinen weichen glatten Bauch? Ein Schuß? Totgeschossen.

Ach, dieses grausige Geheul! Lange halte ich das nicht mehr aus. Der Regen läßt offenbar nach, und ich meine, einen frühen Hauch von Helle am Himmel zu sehen, aber es tropft noch immer. Es ist zum Wahnsinnigwerden. Und ich kann mich nicht rühren. Nicht einmal atmen kann ich, wenn mir Agatha so nah ist.

Monate vergingen. Ein Jahr? Jahre. Da-Sein. Eine Art Schlaf ohne Ausruhen. Eine lange, öde Strecke, durch die man sich quälen mußte. Ich habe wohl gegessen und getrunken und geredet und mich vorwärtsbewegt, aber ich war nicht da. Nicht wirklich. Ich brachte es nicht über mich, richtig da zu sein, richtig zu denken, sonst hätte ich schreien müssen. Denn Isaac war tot. Und das war keine Pause. Das war für immer.

Es hört sich an, als ob Ellenunesther nach unten gehen. Ja, ich höre sie auf der Treppe. Ob es bei ihnen auch reinregnet? Morgen will ich mit Aggie in die Bodenkammer gehen und nachsehen, wieviel Schaden der Regen in ihrem Zimmer angerichtet hat. Wir müssen uns etwas für sie einfallen lassen. Noch eine Nacht mit ihr in meinem Bett halte ich nicht aus.

Die ganze Zeit konnte ich nicht weinen, weil ich wußte, ich hätte nicht mehr aufhören können. In mir war eine Flut, vor der ein Damm aus Eis lag. Ich weinte nicht. Doch die Bitternis jener nutzlosen, unvergossenen Tränen vergiftete meine Seele, machte mir den Kopf schwer, ließ mich altern und mein Gesicht in Trauer erstarren. Im Spiegel sah ich eine Fremde. Ich sprach nicht, ewig lange nicht. Meine Zunge wurde trocken und schwer. Ich hielt mich fern von Agatha, weil Agatha Arme hatte, die mich umfassen konnten, und hätte jemand mich festgehalten, wäre ich zusammengebrochen.

Auch Ellenunesther zogen sich in jener Zeit noch mehr in sich selbst zurück. Sie spielten nicht mehr. Sie arbeiteten fleißig, im Gleichtakt, und sorgten für Ordnung und Sauberkeit. Sie räumten die Asche aus. Sie hielten meist das Herdfeuer in Gang.

Ich blieb von Agatha fern, und Agatha schien ungebrochen. Sie sang sich ein Lied – und nicht nur sich. Ich sah sie vor dem ausverkauften Saal. Ich sah sie sprühen, sah ihre dunklen Augen funkeln, hörte, wie dunkel und lockend ihre Stimme wurde, wenn all diese Unbekannten zu ihr aufsahen. Sie hätte zum Theater gehen müssen. Sie gehörte auf eine Bühne, sie hatte das Zeug dazu, sie hätte es tun sollen, aber nein, sie kämpfte weiter. Sie fütterte die Kuh, sie melkte, sie butterte, sie sammelte Eier ein, sie fütterte die Hühner, sie grub um und pflanzte. Sie sang ein Lied vor sich hin, sie sprach auch mit sich selbst, denn sonst hatte sie ja niemanden. Ich weigerte mich zu reden, Ellenunesther machten sich nicht die Mühe zu reden, selbst miteinander redeten sie kaum, es war überflüssig. Sie brauchten keine Worte, sie wußten auch so Bescheid.

Aggie sang sich eins, aber die Texte gerieten ihr durcheinander. Bei jedem Singen klang der Text anders, die Bedeutung kippte und verrutschte. Der Text verschwamm. Und dann erinnerte Aggie sich nur noch an die Melodien. Und manchmal war es, als sei Mutter wiedergekommen, mit dieser Stimme, diesen Melodien, die einfach da waren, die irgendwo über Aggies geschäftigem Ich in der Luft hingen.

Und dann wachte ich eines Tages auf und begriff, daß Frühling war. Ich wachte richtig auf. Ich lag im Bett und sah zu, wie die Sonne durch meine Vorhänge drängte und sich als staubiges Band über mein Bett legte. Ich lag lange still, zum erstenmal wieder hellwach. Dann stand ich auf und sah aus dem Fenster. Die Apfelbäume blühten, feine rosa Blüten vor dem zarten Grün der jungen Blätter. Und im hohen Gras pickten Hühner und gingen junge Katzen auf die Pirsch. Ein ganz kleines Tigerkätzchen sprang an dem Stamm meines Baumes hoch, des Baumes, auf dem Isaac und ich herumgeklettert waren. Einen Augenblick hing es am Stamm, die nadelspitzen kleinen Krallen hatten in der Borke Halt gefunden, dann fiel es herunter ins weiche Gras.

Und Isaac war tot. Natürlich gab es für mich nur eins, ganz klar: Ich mußte weg. Warum hatte ich es nicht schon längst getan? Warum nicht?

Ich zog mich rasch an und merkte, wie seltsam leicht meine Glieder waren. Ich kam mir vor wie von langer Krankheit genesen, federleicht und heißhungrig. Ich war dünner geworden, und mein Haar war fettig und verfilzt. Ich mußte essen, und ich mußte mich waschen, und dann mußte ich meine Abreise vorbereiten. Mr. Whitton mochte tun, wozu er Lust hatte, mochte Vater erzählen, was er wollte. Bis er es erfuhr, war ich weg. Ich würde mich nach London durchschlagen, würde versuchen, jemanden ausfindig zu machen, der Mutters Angehörige kannte. Vater würde mich nie finden. Ich würde frei sein.

Agatha staunte, als sie mich an jenem Morgen sah. Ich machte Frühstück und deckte den Tisch ordentlich, wie er seit langem nicht mehr gedeckt worden war. Ich stellte Brot und Butter auf den Tisch und einen Topf Honig. Ich goß frische Milch in einen Porzellankrug und brühte Tee. Ich pflückte einen Zweig mit zarten gelben Heckenrosen und stellte ihn in einer Vase auf den Tisch.

»Komm, Aggie«, rief ich, denn ich hatte sie in der Scheune gehört. »Kommt, Ellenunesther. Frühstück.«

»Ja, Milly! Ja, dem Himmel sei Dank!« Agatha kam rasch ins Haus. »Wie schön, daß du besser aussiehst.« Sie faßte nach meinem Arm, aber ich machte mich los.

»Ich gieße dir Tee ein.« Erschrocken sah ich, wie blaß sie

war. Sie hatte Schatten unter den Augen und Sorgenfalten im Gesicht. Ich hatte sie so lange nicht mehr richtig angesehen.

»Geht's dir nicht gut?« fragte ich. »Du siehst blaß aus.«

»Doch, mir fehlt nichts«, sagte sie. »Ich bin sehr froh, daß du wieder... die alte bist?« Sie sah mich fragend an.

»Ja«, sagte ich. Aber das war gelogen. Ich war nicht die alte. Mein altes Ich war verdorrt und abgestorben. Jenes Ich hatte nur ein Lebensziel gehabt: Isaac zu heiraten. Dieses Lebensziel war dahin, das alte Ich war dahin. Aber trotzdem – mir war noch etwas geblieben. Ich sah sie alle mit neuen Augen. Ich sah sie an in dem Bewußtsein, daß ich vielleicht bald nicht mehr da sein und sie nie wiedersehen würde. Ellenunesther wirkten verändert, sie sahen seltsamerweise jünger aus. Ihre glatten, freundlichen Gesichter waren ausdrucksloser geworden. Sie könnte ich vielleicht wiedersehen, vielleicht konnte ich sie nachkommen lassen, wenn ich erst in London war. Wir könnten alle in London leben, in einem netten kleinen Haus. Als ganz normale Menschen.

»Aber wie denn?« fragte Aggie, als ich ihr sagte, ich wolle weg. »Du hast kein Geld. Du weißt nicht, wie es draußen zugeht.«

»Ich werde ins Dorf gehen«, sagte ich. »Zu Mrs. Howgego. Ich werde irgendwie nach London kommen. Zu Fuß, wenn es sein muß. Vielleicht könnte ich irgendwas verkaufen...« Ich sah mich ziellos um. »Ich schicke jemand aus dem Dorf nach meinen Sachen.«

Agatha streckte wieder die Hand nach mir aus, aber ich zuckte zurück. »Geh nicht«, sagte sie leise.

»Ich muß. Ich kann hier nicht leben. Ich kann es einfach nicht mehr. Nachdem Isaac...«

»Aber ich brauche dich«, sagte sie. »Und Ellenunesther brauchen dich auch. Und was soll aus dir werden in all dieser Schlechtigkeit?«

Agatha glaubte Vater. Sie war so naiv in mancher Hinsicht. Nicht dumm, aber gutgläubig. Sie glaubte alles, was man ihr erzählte.

»Das erzählt Vater nur, um uns hierzubehalten«, sagte ich. »Ich glaube das nicht. Mutter hat London geliebt. Sie wollte wieder hin, und das will ich auch.«

»Ich glaube nicht, daß das geht«, sagte sie. »Ich kann mir nicht denken, daß du es schaffst, unter Menschen zu leben, dich zurechtzufinden. Was wirst du essen?«

»Sei endlich still«, fuhr ich sie an. Ich mochte nicht hören, wie sie meine eigenen Zweifel aussprach. »Wenn die Welt so schlecht und schrecklich und unmöglich ist, warum lebt Vater dann da draußen? Er könnte hierbleiben.«

»Für Männer ist es wahrscheinlich anders«, sagte Agatha. Sie lief hinter mir her, während ich Mutters alten Koffer vom Keller heraufholte. Es war ein hartes, ermüdendes Stück Arbeit, ihn die steilen Stufen hochzuschleppen. Sie half mir nicht. Er war schmutzig und schimmelig. Unten lagen die verblaßten Reste eines Kleides. Ein feines Kleid mußte es früher einmal gewesen sein, lang und weit, aus dunkelgrünem Stoff. Ich holte es heraus und wollte es auseinanderfalten, aber es zerfiel mir unter den Händen. Es flatterte in einer Wolke staubiger Fetzen und Motten zu Boden, und Schimmelgeruch verbreitete sich im Raum.

»Ich muß weg«, sagte ich fest. Ich ging in meine kleine Kammer hinauf und sortierte meine Habseligkeiten in drei kleine Stöße: Sachen, die ich nicht brauchte; Sachen, die ich in den Koffer packen und mir später, wenn ich mich eingerichtet hatte, nachschicken lassen wollte; und Sachen, die ich mitnehmen würde. Ich brachte den zweiten Stoß nach unten und legte ihn in den Koffer. Erbärmlich klein und verloren nahm er sich dort aus. Wohl kaum genug, um ein neues Leben damit anzufangen. Ich legte ein paar Bücher dazu, und dann hielt ich inne. Ich wußte nicht weiter. Ellenunesther standen unter der Tür und sahen mir mit runden, ernsten Augen zu. Junge Katzen liefen herum und haschten mit den Pfoten nach den Resten von Mutters feinem Kleid. Agatha machte ihr biestiges Gesicht und ließ mich nicht aus den Augen.

»Und jetzt?« fragte sie. Am liebsten hätte ich auf sie eingeschlagen. Sie wartete ja nur darauf, daß ich aufgab, daß ich einräumte, wie lächerlich das war, daß ich natürlich nicht weggehen würde. Wie könnte ich, ahnungslos, wie ich war?

Ich weiß nicht, wie es sich weiterentwickelt hätte, ob ich wirklich weggegangen, wie es ausgegangen wäre, wenn nicht an jenem Vormittag ein Junge mit einem Telegramm gekommen wäre. Mein Herz hüpfte vor Freude und Erwartung, als er mit dem Umschlag in der Hand auftauchte. War er nun tot? War Vater tot?

Nein. Er war nur verwundet. Er war auf dem Weg nach Hause. Das Telegramm war alt. Er konnte jeden Moment eintreffen. Also konnte ich natürlich nicht weg. Ich wäre höchstens bis ins Dorf gekommen. Doch, so weit bestimmt. Selbst das wäre besser als nichts, wäre so etwas wie Freiheit gewesen.

Und woher wußte Agatha, was zu tun war? Wie kam sie darauf zu sagen: »Keine Antwort, danke!« und dem Jungen zuzulächeln, einem häßlichen Jungen, mit Isaac gar nicht zu vergleichen, einem teiggesichtigen Jungen, und die Tür rasch hinter ihm zu schließen, ehe sie auf das Telegramm einging.

»Verwundet!« stieß sie hervor, immer wieder, während sie im Zimmer auf und ab lief. »Ach, armer Vater ... Aber wie denn, davon steht hier nichts, welche Art von Verwundung...« Sie war aufgeregt, kam sich wichtig vor. O ja, sie hatte viel Sinn fürs Dramatische, unsere Aggie. Jetzt spielte sie die Krankenschwester, ich sah es ihr an. Engel der Barmherzigkeit. Wie ich Agatha damals durchschaute, wie ich sie verachtete.

Nun wird es wirklich langsam hell. Ein graues Licht sickert ins Zimmer, das einen die Kanten und Falten und Ecken der Gegenstände erkennen läßt. Bald werden die Katzen an der Tür kratzen, weil sie ins Haus wollen. Werden ihre bepelzte, gefiederte Beute in die Küche tragen, Gaben für Aggie. Ein Sommermorgen. Ich mag nicht noch einen Sommer erleben.

Agatha schläft noch, in der Bettmitte auf dem Rücken liegend, ich muß mich an den Rand quetschen, um ihr auszuweichen. Ihre spitze borstige Nase, ein Krähenschnabel, springt aus dem Gesicht vor, das im Schlaf eingefallen ist, so daß man die Knochen unter der dunklen Haut sieht. Sie schnauft, die Wangen blähen sich zu kleinen grauen Ballons, dann entweicht die Luft zischend zwischen ihren Lippen. Bald werde ich sie mit einem Tritt wachmachen, mit einem Tritt hinausbefördern. Und dann kann ich vielleicht schlafen.

Ich bemerke ein neues Gebilde an der Decke. Ein Gebilde wie eine Landkarte. Es ist ein dunkler nasser Fleck auf dem Putz. Noch immer tropft Wasser durch die Decke, aber jetzt langsamer. Es ist typisch für Agatha, daß sie in aller Ruhe zusieht, wie das Leck in *ihrem* Schlafzimmer in *meinem* Zimmer Schaden anrichtet. Sie hätte etwas drunterstellen können, eine Schüssel oder so, um das Wasser aufzufangen. Der Riß in der Decke zieht sich durch die Landkarte wie ein breiter Strom, ein Strom mit vielen Nebenflüssen, die durch ein fremdes Land gehen. Frankreich. Isaac war nach Frankreich gegangen. Sie reisen jetzt in der ganzen Welt herum, hat Mark mir erzählt, nach Spanien, Amerika, Afrika. Sie fliegen in Flugzeugen. Die überfliegen uns hier oft, manchmal laut und so tief, daß man einen Schrecken bekommt. Es hat einen zweiten Krieg gegeben und Flugzeuge und Bomben, aber uns hat das nicht berührt. Wir hatten keine Männer zu verlieren. Selbst in der Nacht überfliegen sie uns, manchmal wecken sie mich. Im Dunkeln klingt es bedrohlich, aber an einem heiter-blauen Tag, wenn die fernen Flugzeuge eine Spur hinterlassen wie einen Kratzer am Himmel, denke ich, daß ich es ganz gern mal probieren würde. Was mag das für ein Gefühl sein, sich wie ein Vogel in die Lüfte zu erheben? Aber so ein schwerer Vogel! Nein, es wäre mir wohl doch nicht geheuer. Aggie fürchtet, eines Tages könnte eins vom Himmel fallen und uns platt drücken. Ich halte das für ziemlich unwahrscheinlich. Aber es wäre eine saubere Sache, schnell und endgültig. Besser als dieses allmähliche Absterben.

Vater war verwundet, ja, aber anders, als wir gedacht hatten. Er hatte Granatsplitter im Bein und eine böse Wunde, die versorgt werden mußte. Aber das war nicht das eigentliche Problem. Irgendwas war mit seinem Kopf passiert, er war nicht mehr der alte. Stundenlang konnte er dasitzen, ohne etwas aufzunehmen, ohne uns zuzuhören. Und wenn er dann plötzlich wieder bei sich war, wußten wir nie, was uns erwartete. Manchmal war er klar und gefaßt. Manchmal zornig. Und manchmal lachte er sogar.

Ellenunesther gingen ihm aus dem Wege, aber Aggie war – zuerst jedenfalls – in ihrem Element. Sie eilte still und ernst und wichtig umher. Ihr Gang wurde fest und selbstbewußt, zielstrebig. Und sie wußte, was zu tun war, ich weiß nicht woher. Ich hätte das nicht gekonnt. Sie verband seine Wunden, während mir schon übel wurde, wenn ich nur daran dachte. Sie brachte ihm sein Essen, das Beste vom Besten, von ihr selbst zubereitet. Sie saß stundenlang bei ihm, und sie unterhielten sich – weiß Gott, worüber. Sie überredete ihn sogar ein-, zweimal zum Kartenspielen. Ich hielt mich von ihm fern. Ich wollte nichts mit ihm zu tun haben. Für mich war er der Mörder meiner

Mutter und meines Liebsten. Von mir aus hätte er verfaulen können. Und ich grollte auch Agatha, weil sie so tüchtig war, weil sie solche Freude daran hatte, Vater zu Diensten zu sein.

Doch dann wurde alles anders. Er fing an, sie Phyllida zu nennen, sie Hure zu nennen. Sie änderte sich. Sie wurde blaß und fahrig, ihre Selbstsicherheit war dahin. Manchmal hörte ich sie nachts wimmern. Und dann sah ich eines Tages zufällig, als die Tür einen Spaltbreit aufsprang, was er ihr antat, was sie sich antun ließ. Der garstige alte Mann mit seinem brandigen Bein. Er fickte sie. Es war sein Wort. Ich habe das Wort von ihm. Ficken – nicht lieben. Er machte es wie ein Tier. Ich sah sein Gesicht, rot und irre, die hervortretenden Adern am Hals. Ich sah ihr Gesicht, verschlossen wie im Schlaf, verschlossen, ruhig. Aber war da die Andeutung eines Lächelns, ein Ausdruck der Zufriedenheit? Jetzt hab ich dich...?

Nein. Nein. Nein. Das stimmt so nicht. Agatha hatte Angst, das weiß ich. Ich hörte sie wimmern im Dunkel der Nacht. Sie war verängstigt und ergeben und verwirrt. Was Vater mit ihr machte, war verderbt, war unbeschreiblich. Wenn er ihr Vater war. Ich wußte es nicht, weiß es nicht. Was Isaac mir gesagt hatte, war wie ein Samenkorn in meinem Herzen, aber es war kein Wissen. Ich weiß nicht mehr, was Wahrheit und was Lüge ist. Ich weiß es nicht besser als Agatha.

Jetzt kommt allmählich das Licht herein. Ich kann Agathas Gesicht in seiner rauhen, schmutzigen Grobkörnigkeit erkennen. Unter den dünnen Lidern gehen die Augen hin und her. Wovon mag sie träumen? Sie hat keine Wimpern mehr, nur einen roten Rand, wo sie ausgefallen sind. Und was hatte sie für Wimpern! Unten hört man jetzt Gepolter. Und Geheul. Laut. Was machen Ellenunesther da unten? Es kann nicht nähergekommen sein, das ist unmöglich. Jetzt spielen mir schon die Ohren Streiche – wie meine Erinnerung.

Und wen kümmert es jetzt noch, ob er ihr Vater war oder nicht? Eine Sünde war es so oder so. Als ich sah, was sie machten, beschloß ich noch einmal, wegzugehen. Ach, ich bemühe mich so sehr, nicht an jene Zeit zu denken, sie wegzusperren. Nachts aber pirscht sie sich manchmal heran. Doch jetzt ist nicht Nacht. Es ist fast Morgen. Das Licht. Denk nicht an damals. Denk nicht daran, im Licht. Seit Jahren habe ich nicht mehr daran gedacht, aber jetzt drängt es hervor. Nein, nicht denken. Es ist Agathas Schuld. Sie ist zu nah. Ich kann sie so nah nicht ertragen. Ich kann meine Erinnerungen nicht beherrschen.

Und eines Tages hörte ich Geschrei. Vater erholte sich allmählich, zumindest sein Bein hatte sich soweit erholt, daß er es belasten konnte, und er war draußen. Ich sah aus dem Fenster. Er zerrte Agatha zur Scheune, und sie schrie. »Nicht besser als ein Stück Vieh«, brüllte er sie an, und ich sah die irren Speichelbläschen, die aus seinem Mund sprühten. »Nicht besser als deine Hure von Mutter.« Und Agatha schrie vor Angst, und ich konnte nicht zu ihr gehen. Was hätte ich tun sollen? Es war nicht das erste Mal. Ich legte mich aufs Bett. Lag nutzlos auf dem Bett. Wenn es vorbei ist, dachte ich, werde ich netter zu Aggie sein. Ich werde ihr mit Vater helfen. Warum schreit sie denn so? Ich hörte ein seltsames Geräusch, ein seltsames murmelndes Summen, wie ein Wespennest.

Das ist es also. Daran erinnert es mich, das Geräusch, das Ellenunesther heute die ganze Nacht schon machen.

Es waren Ellenunesther. Man konnte es nicht Sprache nennen. Es war eine summende Weise. Mit einem Rhythmus, aber es war kein Lied. Es wurde höher und ferner und zog nach draußen. Und dann geschah etwas mit mir. Ich kann wohl kaum geschlafen haben, nicht mittags, nicht bei all dem Lärm – aber plötzlich merkte ich, daß ich aufwachte.

Alles war still. Ich stand auf und ging nach unten. Auf dem Küchenboden war Blut; Blut war auf den blauweißen Kacheln; auf dem Tisch; im Spülstein. Ich wandte mich um, und da waren Ellenunesther. Sie hielten sich bei der Hand. Auf ihren blutigen Gesichtern lag ein sanftes Lächeln. »Jetzt alles besser«, sagten sie.

Ich fand Agatha in der Scheune. Ihr Kleid war zerfetzt,

das wirre Haar voll Stroh, aber sie war nicht verletzt. Nicht so, daß man es sah. Sie saß in einer Ecke, die Hände um die Knie geschlungen. Ihre Augen waren riesengroße schwarze Kreise in dem weißen Gesicht. Sie starrte auf das, was von Vater übriggeblieben war.

Sie hatten ihn mit spitzen Messern getötet. Sie hatten viele Male zugestochen. Sie hatten ihm die Finger und sein Ding abgeschnitten und säuberlich neben ihm aufgereiht.

Agatha stöhnt jetzt im Schlaf, sie zappelt, die Augen rollen und zucken wild hinter den Lidern. Ich schüttele sie.

»Wach auf«, sage ich. »Alles in Ordnung, es ist nur ein Traum.«

Sie schlägt die Augen auf und sieht zur Decke. Einen Moment weiß ich nicht recht, ob sie wirklich wach ist, ob sie mich gehört hat, aber dann sagt sie:

»Es ist nicht in Ordnung. Es ist kein Traum.«

Ich überlege. »Hör zu, jetzt, wo es hell wird, müssen wir nachsehen, was unten los ist. Wir müssen was tun.«

Sie läßt sich einen Augenblick Zeit mit der Antwort. »Es hat aufgehört zu regnen. Das ist schon etwas.«

»Komm mit nach unten«, sage ich.

Sie seufzt. »Noch nicht. Ich will es nicht sehen.«

»Was sehen?«

»Ich will nicht.«

»Was?« Aber ich weiß es ja. Sie will nicht, daß noch mehr von dem Grauen, das in ihrem Hirn bewahrt ist, über ihre schlafenden Augen flackert. Ich weiß das alles, aber ich bin nicht feige: Was sein muß, muß sein.

»Ich gehe zuerst«, sage ich. »Aber du mußt nachkommen.«

Ich bin wirklich nicht feige, nein, aber ich fürchte mich genauso wie Agatha vor dem, was wir finden werden.

»Noch nicht«, sagt Agatha. »Laß uns warten, bis es richtig hell ist.«

Ich gebe nach. Jetzt, da die Zeit fast gekommen ist hinunterzugehen, auf das Geräusch zu, schlägt mein Herz schmerzhaft. Ich schließe die Augen. Ich bin müde und sollte versuchen, ein bißchen zu schlafen. Es ist das Blut, vor dem ich Angst habe.

Ich zerrte Agatha hoch. »Schau weg«, befahl ich. Agatha wandte gehorsam den Blick von Vater ab. Ihre Augen waren ohne Glanz, riesengroß und leer. Sie sah mich an.

»Ellenunesther«, fing sie an, mit einem hysterischen Zittern in der Stimme. »Wie Maschinen. Du hättest sehen sollen...«

»Nicht denken«, sagte ich. »Geh ins Haus, Agatha.«

»Aber Ellenunesther...«

»Sie werden dir nichts tun. Begreif das doch. Geh ins Haus.« Agatha gehorchte – ausnahmsweise. In meiner Stimme war eine Kraft, eine Zielstrebigkeit, die ich noch nie darin gehört hatte und der Agatha gehorchte. Als sie gegangen war, schlurfend wie eine alte Frau, machte ich mich an die Arbeit. Ausnahmsweise wußte ich, was zu tun war. Ich häufte Stroh und Holz über die Leiche. Ich führte die Kuh ins Freie und band sie im Obstgarten an. Sie war gelassen und gleichmütig wie immer. Das grausige Geschehen hatte sie nicht berührt.

Ich jagte die Hühner aus der Scheune, dann ging ich in die Küche. Ellenunesther knieten im Wohnzimmer vor dem Kamin. Zum erstenmal seit langer, langer Zeit spielten sie mit den Holzpuppen. Sie brachen ihnen die Beine ab und warfen sie ins Feuer. »Omutteromuttero«, murmelten sie.

»Unddersohnundderbubundeinheiligergeiß. Wir läutenihnendentod. Fürimmerundewig.«

»Aufhören«, herrschte ich sie an. Sie drehten sich verstört um. Nach allem, was sich hier abgespielt hatte, war es mein plötzliches Losschreien, das sie erschreckte.

»Geht in die Küche, und macht euch sauber. Putzt das Blut ab, und zieht euch was anderes an.« Sie erhoben sich von den Knien, brave Kinder, Ellenunesther, und taten, was ich ihnen sagte.

Ich ging nach oben und brachte Agatha dazu, Kleid und Unterwäsche auszuziehen. »Leg dich ins Bett, und bleib da«, sagte ich. »Versuch zu schlafen. Versuch, nicht zu denken. Später gibt es Tee. Ich mache Badewasser heiß.«

Ich legte Holz in den Herd, füllte die großen Zuber, die wir nur zum Baden und für die große Wäsche nahmen, und stellte sie aufs Feuer. Ich fühlte mich stark und tatkräftig. Ich wußte genau, was zu tun war. Dies war Arbeit, richtige Arbeit, richtige, wichtige Arbeit, und ich war die einzige, die sie machen konnte. Ich zündete eine

Kerze an, schirmte die blasse Flamme mit einer Hand ab und ging damit über den Hof zur Scheune.

Ich blieb einen Augenblick stehen, während die Wärme der Flamme flatternd gegen meine Hand schlug, und sah auf den Fleck, wo Isaac und ich uns damals geliebt hatten, bei jenem ersten, enttäuschenden Mal und viele Male danach. Die Sonne fiel schräg durch die Lücken im Dach auf die tanzenden Staubflöckchen und ließ sie golden aufleuchten. Es ist ein schöner Tag, dachte ich überrascht. Ohne mir den blutgetränkten Holzstoß allzu genau anzusehen, stellte ich die Kerze daneben und häufte frisches Stroh darüber. Als es lichterloh brannte, machte ich mit dem Holz ein richtiges Feuer daraus. Bald sprangen munter heiße klare Flammen hoch und krochen gierig knisternd in den Stapel hinein, der Vater gewesen war. Der brannte schwerer, denn er war dicht und naß, aber ich ließ nicht locker. Ich legte oben Holz und Stroh nach und stocherte fleißig mit einem Besenstiel in der dichten Masse herum, um Luft heranzulassen. Endlich stieg mir ein Geruch in die Nase, an dem ich merkte, daß er brannte. Ein grausig-appetitlicher Geruch nach schmorendem Fleisch. Ich hielt den Atem an. Schwarzer, klebriger Rauch stieg hoch. Knackend und schmatzend und zischend schlang das Feuer Vater in sich hinein. Ich lief immer wieder zur Tür, um Atem zu schöpfen, dann, sobald die Flammen matter wurden, zurück zum Feuer, um neues Brennmaterial aufzulegen und das Feuer zu schüren.

Der Rauch stieg nach oben ins Gebälk, und ein Teil zog durch das Loch im Dach ab. Aber die Scheune würde nicht Feuer fangen, es war noch mal gutgegangen. Davor hatte ich die größte Angst gehabt, denn das wäre wie ein Leuchtturmsignal gewesen, ein Licht, das bestimmt Aufmerksamkeit erregt, das man meilenweit nach allen Seiten gesehen hätte. Es war noch mal gutgegangen. Aber es dauerte Stunden, bis aus Vater Asche und Knochen geworden waren. Als es getan war, dunkelte es schon. Ich kehrte die Überbleibsel zusammen, die Knochen und die Asche, die Knöpfe und das Pfeifenrohr, und vergrub sie im Garten. Als ich mit allem fertig war, ging ich auf den Abort und übergab mich.

In jener Nacht badeten wir alle in viel heißem Wasser. Wir schrubbten unsere Leiber mit Teerseife rosig sauber. Wir schrubbten uns den Geruch unseres Vaters von der Haut und aus den Haaren, und dann setzten wir uns sauber und ruhig hin und aßen Butterbrot und Ei und tranken Tee und aßen Gewürzkuchen. Aggie war sehr still, aber hin und wieder lächelte sie, wenn auch ein bißchen mühsam. Für sie muß es besonders schlimm gewesen sein, weil ihre Gefühle so kompliziert waren. Ihr Leben lang hatte sie Vater heiß geliebt. Was sie für den verwirrten fremden Mann empfunden hatte, der aus dem Krieg gekommen war, weiß ich nicht. Sie hat nie etwas darüber gesagt. Aber vor allem empfand sie wohl Erleichterung. Sie hat nie genau wissen wollen, was ich gemacht hatte, aber sie muß den geschwärzten Kreis auf dem Scheunenboden gesehen haben.

Ellenunesther sahen engelhaft aus mit ihren vor Sauberkeit strahlenden, sanften jungen Gesichtern, den langen lichtbraunen Haaren, die ihnen über die Schultern fielen wie zum Trocknen ausgelegte Seidentücher, den nackten rosa Zehen, die unter den Nachthemden hervorsahen.

Wir unterhielten uns, als sei nichts geschehen, als wären wir nie anders als normal gewesen.

»Wir waren seit Wochen nicht mehr weg.«

»Seit Monaten.«

»Morgen gehen wir spazieren, ja?«

»Wenn schönes Wetter ist.«

»Wir könnten zum Deich gehen. Oder in die andere Richtung. Ins Dorf.«

»Aber Mr. Whitton...«

»Vater ist doch jetzt aus dem Krieg zurück!«

»Wir sind frei.«

Wir überlegten. »Frei wozu?« fragte Aggie schließlich.

»Zu machen, was wir wollen.«

»Aber was wollen wir denn machen?«

»Weggehen«, sagte ich.

»Aber wohin?«

»Wir wollen nicht weg«, sagten Ellenunesther.

»Ihr müßt ja nicht«, sagte ich. »Daß wir weggehen können, wenn wir wollen – das ist der springende Punkt.«

»Du wirst wohl...« setzte Agatha an.

»O ja, ich gehe weg«, sagte ich. »Nach London. Mal sehen, was ich in den Papieren in Vaters Zimmer finde. Geld. Adressen von Mutters Verwandten.«

»Mrs. Howgego würde ich gern wiedersehen«, sagte Agatha.

»Wir können sie alle wiedersehen. Wir können ins Dorf gehen. Was spricht dagegen? Morgen gehen wir ins Dorf.«

Wir gingen zu Fuß ins Dorf. Es war ein langer Weg und ein warmer, windiger Tag. Alles sah viel kleiner aus, als ich es in Erinnerung hatte, klein und niedrig standen die Häuser in der Sonne. Wie hatte ich mich darauf gefreut, immer wieder hatte ich davon geträumt, aber jetzt war mir, als blickte ich durch einen Tunnel auf die lange Straße mit den Häusern rechts und links – sie kamen mir kaum vor wie richtige Häuser. Selbst die Kirche schien kleiner geworden, unwirklich, wie eine Pappfassade mit nichts dahinter. Kein Mensch war zu sehen. Es war sehr still, öde und still, nur der Wind regte sich, ließ die Büsche wehen und ein Gatter schwingen. Wir gingen durch das staubige Dorf wie Traumgestalten. Wir fanden die Kate, in der die Howgegos gewohnt hatten, aber sie waren nicht mehr da. Eine alte Frau von nebenan sah uns klopfen und durch die Fenster spähen, sie kam aus dem Haus und sprach uns an.

»Die sind weggezogen«, sagte sie. »Schon lange.«

»Wissen Sie, wo sie wohnen?« fragte ich.

»Richtung Cambridge, glaube ich. Nachdem der Junge gestorben war, hatte sie wohl keinen Lebensmut mehr.«

»Welcher?«

»Der Kleine.«

»Davey?«

»Ja, der. Krupp. Ganz schlimm. Bis hierher hat man ihn gehört.«

Eine flüchtige Erinnerung tauchte vor mir auf: dicke Beinchen, runde blaue Augen, genau die gleiche Farbe wie die von Isaac, feuchtes Lächeln.

»Ja, der. Nettes Kerlchen«, fuhr die Alte fort, »das hat sie einfach nicht mehr verkraftet. Zwei von den Großen hat sie im Krieg verloren – und dann den Kleinen. War einfach zuviel für die arme Seele, sie...«

»Danke«, sagte Agatha und zog mich weg. Schweigend gingen wir den langen, heißen Weg zurück. Der Staub wehte mir in den Mund. Er wehte in mich hinein und durch mich hindurch. Ich war nur wandelnder Staub, für kurze Zeit in der Schwebe gehalten. Meine Zunge, meine Augen waren Staub. Ich sah nichts.

»Ich bleibe, wo ich bin«, sagte Agatha, als wir wieder zu Hause waren. »Hast du gesehen, wie sie uns ausgelacht haben?« Ich hatte keine Ahnung, wovon sie sprach. »Die Leute hinter ihren Vorhängen. Diese Weiber vor der Kirche. Die Jungen mit den Fahrrädern. Ich habe es genau gesehen.«

»Ich habe niemanden gesehen. Und weshalb sollten sie lachen?«

»Schau uns doch an in unseren Kinderkleidern. Schau uns an!«

Ich sah Agatha an. »Niemand hat uns ausgelacht. Niemand hat uns auch nur gesehen.«

»Das sagst *du*«, sagte Agatha. »Diese... diese Demütigung.« Sie hatte nicht geweint, als Vater sie in die Scheune gezerrt hatte oder als Ellenunesther Vater ein Ende gemacht hatten. Aber jetzt weinte sie, weil sie sich einbildete, daß die Leute sie auslachten. Ach, Agatha.

Sie ist wieder eingeschlafen. Auf den grauen Haaren ihrer Oberlippe stehen Schweißtropfen. Es ist heiß, wenn man zu zweit im Bett liegt. Es verspricht ein heißer Tag zu werden. Ausnahmsweise ist es windstill, die Luft ist unbewegt und feucht. Wenn die Sonne kommt, wird es heiß werden.

Mochte sie bleiben, wo sie war. Mochten Ellenunesther bleiben, wo sie waren – ich würde weggehen. Ich holte den Koffer wieder herauf, tat wieder die wenigen Sachen hinein, die ich beim letzten Mal bereitgelegt hatte. Sie wirkten nicht überzeugender als damals, wie sie da in einer Ecke des Koffers lagen. Agatha sprach kaum mehr mit mir.

»Ich muß es tun«, sagte ich. »Bitte sei mir nicht bös, Aggie. Warum kommst du nicht mit? Möchtest du nicht nach London? Wir könnten herausfinden, was sie tragen, die Damen in London, wir könnten uns neue Sachen kaufen.«

»Wovon?« fragte sie. »Ich mag von vielem keine Ahnung haben, Milly, aber daß man Geld braucht, das weiß sogar ich.«

Natürlich wußte ich es auch. Nur dachte ich mir, daß ich dieses Problem schon irgendwie lösen würde, wenn ich erst mal weg war. Wichtig war zunächst das Wegkommen. Ich sah alle Kästen mit Papieren in Vaters Zimmer durch. Das meiste war mir völlig unverständlich: komplizierte Dokumente, in denen es um Kapitalanlagen ging, um Versicherungen und ähnliche Dinge. Um die Festlegungen, die für uns getroffen worden waren. Ich fand nichts Brauchbares, keine Adressen. Nichts, was Mutter betraf, bis auf den Trauschein: Eheschließung zwischen Charles Edwin Pharoah und Phyllida Maisie Smith. Aggie kam, um nach mir zu sehen. Sie setzte sich neben mich aufs Bett und nahm sich die Papiere vor.

Ich legte mich auf Vaters Bett und dachte, wie schön es gewesen wäre, dieses Zimmer zu haben mit dem Blick ins weite Land hinaus statt auf die verkrümmten moosigen Zweige vor meinem Kammerfenster.

»Du kannst nicht weg«, sagte Agatha plötzlich scharf. »Dafür hat er gesorgt. Schau her.« Sie hielt ein Blatt Papier hoch, das mit einer engen, winzigen Schrift bedeckt war.

»Was steht da?« fragte ich.

»Was er uns gesagt hat: Daß wir nur Geld zum Leben bekommen, wenn wir hierbleiben, alle miteinander. Ob er tot oder lebendig oder vermißt ist – das Geld für unser Essen und so weiter wird weitergezahlt.«

»Aber *ich* kann doch weg.«

»Eben nicht. Hier steht, daß wir alle bleiben müssen. Wenn du gehst, bekommen Ellenunesther und ich kein Geld, dann müssen wir verhungern.«

»Aber wer würde es denn merken?«

»Du kannst uns nicht allein lassen, Milly. So schlecht kannst du unmöglich sein.«

Agatha dramatisierte mal wieder, aber ein Stück Wahrheit steckte schon darin. Ich schloß die Augen und ließ mich aufs Bett zurückfallen. Die Wut, die sich in mir regte, hatte kein Ziel. Er war weg, endgültig weg. Nur ein Fleck, ein verrußter Fleck, ein geschwärzter Kreis war von ihm geblieben, und dennoch war er noch immer Herr der Lage. Herr über mich. Noch immer war ich nicht frei.

»Du bleibst also, Milly?« drängte Agatha. »Du mußt.«

Ich konnte nicht antworten. Ich konnte einen Moment nicht denken. Ich hatte wieder die Orientierung verloren, eine schreckliche Stumpfheit erfaßte mich. Ich ließ meinen Koffer halb gepackt stehen und blieb. In Vaters Zimmer.

Ich wußte, daß Agatha es haben wollte, aber sie traute sich nicht zu drängen. Sie zog nach oben ins Spielzimmer, in dem die Zwillinge geschlafen hatten, denn wenn ich Vaters Zimmer hatte, kam es für sie nicht in Frage, sich mit einer winzigen Kammer zu begnügen. Da hinauf also zog sie, aber als ich mal draußen war, ging sie in Vaters Zimmer und stahl Mutters Sachen. Sie stahl ihre silberne Haarbürste und den silbernen Spiegel; ihr Eau de Cologne; und die Töpfchen mit den Cremes, die sie sich aufs Gesicht getan hatte. Ich habe nie ein Wort darüber verloren. Aber ich wußte, daß sie es war. Und sie wußte, daß ich es wußte.

Agatha hat mir nie verziehen, daß ich mir einfach das beste Zimmer genommen habe. Sie wartet schon lange darauf, daß so etwas passiert, daß das Dach einfällt, damit sie einen Vorwand hat, sich hier einzunisten. Die ganze Zeit trägt sie ihren Groll mit sich herum. Mittlerweile ist sie alt und runzlig, und der Groll gehört zu ihr, wie die Nase zu ihrem Gesicht gehört. Aber es war kein Groll, den sie offen zeigen konnte, o nein. Dafür schuldete sie mir zu viel. Sie schuldete mir meine Freiheit, die Chance, ein richtiges Leben zu führen. Ich war geblieben und hatte ihre Schande mitgetragen. Ich war jung und kräftig, vielleicht keine Schönheit, aber eine ansehnliche junge Frau. Ich hätte heiraten können, hätte geheiratet. Ich hätte Kinder und inzwischen Enkel gehabt. Und was ist aus mir geworden? Ein altes Weib, ein altes, unfruchtbares, enttäuschtes Weib. O nein! Sie konnte nichts sagen, kein Wort, auch wenn sie mit diesem Märtyrerblick herumstolzierte und nach Eau de Cologne stank. Sie konnte sich nicht beschweren, denn dann wäre ich auf und davon gegangen. Dafür poltert sie all die Jahre da oben herum, schiebt die Möbel hin und her, *nicht,* um sie an die richtige Stelle zu rücken, *nicht,* um es sich hübsch und behaglich zu machen, sondern um mich zu stören und zu strafen.

Denn später, ein paar Wochen später, versuchte ich es noch einmal. Ich würde weggehen. Irgendwie würde ich mir Geld verschaffen, würde Geld verdienen und es ihnen schicken. *Ich* würde sie ernähren. Es war ein letztes Aufbäumen, ein letzter Versuch, aus dem Netz zu schnellen, ehe die schreckliche Öde des Lebens mich verschlang, die Falle unserer Taten über mir zuschnappte.

Wer weiß, ob es mir wirklich gelungen wäre... Agatha schob alldem dann sowieso einen Riegel vor. Sie kam eines Tages, als ich auf dem Bett lag, zu mir ins Zimmer und setzte sich neben mich.

»Milly«, sagte sie, »weißt du noch, wie Mrs. Howgego gesagt hat, wir sollten immer schön brav sein?«
»Ja.«
»Sie hat gesagt... weißt du noch... sie hat gesagt, wenn die Blutung ausbleibt, dann müßten wir uns Sorgen machen...«
»Ja.«
»Weil dann was Kleines unterwegs ist.«
»Ja.« Das also war sein letzter Trumpf: Agatha erwartete ein Kind. Ich haßte Agatha in diesem Augenblick. Geschändet. Schimpf und Schande. Aber das war mir eigentlich gar nicht wichtig. Was ich am stärksten empfand, war purer, kalter, mörderischer Neid. *Ich* hatte Anspruch darauf. Ich hatte mich so bemüht mit Isaac, für Isaac, bemüht um ein Kind unserer Liebe. *Ich* hatte Anspruch darauf.
»Ich glaube, bei mir ist was Kleines unterwegs.«
»Oh.« Ich drehte das Gesicht zur Wand.
»Milly! Bitte dreh dich nicht weg, rede mit mir, bitte.«
»Dann wird es ein Bankert«, sagte ich. »Wie du.«
»Milly!«
»Es stimmt.«
Sie saß so lange still und stumm da, daß ich dachte, sie habe sich leise aus dem Zimmer geschlichen. Aber dann fragte sie fast freudig: »Was meinst du damit?«
»Vater war nicht dein Vater.«
Wieder schwieg sie eine Weile. »Woher weißt du das?«
»Isaac hat es gewußt... und ich habe mal gehört, wie Mutter mit Mrs. Howgego sprach. Damals habe ich es nicht begriffen. Und Isaac habe ich es nicht geglaubt.«

»Aber du hast nie was gesagt. Gott sei Lob und Dank.«
Ich drehte mich um und sah sie an. »Was soll das heißen
– Gott sei Lob und Dank?«
»Ja, begreifst du denn nicht... Dann ist es ja gar nicht so
schlimm. Wenn Vater nicht mein Vater war, ist es nicht so
was Schlimmes. Nicht so eine Sünde.«
»Aber immerhin eine Sünde. Du hast gedacht, daß er
Vater war.«
»Nein, vielleicht hab ich es die ganze Zeit gewußt«,
schwindelte sie. »Vielleicht hab ich es insgeheim immer
gewußt. Natürlich hab ich es gewußt. Ich hatte immer das
Gefühl, daß ich anders bin, etwas Besonderes, und er hat
es natürlich gewußt. Begreifst du denn nicht... Was er
gemacht hat, war unrecht, ja, aber nicht so unrecht, wie ich
gedacht habe. Wenn er gewußt hat, daß ich nicht seine
Tochter bin...«
»Aber unrecht war es trotzdem. Er hat dich mit Gewalt
genommen. Er hat dir weh getan.«
Agatha war jetzt weit weg. »Es wird der Mann mit dem
Eisschwan gewesen sein«, sagte sie. »Damals, als Mutter in
dem smaragdgrünen Kleid zum Essen ausgegangen ist.
Und mit dem Meer aus Veilchenblütenblättern.«
»Es stimmt doch, daß er dich mit Gewalt genommen
hat, Agatha?« fragte ich. Sie sah zu Boden. »Es stimmt
doch?« drängte ich.
»Zuerst nicht«, flüsterte sie und schlug die Augen nieder, so daß die Wimpern seidig auf den geröteten Wangen
lagen. »Zuerst... ich weiß nicht... etwas kam über mich,
beim Waschen, bei dieser intimen Pflege. Als er mich
zuerst anfaßte, war ich... ich war... ich meine, ich weiß,

daß es unrecht war, aber irgendwie habe ich mich fast gefreut. Nie hat mich jemand angefaßt. Du hast kaum mit mir gesprochen. Ich war einsam. Und zuerst war es schön, wenn er mich anfaßte. Ich war stolz. Er hat mich so angefaßt, wie er es mit Mutter gemacht hat.«

»Aggie!«

»Erst, als ich ihm erlaubt hatte, mich ein bißchen anzufassen ... ach, ich weiß nicht ... ich war ganz durcheinander, ich habe wohl an den Anstreicher gedacht. Es hat mir gefallen. Wahrscheinlich bin ich eine schlechte Person. Es ist mir gleich. Aber dann wollte er mehr, er wollte mehr machen, und dann begriff ich, daß es falsch gewesen war, damit anzufangen. Es war falsch, aber er hörte nicht auf, und wir waren so viel allein miteinander.«

»Warum hast du nichts gesagt?«

Sie sah mich an, als sei das eine sehr dumme Frage, und damit hatte sie natürlich recht. Ich hatte damals immer einen weiten Bogen um die beiden gemacht. Und außerdem hatte ich es ja gewußt. Ich hätte etwas sagen, etwas tun sollen. Ich war zu nichts nütze gewesen.

»Und als ich zuließ, daß er es machte ... wie die Tiere ... wie du mir gesagt hast ... wurde er bösartig. Grausam. Er hat mich beschimpft, hat mich geschlagen, es mit Gewalt gemacht.« Sie hielt inne. »Zum Teil begreife ich jetzt die Namen, mit denen er mich beschimpft hat. Und auch, warum er Mutter anscheinend so sehr haßte. Es war, als ob er versuchte, Mutter weh zu tun, indem er mir weh tat. Ein bißchen verstehe ich das jetzt. Wenn es stimmt. Ich denke, es muß stimmen, Milly, meinst du nicht? Dann ist auch klar, warum er vorher immer so kühl zu mir war.« Sie wirkte fast glücklich. »Es wird alles gut werden, nicht, Milly? Wir können das Baby aufziehen. Es wird schön sein, wieder ein Kind im Haus zu haben.«

»Nein«, sagte ich. »Ich muß weg.«

»Aber ich brauche dich, Milly. Mehr denn je. Ich brauche dich, wenn das Baby zur Welt kommt. Ellenunesther können mir nicht helfen.«

»Ich auch nicht. Ich weiß nicht, was man da macht.«

»Ich erinnere mich noch ein bißchen an damals, als Mutter die Zwillinge bekam. Aber ich brauche deine Hilfe.«

Auch ich erinnerte mich noch ein bißchen an damals. Ich erinnerte mich an Mutters Schreie und den Regen und den tobenden Sturm. Ich erinnerte mich an eine Schüssel mit blutigem Wasser. Ich vergrub das Gesicht in den Kissen. Ich hörte förmlich, wie die Tür zuschlug, der Schlüssel sich im Schloß drehte. Jetzt saß ich fest. Auch wenn Vater nicht mehr war – er hatte den Samen für seinen Nachfolger gelegt.

Und so blieb ich denn. Ich hatte keine Wahl. Agatha hatte recht, ich konnte sie jetzt nicht allein lassen. Ich würde bleiben und ihr helfen, sagte ich, aber ich schwor, daß ich darüber hinaus nichts tun würde. Nicht putzen und nicht waschen – abgesehen von dem, was für die Entbindung nötig war. Ich wollte nicht Aggies unbezahltes Dienstmädchen sein. Ich ließ den Koffer mitten im Zimmer stehen, um Aggie vor Augen zu führen, was ich für sie aufgegeben hatte. Da steht er heute noch, zur Hälfte mit Staub gefüllt. Manchmal springen die Katzen hinein und wühlen in den Fetzen meiner Sachen herum. Wir haben uns so daran gewöhnt, um ihn herumzugehen, daß er das Muster unserer Schritte bestimmt. Als ich sagte, ich würde nicht mehr putzen, meinte Agatha, sie würde auch nichts mehr machen. Auch Ellenunesther gaben bald auf. Und so liegt dort noch derselbe Staub. Die unterste Schicht von Staub, die sich hin und wieder bewegt und sich mit dem übrigen vermengt, ist eben jene, die sich lautlos vor all den Jahren – können es sechzig sein? – niedersenkte, als ich mich geschlagen gab und einwilligte zu bleiben.

Es war eine seltsame Zeit, eine lange Zeit, in der wir auf Agathas Baby warteten. Wir hätten nie gedacht, daß sie uns so lang werden würde. Agatha wurde so langsam, so quälend langsam dick – und sie machte so ein Getue! Bestimmt hat Mutter nie so ein Getue gemacht. Bestimmt hat sie sich nicht gehenlassen. Agatha aber spielte großes Theater. Brauchte besonderes Essen, ganz gewöhnliche Sachen brachte sie einfach nicht herunter. Was Mrs. Gotobed sich dachte, als wir plötzlich Heringe und Anchovispaste und Oliven bestellten, weiß ich nicht. Damals redete sie schon nicht mehr mit uns. Und von Agatha sah sie nie mehr als ein Gesicht am Fenster.

Ich begann mir Sorgen zu machen, als die Wochen und Monate vergingen, die Jahreszeiten wechselten und nichts geschah. Damals verendete die Kuh, und daran war Agatha schuld. Sie hatte das arme Vieh vernachlässigt, weil sie nur noch mit sich selbst beschäftigt war. Es gab keine Milch mehr, mochte nicht mehr fressen, fing an zu husten, und eines Tages war es tot. Die Kuh haben wir nicht verbrannt. Wir ließen sie liegen, wo sie lag, und es dauerte sehr lange, bis nur noch Knochen von ihr übrig waren. Lange war der Geruch in der Scheune nicht auszuhalten, ständig – nur nicht an den kältesten Tagen – drang das Gesumm der Fliegen bis ins Haus, die als wimmelnde schwarze Masse den Kadaver bedeckten. Auch die Katzen strichen dort herum, staksten morgens satt und zufrieden ins Haus, die Schnurrhaare blut- und fettverklebt. Als dann Agathas Baby zur Welt kam, war sie nur noch ein Haufen sauberer Knochen, sauberer blanker Knochen, und die ließen die Katzen in Ruhe.

An einem Abend hob Agatha den Rock hoch, um uns die gewaltige Wölbung zu zeigen. Sie sah beängstigend aus, aufgebläht und dort, wo sie fast zum Bersten gespannt war, von roten Malen durchzogen. Der Nabel hatte sich vorgestülpt, frech wie eine herausgestreckte Zunge. Ellenunesther und ich sahen entgeistert hin, und in diesem Moment glitt ein Knubbel an der Innenseite der Wölbung entlang, ein Knie oder eine Ferse oder sonstwas. Mir wurde ganz übel.

»Manchmal denke ich«, sagte Agatha lächelnd, aber deutlich besorgt, »daß es nie geboren wird, daß ich dicker und dicker und dicker werde...«

»Bis du...«

»...platzt«, sagten Ellenunesther.

Agatha lachte. Aber ich besah mir zweifelnd die große Wölbung und fragte mich insgeheim, wie es wohl sonst da herauskommen wollte.

Wenig später, zu Anfang des neuen Jahres, kam Agatha von der Scheune ins Haus, das Gesicht von der Kälte gerötet, mit blanken Augen. »Es geht los«, sagte sie. »Ein bißchen Wasser ist abgegangen, und es tut etwas weh.«

Sie ging auf ihr Zimmer, und ich stellte die großen Zuber auf den Herd. Sie zog ihr Nachthemd an und ging ins Bett. Ich legte Seife und eine Schüssel und ein in Streifen geschnittenes weißes Laken bereit, wie ich es bei Mrs. Howgego gesehen hatte. Ach, wie sehnte ich Mrs. Howgego herbei. Wie sehr wünschte ich mir, ich läge dort im Bett, und Agatha und Mrs. Howgego wären diejenigen, die sich auskannten, und unten wartete Isaac auf den ersten Schrei seines Kindes. Aber nein – sie lag da wie eine Königin und kam sich unendlich wichtig vor. Nie hätte ich mich damit großgetan wie sie, ich hätte, wie Mutter, kein großes Aufheben davon gemacht. Man hätte denken können, daß sie etwas ganz Besonderes, ein großes Kunststück vollbrachte, so wie sie sich aufführte in den langen Stunden des Wartens. Ich hätte ihr gern gesagt, daß das hier eine Sünde war. Eine Schande. Daß das, was sie machte, so niedrig und hirnlos war wie das, was die Tiere machten; daß sie einen Bankert zur Welt bringen würde.

Lange Zeit herrschte Ruhe. Ich wußte nicht, was mich erwartete. Vielleicht würde das Baby ohne viel Gewese aus Agatha herausrutschen. Aber dann wurde es anders. Es tat ihr richtig weh, es tat ihr überall weh, immerzu und am ganzen Körper. Zwei Tage ging das so. Sie versank immer mehr in Erschöpfung und Schmerz. Das Königliche war ihr abhanden gekommen. Sie war eine ganz gewöhnliche verängstigte Frau, zappelnd wie ein aufgespießter Schmetterling, ganz unwichtig. Ein winziges gequältes Geschöpf wand sich in diesem kleinen Haus in einem gottverlassenen Winkel unter dem weiten leeren Himmel. Vorübergehend schwand mein Groll.

Ich hatte Angst, denn ich dachte wirklich, Agatha würde sterben. Zwei Tage warf sie sich als ein zuckender Berg aus Schmerz hin und her. Ihr Körper war schweißnaß, Blut und grünliches Wasser sickerten zwischen ihren Beinen hervor. Und ich sah zu. Ich kühlte ihr die Stirn und gab ihr in kleinen Schlucken Wasser zu trinken, aber viel mehr als zusehen konnte ich nicht. Wenn nur Mrs. Howgego dagewesen wäre. Sie hätte gewußt, wie man ihr helfen konnte.

Ellenunesther betraten das Zimmer nie, aber sie waren immer dicht vor der Tür, ihr Gemurmel hob und senkte sich mit Aggies Stöhnen und Schreien.

Endlich, als ich schon dachte, Agatha wäre mit ihrer Kraft am Ende, fing sie an zu pressen. Ich sah, wie ihr Körper aufriß und ihr Blut floß, und endlich sah ich den klebrig verrunzelten zerknautschten Brocken von Kopf und dann den erstaunlich kleinen glitschigen Körper, mit Blut und Wachs und grünem Zeug bedeckt. Er war dunkelblau, und nach all der Quälerei dachte ich, er wäre tot. Ich schnitt die Nabelschnur durch und band sie mit Baumwolle ab, wie Agatha es mir gesagt hatte, und wollte Agatha das Kleine geben, aber sie hatte keine Kraft mehr, und so wickelte ich es in ein Stück Leintuch und legte es beiseite, während ich versuchte, Agatha sauberzumachen. Ich dachte, es würde gehen wie damals bei Mutter, ich dachte, es käme noch eins, als Agatha wieder anfing zu drücken, aber es war nur die Nachgeburt. Ich putzte alles weg, mit angehaltenem Atem, denn bei dem Geruch nach Fleisch und Blut mußte ich würgen. Ich versorgte Agatha, zog ihr ein sauberes Nachthemd an, wusch ihr das Gesicht und bürstete ihr das Haar. Ich brachte ihr eine Tasse süßen Tee. Das Kleine hatte ich ganz vergessen in meiner Eile, das Blut wegzuputzen. Nicht auszuhalten, ein Zimmer voller Blut. Agatha sah genauso aus, wie Mutter nach Ellenunesther ausgesehen hatte, blaß und klein in den Kissen, ein hilfloses Kind.

Und dann nahm ich das Bündel in dem Leintuch hoch und schüttelte es ein bißchen, und es bewegte sich. Es gab einen ganz leisen Mauzton von sich. Es lebte also. Ich wischte ihm das Gesicht ab. Es sah abscheulich aus. Eine ganz eigenartige Farbe, kittgrau.

»Junge oder Mädchen?« murmelte Agatha mit geschlossenen Augen.

Ich wickelte es aus und sah nach. »Junge... glaube ich.« Aber richtig erkennen konnte ich es nicht.

Sie lächelte, ein ganz leises Aufwärtszucken der Mundwinkel, und öffnete die Augen zu Schlitzen. »Nun hat Vater also seinen Sohn«, sagte sie.

Wäre er doch gestorben! Hätte ich ihn in diesem Augenblick doch nicht aufgenommen! Ich glaube wirklich, er wäre nicht durchgekommen, wenn er in dem Moment nicht angefangen hätte zu atmen. Niemand hat ihn je geliebt. Man konnte ihn einfach nicht lieben. Ellenunesther spielten eine Weile mit ihm wie mit einer Puppe, sie zogen ihn an und aus, legten ihn vor den Kamin, trugen ihn an die frische Luft. Ich sah nicht so genau hin. Hätte es ein Unglück gegeben, wäre das wohl die beste Lösung gewesen, aber sie brachten ihn immer unversehrt zurück. Bald wurde er ihnen langweilig mit seinem schlenkernden Kopf. Er reagierte nicht. Er war stumpf und ausdruckslos. Aber er machte keine Mühe als Baby. Agatha konnte ihn nicht ausstehen. Alles Häßliche war ihr zuwider. Und wie sieht sie selbst jetzt aus? Typisch für Agatha, so ein Kind. Hätte ich ein Kind gehabt, es wäre ein pausbäckiges, sommersprossiges, blauäugiges Kind gewesen. Ein Howgego-Kind.

Ach, wäre er doch nur gestorben! Hätte es ihn doch nie gegeben! Wäre ich nur weggegangen, als ich hätte weggehen können. Aber jetzt müssen wir hinunter. Der Radau da unten ist fürchterlich. Beängstigend, dieses Rucken und Rumpeln und Heulen ... und dazu ein wäßriges Schwappen. Am schlimmsten aber ist das Wespengesumm von Ellenunesther, die Zähne tun mir weh davon. Ein hohes, irres Gemurmel. Rhythmisch, aber kein Lied. Wir müssen jetzt nach unten gehen und sehen, was es dort zu sehen gibt. Es ist jetzt hell, wir haben keine Ausrede mehr. Wir müssen nach unten, Agatha und ich.

Wir gehen die Treppe hinunter, ich gehe voran. Zitternd. Das Herz klopft mir bis zum Hals, meine Hände sind feucht, rutschen über das Treppengeländer. Agatha folgt mir. Weil sie hinter mir ist, kann ich nicht stehenbleiben, und das ist gut so. Sie sind in der Küche. Ellenunesther sind in der Küche, ich sehe sie, als ich die Treppe herunterkomme. Das Messerfach ist geschlossen, kein Blut zu sehen. Das ist gut. Sie stehen an der Kellertür. Wie Kinder nehmen sie sich aus in ihren zerschlissenen Nachthemden, rosige Gesichter, das Haar hängt ihnen offen über die Schultern. Sie lächeln mich an. Einen Moment herrscht Ruhe, ja, Frieden, und dann, mit erschreckender Plötzlichkeit, dringt ein Brüllen aus dem Keller, aber nicht von ganz unten. Ein Brüllen und ein Krachen, und die Stimmen von Ellenunesther erheben sich zu einem gespenstischen Gesang. Nein, nicht zu Gesang, es ist kein richtiger Text, es ist... ich weiß nicht. Die Worte sind undeutlich und verdreht. Es ist die Sprache, die sie erfunden haben, als sie noch ganz klein waren, als sie sich nur miteinander unterhielten. So etwa: omutteromutterodasblutunddieglutunddieheiligegeiß omutteromutteromuttero... Nein, was soll das, es macht keinen Sinn. Es ist aufreizend. Es macht mich wahnsinnig. Macht den wahnsinnig, der hinter der Tür brüllt. Mutter ist für sie nicht mehr als ein verschwimmendes Gesicht mit weißem Hut, aber ihre schrecklichen Taten begehen sie in ihrem Namen. O Mutter. Und es hört und hört nicht auf, und George ist am lautesten, und wenn er brüllt, steigen ihre Stimmen höher, und wenn er schweigt, senken sie sich wieder. Er wirft sich gegen die Tür.

»Er will raus«, sagt Aggie hinter mir.

»Das ist offensichtlich«, sage ich.

Ellenunesther lösen ihren Blick widerstrebend von der Kellertür und sehen mich bittend an.

»Wenn wir...«

»...Messer hätten...« sagen sie.

»Nein«, sage ich.

»Nicht noch mehr Blut«, sagt Agatha. »Aber er darf nicht raus. Warum will er denn jetzt raus?«

»Wegen des...«

»...Wassers«, sagen Ellenunesther.

Erst jetzt sehe ich, daß unter der Kellertür Wasser hervorkommt und sich auf dem Fußboden ausbreitet. Ich schaue aus dem Fenster. Das Land glänzt. Es ist kein trockenes Land mehr; so weit der Blick reicht, ist es mit einer Wasserschicht bedeckt, mit einer dünnen Schicht nur, aus der Gras und Pflanzen und Zaunpfosten hervorschauen. Das bedeutet: Der Keller ist vollgelaufen.

»Schau dir das an«, sage ich zu Agatha. »Es hat so stark geregnet...«

»Vielleicht ist Mutters Deich gebrochen?« meint sie.

»Nein, dann wäre es schlimmer.«

Einen Augenblick stehen wir stumm da und betrachten die glänzende Fläche rings um uns her. Es ist ein klarer, wunderschöner Sommermorgen. Der Himmel ist zartblau, das Land reflektiert den Himmel, die Miniaturwölkchen. Lange grüne Grashalme und Blätter erheben sich aus der Bläue, und darunter wiegen sich sacht Butterblumen und Kleeblüten.

»Wie Schnee«, sagt Aggie. Es ist ganz und gar nicht wie Schnee, aber ich weiß, was sie meint. Es ist das gleiche berauschende Gefühl, wenn man beim Aufwachen feststellt, daß die Welt verwandelt ist, daß Alltägliches ein neues, anderes Gesicht bekommen hat.

Und dann fängt George wieder an zu brüllen. Diesmal hören wir es nicht nur krachen, wir hören ein reißendes Geräusch, die Tür fängt an zu splittern. Ellenunesthers Stimmen steigen so hoch, daß es fast weh tut.

»Mach die Tür auf«, ruft Agatha.

»Nein, nicht«, sage ich. Ich habe jetzt Angst. Ich mag ihn nicht bei Tageslicht sehen.

»Aber er schlägt die Tür ein«, kreischt Agatha. »Mach auf. Ich will nicht, daß die Tür eingeschlagen wird.« Sie geht darauf zu, ein schwaches, schlurfendes altes Weib.

»Nein.« Ich dränge mich an Ellenunesther vorbei, die beiden sind so in ihr Gesumm vertieft, daß sie es kaum merken. Ich lehne mich gegen die Tür. Meine Füße sind im Wasser, ich spüre, wie er gegen die Tür donnert.

»Laß ihn raus«, ruft Agatha und geht mit gekrümmten Krallen auf mich los. »Laß ihn raus, sage ich. Er gehört mir.« Soso, jetzt plötzlich gehört er ihr. Nachdem sie all die Jahre einen großen Bogen um ihn gemacht hat. Nachdem ich, nur ich, ihn am Leben erhalten habe. Aber sie hat recht. Die Tür geht kaputt, wenn das so weitergeht, und dann kann ihn nichts mehr zurückhalten.

Ich trete zur Seite. Ihre verkrümmten Finger mühen sich mit dem Riegel, und während er drängt und brüllt, hämmert und schurrt, schiebt sie den Riegel zurück, und jählings fliegt die Tür auf und stößt sie zur Seite, und in einem Wasserschwall kommt er zum Vorschein, ein nasses, blutiges Monster, weiß und fett im hellen Licht, wie etwas Blähbäuchiges aus einem Tümpel. Er hat fast keine Haare mehr, sein Kopf ist grün und blau geschlagen und blutet. Die langen weichen Nägel sind abgewetzt von all dem Kratzen an der Tür. Er ist völlig durchweicht. Wasser läuft an ihm herunter, während er jetzt dasteht und schwankt und taumelt und stolpert. Er hat nie richtig laufen gelernt. Er fällt auf die Knie, fällt in das Wasser, das jetzt mindestens zwei Zentimeter hoch ist. Er sieht Agatha an und blinzelt mit den kleinen Augen, die fast in dem weißen Fett seines Gesichts verschwinden. Und lächelt.

Agatha schreit auf. Sie schlägt die Hände vors Gesicht. Sie schreit und weicht zurück vor der dicken, zerschundenen Hand, die nach ihrem Bein greift. Sie flieht rückwärts die Treppe hinauf.

»Schickt ihn wieder nach unten«, stößt sie stammelnd hervor. Es ist sonderbar still in der Küche, nachdem George verstummt ist und Ellenunesther verstummt sind. George grunzt leise und zufrieden vor sich hin, Wasser plätschert. »Schickt ihn wieder nach unten«, drängt Agatha lauter, und in ihrer Stimme lauert Panik.

Ich kann mich nicht rühren. Ich ertrage das nicht. Ich ertrage das nicht, wie er Agatha angelächelt hat. Fast dankbar. Als könne er sich an Aggie erinnern. Als könne er fühlen, nein, nein, *nein*. Natürlich kann er das nicht. Man braucht es ja nur anzusehen, dieses schaurige Monstrum, wie es sabbert und schwankt.

»Ja, er muß zurück«, sage ich und sehe Ellenunesther an. Ich bringe es nicht fertig, ihn anzufassen. Ich wäre nicht stark genug. Er ist schwer, auch wenn ich bei Tageslicht staune, daß er nicht größer ist. In dem düsteren Keller kam er mir immer vor wie ein Koloß, aber er ist ein Mensch von ganz normaler Größe, wenn auch unmäßig dick. Agatha hat sich halb die Treppe hinauf geflüchtet, und da sitzt sie nun, zusammengekrümmt, die knochigen Hände um die knöchernen Knie geschlungen. Ellenunesther gehen auf ihn zu, mit freundlichem Gesicht, und stimmen wieder ihren teuflischen Gesang an. Sie gehen auf ihn zu, von jeder Seite eine: »Georgeygeorgeygeorgey inswasserreinwasserfeinwasserrein...«, und jede legt eine Hand auf die Speckfalten, die Arme und Körper verbinden. Die Finger versinken im Fett. Er hält sich noch einen Augenblick im Gleichgewicht. Es sieht aus, als ob er Agatha in die Augen sieht. Seiner Mutter.

»Jetzt macht schon«, kreischt sie und verbirgt das Gesicht in den Händen.

Ellenunesther drücken kräftig gegen seine dicke frauliche Brust. Sein Gesicht ist leer, trotzdem hat man den Eindruck, daß er sich sträubt. Aber er begreift ja nichts. Er weiß es ja nicht. Für ihn ist es nicht so, wie es für uns wäre. Er empfindet nichts. Einen Moment passiert überhaupt nichts. Die Stimmen von Ellenunesther werden höher vor Anstrengung, und dann kippt er hintenüber. Er verliert das Gleichgewicht und fällt nach hinten. Er schreit nicht. Er schreit nicht, und er brüllt nicht. Man hört nur ein Wälzen, ein gräßliches wogendes Blubbern. Dann ist alles still.

Wir haben Mühe, die Tür zuzuziehen, wegen des Wassers. Aber wir schaffen es irgendwie und riegeln überflüssigerweise ab. Ellenunesther gehen ins Wohnzimmer und knien sich vor den Kamin. »Omutteromutteromuttero«, singen sie, aber leise jetzt und sanft. Agatha geht in ihr nasses Zimmer zurück, und ich gehe in meins und lege mich ins Bett und strecke mich aus. Dieser Friede, nachdem es vollbracht ist! Diese Ruhe! Es hätte vor Jahren geschehen müssen. Jetzt, denke ich, werde ich schlafen können.

Als ich aufwache, ist es ganz still. Sonderbar. Ich bleibe noch kurz liegen und horche auf die Stille. Irgend etwas hat sich verändert. Alles hat sich verändert. Mein altes Hirn braucht ein bißchen Zeit, um sich darauf zu besinnen, was geschehen ist. An der Decke ist ein nasser Fleck, er sieht aus wie die Landkarte einer Insel, die von einem großen Strom mit vielen Nebenflüssen durchschnitten wird. Und dann fällt es mir wieder ein.

Es ist so ungeheuer still. Aber ich höre wäßriges Schmatzen, höre Knarren: Das Haus beschwert sich. Agatha geht oben herum. Ist sie nun doch in all dieser Nässe eingeschlafen? Als sie durchs Zimmer läuft, fällt ein Brokken Putz von meiner Decke und zerbirst fast lautlos auf dem Fußboden. Vielleicht war der Regenguß der vergangenen Nacht doch zuviel, es sieht aus, als ob die Decke nun wirklich einstürzen will.

Aber es ist ein so wunderschöner Tag. Die Sonne ist warm. Eigenartig ist das, so spät aufzuwachen. Es muß fast Mittagszeit sein. Aus dem Fenster sehe ich das Wasser heiter glitzern. Es ist nicht tief. Man sieht das Gras und das Unkraut, aber es spiegelt auch, spiegelt die winzigen Federwölkchen, die Zaunpfähle, die Brombeeren, die sich über den Abort ranken, das Gewirr aus Dorngestrüpp und Jelängerjelieber und Clematis. Die Luft ist so klar, daß ich in der Ferne den Kirchturm sehen kann, den winzigen Zeigefinger der Kirche, der gen Himmel droht.

Ich habe Hunger. Mir fällt ein, daß heute Mark kommt. Mit Keksen und Oliven und Gin. Und dem Schnellgericht aus China, das man nur umzurühren braucht.

Ich bin lange nicht mehr oben gewesen. Jahre? Aber jetzt gehe ich die nackten Stufen der gewundenen Treppe hinauf zu Agathas Zimmer. Ich klopfe an.

»Ja«, krächzt es überrascht.

»Ich bin's, Milly. Darf ich reinkommen?« Schließlich ist sie in der Nacht in meinem Zimmer gewesen. Sogar in meinem Bett.

»Natürlich«, sagt sie, als wäre das selbstverständlich, als hätte ich gar nicht zu fragen brauchen. Ach, Agatha! Nie ganz offen und ehrlich. Dein Tonfall sagt alles. »Auch wenn du dich anstellst, einen in dein Zimmer zu lassen – *ich* bin nicht so kleinlich. Ich stehe über den Dingen!« Aber es trifft mich nicht. Heute ist alles anders. Heute kann sie mich nicht ärgern.

Sie hat nicht übertrieben gestern abend. Ihr Zimmer ist völlig durchnäßt. Die Reste des alten Teppichs glucksen unter meinen bloßen Füßen. Ihr Bett ist dunkel vor Nässe, und zwar nicht nur vom Regen. Es riecht nach Pipi. So weit bin ich wenigstens noch nicht. Der Putz ist von der Decke gefallen, man sieht die Dachziegel – und die Löcher dazwischen.

»Wie lange geht das schon so?« frage ich.

Sie zuckt die Schultern. »In letzter Zeit ist es schlimmer geworden.« Mir scheint, hier gibt es nichts mehr zu reparieren. In der linken Ecke ist auch im Fußboden ein Loch, und die Frisierkommode neigt sich schräg darauf zu. Mutters Cremetöpfe und ihre Bürste sind heruntergefallen. Die Dielen sind offenbar schon halb verrottet. »Du siehst ja, hier kann ich nicht bleiben«, sagt sie.

Ich muß ihr recht geben. Ob sie je wieder hier schlafen

wird? Irgend etwas in mir zuckt ein bißchen. Vor Angst? Nein, vor Freude. Jetzt, wo das Dach hinüber ist, kann das Haus nicht mehr lange halten. Ein Hoffnungsschimmer. Das Ende ist in Sicht.

In der heißen grünen Helle der Bodenkammer, im Licht der Sonne, die durch das grüne Glas und die Löcher im Dach scheint, sehe ich, wie eingeschrumpelt Aggie ist. Als habe das Leben sie schon halb verlassen. Meine alte Hexe, mein altes Biest von Schwester ist nur noch ein armes altes Weib. Ein armes altes Weib, das ins Bett macht. Bloß gut, daß sie nicht in *mein* Bett gemacht hat. So weit bin ich wenigstens noch nicht.

»Letzte Nacht...« fängt sie an.

»Komm, laß sein«, sage ich. »Letzte Nacht war letzte Nacht. Schau, was für ein schöner Tag heute ist. Mal sehen, was wir noch zum Frühstück haben.« Sie zögert. »Hör mal«, rede ich ihr zu. »Bald kommt Mark mit Keksen und dem Zeug, das man nur umzurühren braucht, und...«

»...dem Gin!« Jetzt folgt sie mir eilfertig nach unten.

Viel zu essen ist nicht mehr da, und auf dem Küchenboden steht das Wasser fünf Zentimeter hoch. Die Katzen kommen herein, eine, zwei, drei, und alle anderen hinterher. Sie haben nasse Bäuche und staksen hochmütig durchs Wasser, springen mauzend auf den Tisch und drängen zu Agatha hin.

»Hallo, meine armen Kleinen«, sagt sie und krault und streichelt, während sie sich eifrig an ihren Händen reiben. »Meine Kleinen sind ja ganz naß. Kommt zu Mutter, arme nasse kleine Miezekatzen.«

Nein. Viel ist nicht mehr da. Nur gut, daß Mark heute kommt. Dann soll es ein Festmahl geben. Starken heißen Tee mit einem Schuß Gin und einen Teller Kekse: Whiskytaler und Cremewaffeln, Rosinenecken und Waffelröllchen. Ach ja, köstlich!

Ich hocke mich vor der Tür hin. Es ist sinnlos, weiter weg zu gehen, es ist eigentlich sinnlos, überhaupt nach draußen zu gehen, überall ist ja dasselbe Wasser. Trotzdem macht man sein Geschäft nicht im Haus wie Agatha, das gehört sich nicht. Ellenunesther sind im Wohnzimmer. Ich stelle den Kessel auf. Es ist noch Feuer im Herd, eine schwache Glut, heiß genug, um langsam Wasser für eine Tasse Tee zum Kochen zu bringen. Danach wird eine von uns nach draußen gehen und ein Scheit Holz aus der Scheune holen müssen. Aus dem Keller dringt ein grausiges Geräusch, aber nur, wenn man genau hinhört. Ein dumpfes Wummern, wie ein Klotz im Wasser. Nicht hinhören. Ja, eine von uns wird Holz aus der Scheune holen müssen. Wasser genug ist jedenfalls da.

Trotz des warmen Wetters ist es kein reines Vergnügen, in der Küche herumzuwaten. Nach einer Weile stört das Wasser. Die Füße fangen an zu jucken, an der Oberseite, da, wo das Wasser heranschlägt. Alle möglichen Sachen treiben vorbei – Abfall, Blätter, tote Mäuse und Eierschalen und Spinnen und schaumige Haarnester.

»Es wird wohl wieder heruntergehen«, sage ich zu Agatha.

»Muß es wohl«, meint sie. Beide sehen wir nicht zur Kellertür. Der Kessel fängt an zu singen, und ich kippe die alten Teebeutel aus der Kanne. Ich kippe sie geradewegs in das Wasser, das auf dem Boden steht, hier muß ja sowieso geputzt werden.

»Dann wird wenigstens der Fußboden sauber«, sage ich. »Aber zuerst wollen wir mal unseren Tee trinken. Und ein paar Butterkekse sind noch da.« Ich stelle die Teekanne, eine aufgemachte Dose Kondensmilch und eine halbe Packung weiche Butterkekse auf ein Tablett und bringe es ins Wohnzimmer. Wir sitzen zusammen, trinken den klebrig süßen Tee, die Füße aufgestützt, weg von der Nässe. Aggie balanciert ihre Teetasse auf der Sessellehne und setzt ihr Bühnengesicht auf, das greise Kinn ist hochgereckt, die tränenden Augen blitzen verwegen. Und dann steht sie auf. Sie breitet ihr Kleid aus, und sie fängt an zu tanzen. Sie tanzt im Kreis um den Koffer herum, den Rock ausgebreitet, sie plitscht und platscht und schlägt Wellen im ganzen Zimmer. Dabei summt sie vor sich hin, und dann fällt ihr der Text ein, und sie fängt an zu singen. Und sie singt, und sie kokettiert mit mir, als sei ich ein Saal voller Männer.

> Sie sang wie eine Nachtigall und schlug die Gitarre,
> Sie tanzte Cachuca und rauchte Zigarre.
> Ach, welche Figur! Welch Gesicht, seht nur her!
> Sie tanzt den Fandango die Kreuz und die Quer.

Und nun stehen auch Ellenunesther auf. Sie stehen auf und wiegen sich im Takt zu Aggies Lied, und dann singen sie mit. Das haben sie noch nie gemacht, noch nie haben sie ein richtiges Lied gesungen mit Text und Melodie. Und ich kann mir nicht helfen, ich kann mir nicht helfen: Ich singe mit. Und sie tanzen im Zimmer herum, und das Plitschplatsch des Wassers übertönt fast unsere Stimmen. Und wir machen so viel Lärm, daß wir nicht hören, wie Marks kleiner grüner Lieferwagen durchs Wasser pflügt.

Und plötzlich ist Mark da, steht an der Tür, den schweren Karton mit unseren Sachen unter dem Arm. Er hat lange grüne Gummistiefel an. Ich mache die Tür auf und rufe »Hallo!«, und mein Gesicht benimmt sich so komisch, ich spüre, wie es sich spannt. Ich lächele, nein, ich grinse. Er gibt das Lächeln zurück und macht ein verwundertes Gesicht.

»Hört sich ja an, als ob hier 'ne Party steigt, die Damen«, sagt er.

»Nein, nein«, sage ich. Und das blöde Grinsen will nicht herunter von meinem Gesicht.

Er ist sichtlich verlegen. »Ich hab Ihre Sachen gebracht und Post für Miss A. Pharoah, aber Mama sagt, ich soll Ihnen sagen, daß ich Sie mitnehmen soll.«

»Wie bitte?« fragt Agatha. Sie versucht, ihm den Karton unter dem Arm wegzuziehen.

»Sekunde mal.« Er stapft geradewegs in unsere Küche in diesen prachtvollen Stiefeln und stellt den Karton auf den Tisch. »Uff, das tut gut«, sagt er. »Aasig schwer, diese vielen Dosen. Nichts für ungut, die Damen.«

Agatha hat den Bourbon herausgeholt und aufgemacht und sich ins Wohnzimmer zurückgezogen, ehe die Katzen sich über den Karton hermachen und schnurrend den Kopf an den Dosen mit ihrem Futter reiben.

»Hier können Sie nicht bleiben«, sagt Mark und sieht auf das schmutzige Wasser. »Es ist jetzt schon schlimm genug, und sie haben eine Warnung durchgegeben, daß vielleicht der große Deich bricht, und wenn das passiert...«

»Da machen Sie sich mal keine Sorgen«, sage ich unbekümmert, denn das ist natürlich die Lösung. »Benehmt euch, ihr Katzenviecher.« Ich scheuche die widerwärtigen Biester weg, um an den Beefeater-Gin und an den Brief für Aggie zu kommen.

»Aber begreifen Sie denn nicht«, sagt Mark. »Auf dieser Seite vom Deich wohnt weiter niemand, sonst gäb's bestimmt mehr Palaver. Es ist gefährlich. Sie müssen... wie heißt das... evakuiert werden.«

»Evakuiert?« Ich lächele. »Jetzt hören Sie mal zu, junger Mann. Ich habe mein ganzes Leben in diesem Haus verbracht, da lasse ich mich jetzt nicht so mir nichts, dir nichts evakuieren.«

»Aber Sie sehen doch, wie's hier aussieht...« sagt er. »Selbst wenn der Kanal nicht kommt, können Sie nicht hierbleiben. Sie holen sich ja 'ne Lungenentzündung.«

»Agatha«, rufe ich. »Ellenunesther. Kommt mal einen Moment her. Der junge Mann hier will uns evakuieren.«

Sie kommen hereingepatscht. Agatha kleben Schokoladenbrösel am Mund. Sie giert nach der Ginflasche.

»Evakuieren?« sagen Ellenunesther.

»Nicht zu glauben«, stößt Mark hervor. »Haben Sie das gesehen? Sie haben es gleichzeitig gesagt, wie aus einem Munde.«

»Das machen sie immer«, sage ich. »Seit jeher schon.«

»Aber...« Er starrt sie an, sie starren zurück. Er schaut weg, der Doppelblick ist zuviel für ihn. »Hier, Sie«, wendet er sich an Agatha, die bei weitem am gebrechlichsten aussieht. »Sie wollen doch bestimmt nicht hierbleiben. Ihr Kleid ist ja naß bis zu den Knien. Sie holen sich noch den Tod.«

Agatha schiebt sich ein Stück Keks in den Mund, drückt es gegen den Gaumen und lutscht daran.

»Der Deich soll's nicht mehr lange machen, sie haben eine Warnung durchgegeben«, sagt er. »Und wenn das passiert... Dann gehen Sie glatt über'n Jordan!«

»...glatt über'n Jordan«, wiederholen Ellenunesther nachdenklich.

»Da, schon wieder!« sagt Mark. »Warum packen Sie nicht einfach ein paar Sachen zusammen und setzen sich in den Lieferwagen«, sagt er bittend. »Sie können heut bei Mama übernachten, und gleich morgen früh bring ich Sie wieder her, wenn hier alles klar ist.«

»Nein«, sage ich. Dafür ist es zu spät. Flucht? Kommt überhaupt nicht in Frage. »Vielen Dank«, setze ich hinzu, denn deswegen braucht man schließlich noch lange nicht unhöflich zu sein.

»Nein«, sagen Ellenunesther. Er sieht sich an, wie sie im Gleichklang sprechen und aus der Küche waten, wobei sich jede Bewegung vor seinem Blick verdoppelt. Verwirrt schüttelt er den Kopf.

»Nein«, sagt Agatha.

»Also, wenn Sie wirklich meinen...« Tatsächlich, er gibt sich schon geschlagen. Eine schwache Leistung, das muß ich sagen. Isaac hätte bestimmt nicht so schnell aufgegeben. »Was ist mit der Lieferung in vierzehn Tagen?«

»Dasselbe wie heute, denke ich«, sage ich und füge nicht

hinzu: Wenn wir dann noch hier sind. Aber ich denke es, und er denkt es auch.

»Na schön, dann fahre ich jetzt los«, sagt er. »Ich hab's versucht, da kann mir keiner was vorwerfen. Länger als nötig drück ich mich hier am Deich nicht rum. Viel Spaß mit dem Nudeltopf.« Er watet zu seinem Lieferwagen hinaus, dann dreht er sich noch einmal um. »Und Sie wollen wirklich nicht...«

»Ganz bestimmt nicht«, sage ich. Und sein glänzendgrüner kleiner Lieferwagen saust los, schlägt eine Schneise durchs Wasser und läßt eine Bugwelle auf uns zuschwappen, die den Unrat in der Küche durcheinanderwirbelt.

Es ist friedlich hier, auch wenn das Haus in allen Fugen knarzt und hin und wieder Putz von der Decke rieselt. Die Katzen liegen über- und nebeneinander in der heißen staubigen Sonne auf den Fensterbrettern und schnurren. Sie haben sich mit klebrigbraunem Fleisch vollgeschlagen und wärmen sich nun, die Pfoten zu ihrer großen Genugtuung weit weg vom nassen Element.

Ich finde ein trockenes Holzscheit in der Scheune, ganz oben auf dem Stapel, das gerade noch aus dem Wasser herausragt. Eine ganze Weile bleibe ich hier, ich denke nach, erinnere mich. Wieder ist das Dach ein Stück weiter eingefallen, obgleich es in besserem Zustand ist als das Hausdach. Ich schaue auf die Stelle, an der Isaac und ich zusammen waren. Ich erinnere mich an das Schlagen seines Herzens. Ich erinnere mich an die Laute, die er ausstieß... aber ich kann mich nicht mehr richtig an sein Gesicht erinnern. Ich überlege, ob Mark es schon gemacht hat. Er wäre ein zärtlicher Liebhaber, denke ich mir. In der Ecke liegen die Knochen der Kuh, ein Fächer von Rippen, mit Spinnweben und Staub gepolstert und bepelzt. Die Stelle, wo der Boden damals verbrannt ist, kann ich nicht erkennen. Das Wasser hat sie überspült.

Es ist ein heißer Nachmittag. Draußen auf dem Wasser summt es von Leben, ganz plötzlich erwachtem Leben. Urplötzlich wimmelt das Wasser von sich ringelndem, summendem Leben. Ich denke an Blutegel. Ich gehe ins Haus.

Dort warten schöne Sachen auf uns. Und darum geht es doch im Leben. Sollte es gehen. Um die schönen Sachen. Auf dem Tisch stehen vier Plastiktöpfe, die aussehen wie niedrige Vasen. NUDELTOPF steht obendrauf. *Geschmacksrichtung Huhn süß-sauer.* Der Kessel steht auf dem Feuer. Mir läuft das Wasser im Munde zusammen. Ich knabbere Oliven, während ich die Gebrauchsanweisung lese. *Deckel abziehen. Bis zur Füllstrichmarkierung des Bechers kochendes Wasser aufgießen. Zwei Minuten stehenlassen.* GUT UMRÜHREN. *Weitere zwei Minuten stehenlassen.* NOCHMALS UMRÜHREN. So einfach! Das nenne ich Leben! Da entdeckt man nun, nach all den Jahren, wie einfach es sein kann.

Und hinterher gibt es dann noch eine Kanne starken Tee mit Gin und einem dicken Strahl Kondensmilch und rosa Cremewaffeln zum Stippen. Ja, das nenne ich Leben! Ihr könnt mir gestohlen bleiben mit euren Palästen und euren Geschäften und all dem anderen Kram. Und euren Flugzeugen.

Das Wasser siedet. Ich glaube, ich brauche eine Brille, denn ich finde keine Füllstrichmarkierung an dem Becher. Kochen muß natürlich mal wieder ich. Wenn man es Kochen nennen kann. Selbst mit einem Nudeltopf ist Agatha überfordert. Nur Verzierung und sonst zu nichts nütze, meine große Schwester Agatha. Macht nichts, ich gieße einfach so weit auf, wie ich denke. Eins, zwei drei, vier, fertig. Und tüchtig umrühren. Getrocknete Erbsen und alle möglichen Stückchen und Bröckchen schwimmen da herum. Und der Duft. Noch nie habe ich so etwas gerochen. Ich will froh sein, wenn ich mich setzen kann und aus dem Wasser rauskomme. Vielleicht... ja, ich weiß. Ich werde sie nach oben bitten, in mein Zimmer. Da werden sie staunen. Daß wir alle zusammen gegessen haben, ist schon lange her. Es wird wie ein Picknick sein, auf dem Fußboden bei mir im Zimmer. Ja. Wir können den Nudeltopf mit nach oben nehmen und Gabeln und ein Tablett mit Tee und Gin und Keksen. Ich freue mich richtig. Mal eine Abwechslung. Hier sind auch noch kleine Päckchen. Was steht da? *Sojasoße. Nach Geschmack zugeben.* Soße in Päckchen, was es alles gibt. Früher waren Teebeutel was Ausgefallenes. Aber man muß mit der Zeit gehen. Ich weiß noch, wie wir zum ersten Mal Teebeutel hatten. War es Sara Gotobed, die sie brachte? Nein, das war weit nach ihrer Zeit, es muß einer ihrer Söhne oder Enkel gewesen sein. »Probieren Sie mal, die Damen«, sagte er. »Viel praktischer.« Und als er weg war, erwischte ich Aggie dabei, wie sie die Ecken abschnitt und den Tee in die Kanne schüttete. Sie hatte gedacht, der Tee wäre zum Portionieren in den Beuteln. Für Leute ohne Löffel.

Der Nudeltopf ist köstlich. Heiß und sättigend. Eine richtige warme Mahlzeit. Daß wir warm gegessen haben, ist lange her, wenn man von dem ewigen Omelett absieht; und daß wir alle zusammen gegessen haben, liegt noch länger zurück. Es ist ein gutes Gefühl, als ob uns das Wasser zusammengebracht hat. Und dann ist natürlich das Stöhnen weg, die Angst vor dem Gang in den Keller. Ich habe ungeheuren Appetit. Die Sonne scheint in mein Zimmer, scheint auf das alte Bett mit der Kuhle – die Decken könnten auch mal gewaschen werden – und fällt auf den Putz, der jetzt in Klumpen von der Decke hängt.

»Meine armen Miezen«, sagt Agatha. »Sie mögen kein Wasser. Was sollen sie denn machen?«

»Die kommen schon zurecht«, sage ich, und dann fällt mir der Brief ein, und ich gebe ihn ihr.

Sie hält ihn hoch und kneift die Augen zusammen. »Von der Bank«, sagt sie. Mir scheint, daß die Sehkraft sich bei ihr rascher verschlechtert als bei mir, weil sie so fummelt, aber vielleicht hat sie auch nur mehr Gin getrunken. Schließlich legt sie ihn ungeöffnet, ungelesen aus der Hand. »Der ist jetzt nicht so wichtig.«

Unruhig rutscht sie herum. Agatha hat nie gelernt, sich zu entspannen. »Was machen wir jetzt?« fragt sie.

»Was möchtest du denn machen?«

Sie sieht mich ratlos an. »Mein Strickzeug ist klitschnaß.«

»Dann sitzen wir einfach noch ein bißchen hier«, sage ich.

Sie spielt mit den leeren Nudeltöpfchen. »Hübsch«, sagt sie. »Wir könnten sie für irgendwas nehmen.«

Ellenunesther sind müde. Ganz erledigt sind sie, man sieht es ihnen an. Die Augen fallen ihnen zu.

»Legt euch auf mein Bett, wenn ihr wollt«, sage ich. Ich möchte nicht, daß sie aus dem Zimmer gehen, keine von ihnen. Ich möchte alle meine Schwestern bei mir haben. Es kommt mir vor wie der Mittelpunkt des Hauses, dieses Zimmer. Ein großes, sonniges Zimmer, ganz trocken. Hier können wir jetzt bleiben. Die Sonne scheint so heiß durch die Scheiben, man kommt sich vor wie am Kamin. Ich finde es schön, meine ganze Familie um mich zu haben. Ellenunesther liegen auf dem Bett. Sie liegen sich gegenüber, ohne sich zu berühren. Sie schlafen sehr schnell ein, die blauen Augen schließen sich im gleichen Moment.

»Wir könnten sie als Tassen nehmen«, sagt Agatha. »Früher hätte ich sie als Pflanztöpfe genommen.«

Wir sitzen einen Moment stumm da, dann poltert unten etwas und fällt klatschend zu Boden. »Die Wohnzimmerdecke«, sage ich. »Die war früher oder später fällig.«

Man hört einen eigenartig schwirrenden Laut; Mutters Klavier beschwert sich. »Es mag die Nässe nicht«, stelle ich fest.

Agatha lacht, und wenn sie lacht, habe ich sie beinah gern. Ihr Gesicht ist verwandelt. Man sieht etwas von der jungen Agatha, und etwas – nur eine Spur – von Mutter. Agatha summt wieder ein Stück von dem Fandangolied.

»Wenn Mutters Deich tatsächlich bricht«, sagt sie verträumt, »schwappt eine vier Meter hohe Flutwelle über das Land und zerstört alles, was ihr in den Weg kommt.«

Wir sitzen da und denken darüber nach. Da das Haus

um uns zusammenfällt; da wir alt und verrückt sind; da wir gemordet haben, kann ich mir eigentlich gar nichts Passenderes vorstellen.

Ich schenke den Rest aus der Teekanne ein und gebe jeder von uns einen großen Schuß Gin in die Tasse. »Erinnerst du dich an die Anstreicher?« frage ich und lächele der klapprigen Aggie zu, meiner knochigen Alten.

»Ja«, sagt sie. »Aber ja!«

»Er hat dich bestimmt geliebt, der Dunkle mit dem edlen Gesicht. Er hätte dich bestimmt geheiratet. Wetten, daß er immer noch von dir träumt?«

Sie schließt genüßlich die Augen. Ellenunesthers Atemzüge sind raschelnde Blätter. Ein ganz eigenartiges Gefühl überkommt mich. Ich glaube, man nennt es Zufriedenheit.

*Bitte beachten Sie auch
die folgenden Seiten*

Lesley Glaister
Gib mir was, sonst kriegste was!

Roman. Aus dem Englischen von
Hans-Christian Oeser

Gib mir was, sonst kriegste was! So bitten die Kinder am Geisterfest Halloween um Süßigkeiten und drohen sonst mit Streichen. Und in der Tat tauchen in diesem Roman nach Halloween, dem englischen Allerheiligen, längst gebannt geglaubte Geister aus der Vergangenheit wieder auf und spuken durch ein unscheinbares Vorstadt-Reihenhaus.
Drei Parteien leben hier, und die Bewohner bekriegen sich mehr, als daß sie sich lieben: Immer schon waren Olive, eine ehemalige Schönheit, doch nun recht altersschwach, und die altjüngferliche Nell Rivalinnen. Und nun zieht auch noch eine Frau mit Kommunenvergangenheit, Petra, in das mittlere Haus. Die Neue bemüht sich um ein gutnachbarschaftliches Verhältnis, und ihre Kinder laden zu einem gemeinsamen Freudenfeuer am Guy Fawkes Day ein, mit Raketen. – Den wahren Zündstoff aber liefern unterschwellige Affinitäten und Animositäten zwischen den unfreiwilligen Nachbarn.

»Knollenfrüchte, Linoleum, Teehauben, Plüsch – die Eigenart eines ganz bestimmten unausgesprochenen England, das beileibe nicht untergegangen ist, erfüllt diesen Roman. Mit einer Dringlichkeit, die im Verein mit der Schärfe der Einstellung den Leser fasziniert.« *New York Times Book Review*

»Schwarz wie Sirup, und auf eigentümliche Art ebenso süß.« *Cosmopolitan, London*

Anne Fine
im Diogenes Verlag

Killjoy
Roman. Aus dem Englischen von
Jürgen Bauer und Edith Nerke

Mit einer Ohrfeige beginnt die grausame Geschichte einer Obsession. Ian Laidlaw ist ein ausgeglichener Mann, ruhig, kultiviert, tüchtig. Er ist Vorsteher der Fakultät für Politikwissenschaft an einer schottischen Universität. Seine regelmäßigen, ereignislosen Tage nehmen ihren ausgewogenen Lauf – bis die Studentin Alicia ihm eines Nachmittags ins Gesicht lacht und seine geordnete Welt zum Einstürzen bringt. Laidlaw verfällt ihr mit besitzergreifender Leidenschaft, und die beiden beginnen ein gefährliches und schließlich zerstörerisches Spiel. Mit ihrem ersten Roman *Killjoy* schuf Anne Fine ein unvergeßliches Porträt eines Lebens der heillosen Verletzungen. Ein aufschreckendes, nachdenklich stimmendes und, im wahrsten Sinne des Wortes, fesselndes Buch.

»Erstaunlich ist, wie Anne Fine es schafft, sich als Frau in die durch und durch männliche Lebensstrategie des Mannes hineinzuversetzen, seine extrem männerspezifischen Selbstlügen und Idiosynkrasien von innen, aus seiner Sicht also, zu erzählen. Ein phantastisches Buch.«
Thommie Bayer/NürnbergerNachrichten

»Eine Lektüre, die fesselt – ans Bett oder and den Lesesessel, zu Lust und Last unserer inneren Unruhe.«
Paul Stänner/Der Tagesspiegel, Berlin

Wer dem Teufel glaubt
Roman. Deutsch von Barbara Heller

Oliver sitzt während der Sommerferien im Haus seiner Ex-Frau auf dem Dachboden und schreibt seine Autobiographie. Doch dann fängt Constance an, in seinem

Manuskript herumzukritzeln, und was sie notiert, hört sich ganz anders an als seine Version.

»Ein bemerkenswerter Roman, der voll satirischen Witzes die Leiden des Ehelebens behandelt, ohne auch nur einmal weinerlich zu werden oder gar sentimental. Die ernsthafte, düstere Welt von *Killjoy* ist hier einer Lust an der Bosheit, an frechen Dialogen und handgreiflichen Auseinandersetzungen gewichen. Mit der prallen Lust eines John Irving beschreibt Anne Fine die Familie, die Streitzelle, jenen Ort, an dem man sich Deformationen fürs Leben holt und ohne die man doch nichts wäre.« *Ultimo, Münster*

»Dieses Buch sollte für alle, die vorhaben zu heiraten, Pflichtlektüre sein. Anne Fine beweist, daß der Erfolg des Erstlings *Killjoy* keine Eintagsfliege war.«
Ingeborg Sperl/Der Standard, Wien

»Eine brillante, bissige Komödie über Liebe, Ehe und Trennung.« *Für Sie, Hamburg*

»Anne Fine ist unermüdlich bei der erfinderischen Ausmalung abstruser, doch plausibler Situationen und Geschichten. Mit unverfrorener Intelligenz, scharfsichtig, witzig und erstaunlich unprätentiös, demonstriert sie, wie es zwischen den Polen Constance und Olly funkt. Ein Genuß ist das auch für die Leser. *Wer dem Teufel* glaubt ist ein Musterbeispiel jener Art unterhaltender Literatur, die seit etlichen Jahren wieder vorwiegend in England und vorwiegend von Frauen verfaßt wird. Sie dumpft den Kopf nicht ein, wie es in diesem Genre üblich ist, sondern macht ihn hellwach.«
Heinrich Vormweg/Süddeutsche Zeitung, München

Ian McEwan
im Diogenes Verlag

Der Zementgarten
Roman. Aus dem Englischen von
Christian Enzensberger

Ein Kindertraum wird Wirklichkeit: Papa ist tot, Mama stirbt und wird, damit keiner was merkt, einzementiert, und die vier Kinder haben das große Haus in den großen Ferien für sich. Im Laufe des drückend heißen, unwirklichen Sommers kapselt sich die Gemeinschaft mehr und mehr gegen die Außenwelt ab, und keiner merkt, daß etwas faul ist.

»Das ist McEwans Kunst: die sachliche Berichterstattung über Groteskes und Absurdes, die Fähigkeit, aus dem Rahmen Fallendes als Gewöhnliches erscheinen zu lassen durch die Gleichgültigkeit und die Beiläufigkeit des Erzählens.«
The Times Literary Supplement

Verfilmt von Andrew Birken mit Charlotte Gainsbourg in der Hauptrolle. 1993 ausgezeichnet mit dem Silbernen Bären.

Erste Liebe – letzte Riten
Erzählungen. Deutsch von Harry Rowohlt

»Die Mehrzahl dieser Geschichten handelt von Jugendlichen und davon, wie sie von der Welt der Erwachsenen verdorben werden. Die Unschuld der Pubertät wird weniger verloren als zerschmettert... Nichts für Zimperliche, aber dieser Stil hat eine lakonische Brillanz, die Bände – andeutet. Nichts wird ausgesprochen, alles wird angetippt.«
Peter Lewis/Daily Mail, London

»Das brillante Debüt des hoffnungsvollsten Autors weit und breit.« *A. Alvarez/The Observer, London*

Zwischen den Laken
Erzählungen. Deutsch von Michael Walter
Wulf Teichmann und Christian Enzensberger

»Noch in der erbärmlichsten, entfremdetsten Beziehung finden sich Spuren wirklicher Liebe und des wirklichen menschlichen Bedürfnisses, zu lieben und geliebt zu werden.«
Jörg Drews/Süddeutsche Zeitung, München

»Präzis, zärtlich, komisch, sinnlich – und beunruhigend.« *Myrna Blumberg/The Times, London*

»Diese Erzählungen sind gegenwartsnah, ein wenig Beckett verpflichtet und etwas Nabokov, aber auch H.G. Wells und George Orwell.«
Julian Moynihan/The New York Times Book Review

Der Trost von Fremden
Roman. Deutsch von Michael Walter

Hochsommer, Venedig ist von Touristen überschwemmt. Auch das Liebespaar Colin und Mary, das kein Liebespaar mehr ist, macht hier Urlaub. Sie machen sich sorgfältig zurecht für ihren Dinnerspaziergang durch die Stadt: sie parfümieren sich mit teurem Eau de Cologne, mit peinlicher Sorgfalt wählen sie ihre Garderobe... und dann lauert im Labyrinth der beklemmend engen Gassen ein Minotaurus auf sie. Die Kanäle haben Gegenströmungen, die Lagune ungeahnte Tiefen.

»*Der Trost von Fremden* ist ein irritierendes, atmosphärisch dichtes kleines Meisterwerk.«
Neue Zürcher Zeitung

»Ein exzellenter, tückischer Roman.«
Die Weltwoche, Zürich

Verfilmt von Paul Schrader mit Rupert Everett, Helen Mirren, Natasha Richardson und Christoper Walken.

Ein Kind zur Zeit
Roman. Deutsch von Otto Bayer

McEwans dritter Roman ist eine politische Erzählung über eine Welt, in der Bettler Lizenzen haben und Eltern darüber aufgeklärt werden, daß Kindsein eine Krankheit ist und mit größter Disziplin behandelt werden muß. Er ist aber auch eine subtile Ergründung von Zeit, Zeitlosigkeit, Veränderung und Alter.

»Ian McEwan bewältigt seine durchaus schwergewichtigen Themen mit Ernsthaftigkeit und gleichzeitig mit jener leichten Eleganz, die typisch für die englische Gegenwartsliteratur ist und der hiesigen leider so sehr abgeht. McEwan scheut sich nicht, dem Roman überraschend eine hoffnungsvolle Wendung zu geben, die die Rettung aus dem allgemeinen Leid in der Überwindung des persönlichen sieht: durch Mitteilen dieses Leids und Lebensbejahung.«
Zitty, Berlin

Unschuldige
Eine Berliner Liebesgeschichte
Roman. Deutsch von Hans-Christian Oeser

»Es beginnt wie ein Spionage-Thriller von John Le Carré: unterkühlt, sachlich, kompetent. Aber Ian McEwan ist nicht John Le Carré. Der englische Spezialist sexueller Schockeffekte hat anderes im Sinne. Aus einem Spionagethriller wird die Einweihungsgeschichte einer männlichen Jungfrau: Leonard Marnham, der junge Londoner Fernmeldetechniker bei der ›Operation Gold‹, verliert in Berlin seine Unschuld – politisch, moralisch, sexuell. Er steigt – faktisch und metaphorisch – hinab in die Unterwelt: in die Eingeweide der Erde, in die verborgenen Reservate des Sexus, in die Labyrinthe der Geheimdienstwelt, in die Innereien des Blutverbrechens.
Unschuldige – Eine Berliner Liebesgeschichte ist auf mehreren Ebenen zu lesen: als Spionage und Kalte-

Kriegs-Story, als Heraufbeschwörung einer politischen Wahnwelt, deren Zusammenbruch wir eben erlebten, als moralisches Puzzle, als panische Blut-Oper, als vertrackte Education sentimentale. Und natürlich auch als eine Art Liebesgeschichte.«
Sigrid Löffler/profil, Wien

»Eine meisterlich aufgebaute Geschichte, für die Georg Büchners Wort zutreffen könnte: ›Jeder Mensch ist ein Abgrund: es schwindelt einem, wenn man hinabsieht.‹« *Welt am Sonntag*

Verfilmt unter dem Titel »*...und der Himmel steht still*« von John Schlesinger mit Anthony Hopkins, Isabella Rossellini und Campbell Scott in den Hauptrollen.

Schwarze Hunde
Roman. Deutsch von Hans-Christian Oeser

Überglücklich verliebt und voller Ideale, als der Krieg endlich vorbei ist, gehen June und Bernard Tremaine 1946 auf Hochzeitsreise. Doch inmitten der Naturschönheiten Südfrankreichs holt eine traumatische Wirklichkeit sie ein. June begegnet zwei ungeheuerlichen Hunden von einer Bedrohlichkeit, die ihren Glauben an das Gute erschüttert. Der vernunftbetonte Bernard kann Junes aufgewühlte Gefühle nicht verstehen. Ein Riß beginnt zwischen ihnen zu entstehen...

»Eine unvergeßliche Parabel über die Zerbrechlichkeit der Zivilisation.« *Publishers Weekly, New York*

»Eine Art moralischer Thriller vom Meister des latent Bedrohlichen.« *Harper's and Queen, London*